Jörg von Uthmann
Bildung für alle Lebenslagen

Jörg von Uthmann

Bildung für alle Lebenslagen

Alles, was man wissen muss,
um ein Mann oder eine Frau
von Welt zu werden

Ullstein

Inhalt

Mehr scheinen als sein

Wozu Bildung, wenn Halbbildung genügt?

Bildung ist, nach einer berühmten Definition des Theologen Adolf von Harnack, »das, was übrig bleibt, wenn man alles vergessen hat«. Zu Harnacks Zeiten gab es ihn noch, den deutschen Bildungsbürger. Heute gehört er wie die Sattelrobbe und der sibirische Tiger zu den aussterbenden Arten – ein Ergebnis unserer staatlichen Erziehungspolitik, die es sich in den Kopf gesetzt hat, jeden ABC-Schützen zur Hochschulreife zu führen, was natürlich nur bei stark gesenkten Anforderungen möglich ist. Wenn es noch eines Beweises für die katastrophalen Folgen dieser Politik bedurft hätte, so hat ihn die Pisa-Studie erbracht.

Als Erwachsene merken wir plötzlich, wie schwer es uns fällt, an einer Unterhaltung teilzunehmen, in der es um etwas anderes geht als um unseren beruflichen Alltag oder das Fernsehprogramm vom Vorabend. Mit stummem Groll hören wir unserem Tischnachbarn zu, der über eine Vielzahl von Themen gewandt zu plaudern weiß. Am Pool im fernen Urlaubsland begegnet er uns wieder, der Kenner, der Weltmann, dessen Konversation die Damen begeistert, während wir uns schlafend stellen, weil wir zur Konversation nichts beizutragen haben. Auch von den Frauen wird heute mehr erwartet, als sich appetitlich zurechtzumachen und den Männern aufmunternd zuzulächeln. Noch vor einer Generation konnte der Investmentbanker Bernie Cornfield mit seinem Bonmot »Eine gebildete Frau ist wie eine Frau mit einem Klumpfuß« auf weltweites Gelächter zählen. Heute nicht mehr.

In Amerika, wo die Bildungslücken von jeher besonders krass waren, gibt es Dutzende von Handbüchern, die sich erbieten, das Unterlassene nachzuholen und die Lücken zu füllen. Auch in Deutschland erschien vor einigen Jahren ein dicker Wälzer, der seinen Lesern versprach, sie in alles einzuweihen, »was man wissen muss«. Das Buch erklomm im Handumdrehen den Gipfel der Bestsellerliste – ein Beweis dafür, wie groß der Bildungshunger ist.

Leider ist die Bildung, die diese Bücher vermitteln, nicht die, auf die es an der festlichen Abendtafel oder am tropischen Pool ankommt. Unsere reizende Tischdame und der gutgebaute Schwimmer sind weder an der Scholastik noch an den französischen Enzyklopädisten interessiert, von der Relativitätstheorie ganz zu schweigen. Mit vertrockneten Lesefrüchten können wir ihnen nicht imponieren. Wer ihre Aufmerksamkeit erregen will, muss die besten Whiskysorten kennen, die feudalsten Hotels und die Hoflieferanten des britischen Königshauses. Wir müssen wissen, wie Picassos sieben Hauptfrauen hießen, wie man eine Sèvres-Vase datiert und den Erzbischof von Canterbury anspricht. Auch ein Schuss Freud, Heidegger, Kafka und Proust macht sich in einer gebildeten Unterhaltung immer gut, vorausgesetzt, man verliert sich nicht in ihrem Werk, sondern hält sich an die pikanten Seiten ihres Privatlebens. Dasselbe gilt für Europas gekrönte Häupter der Vergangenheit und erst recht der Gegenwart: Was uns an ihnen fesselt, ist vor allem ihre Intimsphäre.

Derlei, wird uns mit einem scharfen Entlassen der Luft durch die Nase entgegengehalten, sei nicht Bildung, sondern Halbbildung. Na und? Wozu die ganze Bildung, fragen wir zurück, wenn der Gesellschaft die halbe genügt? Wozu den ganzen

Braten verspeisen, wenn uns schon die Filetstücke satt machen? Die tote Gelehrsamkeit überlassen wir gern Studienräten und Professoren. Wir wollen als Mann oder Frau von Welt bewundert werden. Die preußische Devise »Mehr sein als scheinen« hilft uns dabei nicht weiter. Umgekehrt wird ein Schuh daraus. Nur wer mehr scheint als das, was er ist, hat Aussicht, von der Gesellschaft, an der ihm liegt, ernst genommen zu werden. Ganz Hochgeborene können es sich leisten, einfach das zu sein, was sie sind, und sonst nichts. Es gibt eine Art von altadliger Ignoranz, die unwiderstehlich ist. Wir gewöhnlichen Sterblichen kommen nicht so leicht davon. Wir müssen unseren Bildungsrückstand – *Handicap* würde man beim Golf sagen – durch Halbbildung wettmachen.

Der Pharao Ptolemäus I. beklagte sich bei seinem Lehrer Euklid über die Schwierigkeiten der Mathematik. Der beschied ihn barsch: »In der Mathematik gibt es keinen Eingang für Herrschaften.« Für die Mathematik mag das zutreffen, für die Bildung gilt es nicht. Dieses Buch macht sich anheischig, dem Leser den Schlüssel zum Eingang für Herrschaften in die Hand zu drücken und ihm in kürzerer Zeit eine abgeschlossene Halbbildung zu vermitteln, als er brauchen würde, um den Führerschein zu erwerben.

Wo sich Kronprinzen ihre Hemden schneidern lassen

Und was der Gentleman und die Lady sonst noch von der Welt wissen müssen

Auf Teneriffa sind wir selbstverständlich schon gewesen. Auf der Spanischen Treppe haben wir Eis gelutscht und Kleingeld in die Fontana di Trevi geworfen. In Zehnerreihen sind wir an der Mona Lisa vorbeigezogen, haben die Kronjuwelen im Tower bestaunt und die Aussicht vom Empire State Building zur Kenntnis genommen. Mit diesen Ferienerlebnissen können wir niemandem mehr imponieren. Einige Reiseziele – wie Mallorca oder die als »Putzfrauenküste« verschriene Costa Brava – sind inzwischen so populär geworden, dass nur noch gänzlich abgestumpfte Sonnenanbeter das Risiko auf sich nehmen, dort gesehen zu werden. Es sind die gleichen Leute, die, kaum an der Adria angelangt, nach einem deutschen Bier rufen und die, anstatt streng darauf zu achten, dass ihre Pasta *al dente* serviert wird, *wurstel con krauti* bestellen. Mit dieser Art von Reisenden wollen wir nichts zu tun haben.

Wer seine Tischnachbarin oder seine neue Urlaubsbekanntschaft mit seiner Weltkenntnis beeindrucken will, muss sich schon etwas anderes einfallen lassen. Er kann das Gespräch zum Beispiel auf Isfahan, Pagan, Angkor Vat oder Machu Picchu lenken – Sehenswürdigkeiten allerersten Ranges, die bisher vom Massentourismus verschont blieben, weil dort ein Bürgerkrieg tobte oder eine ausländerfeindliche Regierung die Einreise erschwerte. Reiseberichte aus gefährlichen oder unwirtlichen Ländern machen sich immer gut. Doch sind sie nicht jedermanns Sache. Wer auf ungemütliche Abenteuer lieber verzichtet, kann die gleiche Wirkung erzielen, wenn er sich als Kenner der Top-Hotels in der Karibik ausweist. Gemeint sind das *Cap Juluca* und das *Malliouhana Hotel* auf Anguilla, das *Curtain Bluff* auf Antigua, das *Sandy Lane* auf Barbados, der *K Club* auf Barbuda und das *Montpelier Plantation Inn* auf Nevis, wo Lord Nelson heiratete und »Lady Di« ihren Teint auffrischte. Ein Nimbus ganz besonderer Art umgibt die französische Karibik-Insel St. Barthélémy. Wer sich über »St. Barth«, wie die Habitués sagen, sachverständig äußert, braucht um seinen Ruf als ausgepichter Weltenbummler nicht mehr zu bangen.

Auch die Inseln im Indischen Ozean offerieren Sand und Sonne in luxuriöser Verpackung. Am *Lemuria Resort* auf den Seychellen und am *Royal Palm* auf Mauritius, wo Präsident Chirac seine aus unklaren Quellen finanzierten Ferien zu verbringen pflegt, hat selbst der blasierteste Gast nichts auszusetzen. Freunde der Tradition halten den Kolonialhotels der guten alten Zeit die Treue – dem *Mamounia* in Marrakesch, dem *Reid's* in Madeira, dem *Raffles* in Singapur, dem *Mandarin* und dem *Peninsula* in Hongkong. Eine Bemerkung, der weiße Mann habe sich seiner Pflicht, den Rest der Welt zu zivilisieren, eigentlich mit Anstand entledigt, ist hier niemals fehl am Platz.

Natürlich gibt es auch in Europa einige Orte, die der Mann und die Frau von Welt unbedingt kennen müssen. Wir sprechen hier von den Spitzenrestaurants in Frankreich und Italien, den beiden führenden Kochnationen des Kontinents. Der sattelfeste Feinschmecker weiß, dass einige der besten Restaurants in abgelegenen Kleinstädten, ja sogar in winzigen Dörfern zu finden sind. Glücklicherweise ist die *Auberge de l'Ill* im elsässischen Illhäusern für deutsche Reisende leicht zu erreichen. Auch die burgundischen Fresstempel – *Côte d'Or* in Saulieu, *Lameloise* in

Chagny und *Troisgros* am Bahnhofsplatz von Roanne – liegen nicht allzu weitab. Anders steht es mit *Georges Blanc* in Vonnas (in der Bresse), der *Auberge de l'Éridan* in Veyrier-du-Lac (bei Annecy) und *Les Prés d'Eugénie* in Eugénie-les-Bains (im Pyrenäen-Vorland). Wer hier auftaucht, hat eine lange Pilgerfahrt hinter sich. Der passionierte Gourmet nimmt sie gern in Kauf.

Auch in Italien haben sich einige der begabtesten Chefs auf dem Land niedergelassen; nicht in der Toskana, der Seelenheimat besserverdienender deutscher Intellektueller, sondern in Venetien und der Lombardei – Provinzen, die lange von Wien aus regiert wurden. Vielen Kennern gilt *Dal Pescatore* in Canneto sull'Olio bei Mantua als Nonplusultra der italienischen Küche. *Ambasciata* in Quistello, *Gualtiero Marchesi* in Erbusco, *Miramonti l'Altro* in Concesio, *Perbellini* in Isola Rizza und *Le Calandre* in Rubano stehen ihm kaum nach. In Venedig selbst gibt es erstaunlicherweise keine wirklich erstklassigen Restaurants. Dafür bietet die Dachterrasse des Hotels *Danieli* eine hinreißende Kulisse für ein romantisches Nachtmahl. Ein Bellini in *Harry's Bar* ist ebenso unumgänglich wie eine heiße Schokolade im *Caffè Florian* oder *Caffè Quadri* auf dem Markusplatz.

Aber auch damit ist es noch nicht getan. Der perfekte Globetrotter ist daran zu erkennen, dass er sich in den großen Weltstädten zurechtfindet wie in seinen eigenen vier Wänden. Müssen wir ausdrücklich betonen, dass Berlin nicht zu diesen Weltstädten gehört? Vielleicht in zwanzig Jahren! Nein, wir sprechen von London, Paris und New York, den Schnitt- und Höhepunkten unserer Zivilisation. Wer mit diesen drei Städten nicht auf vertrautem Fuße steht, hat am Leben vorbeigelebt. Mit »vertraut« meinen wir nicht die Besichtigung von Museen und Kirchen, womöglich gar im Kielwasser eines fähnchenschwingenden Gruppenführers. Die so genannten Sehenswürdigkeiten haben der weltgewandte Gentleman und die weitgereiste Lady längst hinter sich gelassen. Das einzige, was sie noch interessiert, sind Hotels, Restaurants und Luxusgeschäfte. Die besten Adressen reichen sie als Geheimtipps weiter – wobei freilich nicht auszuschließen ist, dass sich einige der allergeheimsten bereits herumgesprochen haben.

Unterwegs in Londons Upperclass

Anders als die meisten Republiken Europas kann sich das Vereinigte Königreich immer noch einer intakten High Society rühmen. Auch wenn sich das London von »New Labour« im Ruf gefällt, *cool* und *hip* zu sein – die ehrwürdigen Traditionen leben fort. Wer im gesellschaftlichen Leben mithalten will, muss daher die Grunddaten des immerwährenden Kalenders kennen:

15. Januar	Beginn der Lachsfangsaison
1. März	Beginn der Forellenfangsaison
April	Beginn der Polosaison
Mai	Chelsea Flower Show
Mai–August	Opernfestspiele in Glyndebourne
Juni	Tennisturnier in Wimbledon, Pferderennen in Ascot und Epsom
Juli	Ruderregatta in Henley
1. Oktober	Beginn der Fasanenjagdsaison
1. November	Beginn der Fuchsjagdsaison

Bei keinem Sportereignis der Welt gibt es ein eleganteres Publikum als bei den Pferderennen in Ascot und Epsom. Im Queen's Stand in Epsom, von dem aus die königliche Familie das Geschehen verfolgt, tragen die Herren *morning dress* (Gehrock mit Zylinder), die Damen immer einen Hut. Das gleiche gilt für die

Royal Enclosure in Ascot. Wer unvorschriftsmäßig gekleidet ist, wird freundlich, aber bestimmt des Platzes verwiesen. Die Zulassung ist beim Protokoll im St. James's Palace schriftlich zu beantragen. Früher waren Geschiedene vom Zutritt ausgeschlossen. Seitdem aber selbst die Royals ihre Ehen nur noch auf Zeit schließen, ist diese Hürde entfallen.

Der Einstieg in die High Society beginnt mit der Auswahl des richtigen Hotels. Ein auf dem Hotelpapier verfasster Brief, der den erstklassigen Poststempel London W1 oder SW1 trägt, wird nicht nur unsere minderbemittelten Freunde vor Neid platzen lassen; er hinterlässt selbst bei abgebrühten Connaisseurs den gewünschten Eindruck. *Claridge's* ist der Inbegriff der großen imperialen Tradition. Hier bringt die britische Regierung ihre Staatsbesucher unter, und selbst die Königin beehrt das Restaurant gelegentlich mit ihrer allerhöchsten Anwesenheit. Mittags treffen sich dort Londons Mächtige zum *power luncheon*. Der *afternoon tea* mit den obligaten Gurken-Sandwiches wird von livrierten Dienern im Reading Room serviert. Von Richard Dalton, dem Hotelfriseur, lässt sich sogar Prinz Charles die Haare schneiden. Im 100 Jahre alten *Connaught* kommt man sich vor wie in einem Londoner Herrenclub, und gesellschaftlich unsichere Gäste fühlen sich vom Personal leicht eingeschüchtert. Aber keine Angst: Der Service ist perfekt und schließt sogar das sonst ausgestorbene nächtliche Schuheputzen ein.

Wer die Gegenwart der Geschichte vorzieht, ist im *Dorchester* an der richtigen Adresse. Das 1931 eröffnete Haus gehört heute dem Sultan von Brunei, der es für 130 Millionen Pfund renovieren ließ. Erfahrene Reisende halten es für das komfortabelste unter den Londoner Luxushotels. Die besten (und teuersten) Zimmer bieten weite Blicke über den Hyde Park. Das *Ritz* am Piccadilly hat mit seinem Pariser Namensvetter nichts zu tun. Es ist ein prachtvolles, wenn auch auf seinen Lorbeeren sanft eingeschlummertes Beispiel für die üppigen Hotelpaläste der Belle Époque. Im Palm Court hielten schon Eduard VIII. und Wallis Simpson Händchen. Prinz Charles und Camilla Parker Bowles – bitte ohne Bindestrich! – eifern ihnen heute nach.

Im *Savoy* am Strand schockierten Oscar Wilde und sein Busenfreund Lord Alfred (»Bosie«) Douglas die Londoner mit ihren extravaganten Auftritten. Später nahm hier Winston Churchill grollend Zuflucht, nachdem ihn seine undankbaren Landsleute aus der Downing Street vertrieben hatten. Heute steigen im Savoy Geschäftsleute und betuchte Theaterfreunde ab, die die Nähe zur City und zum West End zu schätzen wissen. Dass das Hotel zum weniger vornehmen Postbezirk WC2 gehört, nehmen sie in Kauf. Der Grill ist eine weitere Zitadelle der *power lunchers*. Die Zimmer an der Rückfront bieten großartige Ausblicke über die Themse, sind aber laut.

Die Zeiten, in denen London als gastronomische Wüste galt, sind längst vorbei. Heute kann es mit Paris und New York ohne weiteres mithalten. Sogar die vielgeschmähte einheimische Küche kommt in durchaus genießbarer Form vor, zum Beispiel in Londons ältestem Restaurant *Rules*. Schon das köstliche *Olde-England*-Dekor lohnt den Besuch. Englische Kochkunst neueren Zuschnitts finden wir in *The Ivy*, dem besten Theaterrestaurant der Welt. Da hier die Stars des Showbusiness – oder, wie man in London sagt: die *luvvies* – Hof halten, ist es entsprechend schwer, Platz zu bekommen. Mit Vollzeug vor dem Trend segelt auch *The Pharmacy*, das von Damien Hirst, dem prominentesten YBA (Young British Artist), im Stil einer Apotheke eingerichtete Lokal in Notting Hill. Die gleichnamige Filmromanze mit Hugh Grant und Julia Roberts hat die Gegend noch attraktiver gemacht, als sie es ohnehin schon war.

Die besten Londoner Restaurants folgen, wie nicht anders zu erwarten, französischen Vorbildern. Wem die Palme gebührt,

Pierre Koffmanns *nouvelle cuisine* bei *La Tante Claire* im Berkeley Hotel oder der klassischen Küche von Michel Roux in *Le Gavroche*, ist unter den feinen Zungen umstritten. Die alte Adresse von Tante Klara in Chelsea wurde unlängst von *Gordon Ramsay* übernommen, der hier ein Restaurant unter seinem eigenen Namen eröffnete. Manche halten ihn für den talentiertesten unter den einheimischen Köchen, andere ziehen den Medienliebling Marco Pierre White vor, in dessen *Mirabelle* man sich vorkommt wie in einer Filmkulisse. Wer mitreden will, muss auch einige der schicken, postmodernen Lokale gesehen haben, mit denen der Designer Sir Terence Conran die Londoner beglückte, vor allem *Quaglino's* und das neueste, *Orrery*, einen ehemaligen Pferdestall. *Mezzo*, gleichfalls zum Conran-Imperium gehörig und mit einer Kapazität von 700 Personen der größte Essplatz Europas, ist dagegen nur einer bereits ertaubten Jugend zu empfehlen.

Noch abweisender als die überlaufensten Restaurants sind die Bastionen des englischen Gentleman, die Clubs an der Pall Mall – von den Londonern Pell Mell ausgesprochen – und St. James's Street. Um überhaupt hineinzukommen, muss man sich von einem Mitglied einladen lassen. Die ältesten und vornehmsten Clubs – wie *White's*, wo Prinz Charles seinen Polterabend feierte – wollen vom weiblichen Geschlecht nichts wissen. *Boodle's*, wo »Beau« Brummell die Mode diktierte (der Prinzregent, der spätere Georg IV., weinte, als Brummell den Sitz seiner Krawatte tadelte), lässt Frauen immerhin als Gäste zu, aber nur im Restaurant. Der *Carlton Club*, die Hochburg der Konservativen, hält es genau umgekehrt: Hier sind weibliche Gäste willkommen, nur nicht in der Bar und im Speisesaal. Das einzige weibliche Mitglied ist Lady Thatcher. Der *Reform Club*, der traditionelle Club der Liberalen, nimmt dagegen seit 1981 auch Frauen auf. Mit der Küche ist es im Allgemeinen nicht weit her. Selbst Clubs wie *The Beefsteak* und *Pratt's*, die ausdrücklich zum

Zweck gemeinsamen Essens gegründet wurden, bieten nur brave Hausmannskost. Im Beefsteak wird der Oberkellner seit 170 Jahren Charles genannt; bei Pratt's heißt er George.

Auch wenn es uns misslingen sollte, in einen Club eingeladen zu werden – niemand kann uns daran hindern, dort einzukaufen, wo sich auch die königliche Familie versorgt. Die genaue Kenntnis der Hoflieferanten ist für uns selbstverständlich. Hier einige der wichtigsten Adressen:

- Hüte: James Lock (6 St. James's Street)
- Schuhe: John Lobb (9 St. James's Street)
- Unterwäsche: Rigby & Peller (2 Hans Road)
- Sportausrüstungen: Swaine Adeney Brigg & Sons (54 St. James's Street)
- Briefpapier: Smythson (40 New Bond Street)
- Bücher: Hatchard's (187 Piccadilly)
- Tee, Konfitüren, Delikatessen: Fortnum & Mason (181 Piccadilly)

Bei James Lock lassen sich die Königin und der Prinzgemahl ihre Hüte anfertigen. Die verstorbene Prinzessin von Wales kaufte dagegen bei John Boyd am Beauchamp Place. Der Kronprinz wiederum lässt seine Garderobe bei Andersen & Sheppard in der Savile Row schneidern, selbstverständlich *bespoke* (nach Maß). In der Savile Row finden wir weitere weltberühmte Herrenschneider – Gieves & Hawkes, wo schon Admiral Nelson seine Uniformen bestellte, oder Dege & Sons, wo das Krönungsgewand der Königin Victoria entstand. Ihre Nachfolgerin Elisabeth II. ist dort immer noch Kundin. Die großen französischen und italienischen Modehäuser haben ihre Filialen in der New Bond Street. Die Old Bond Street ist das Hauptquartier der Juweliere. Sehr lohnend ist auch ein Spaziergang durch die

Jermyn Street: Unser Rasierwasser kaufen wir bei Dunhill, Maßhemden bei Turnbull & Asser oder Hilditch & Key, Schlipse mit Regiments- und Universitätsemblemen bei T. M. Lewin, Seifen bei Floris und silberne Ständer für unsere Zahnbürsten bei Czech & Speake. (Vorsicht beim Tragen der Schlipse in England: Sie könnten nach Ihrem Abschlussjahrgang gefragt und, wenn Sie stammelnd passen, für einen Schwindler gehalten werden.) Das Auktionshaus Christie's ist gleich um die Ecke, Sotheby's nicht weit. Nicht zu vergessen ist schließlich Harrods, das vornehmste Kaufhaus der Welt, das leider dem nicht ganz standesgemäßen Vater des ägyptischen Playboys Emad (»Dodi«) al-Fayed, dem letzten Geliebten von »Lady Di«, gehört. Dass der Buckingham Palace dem Ägypter wegen dessen haltloser Verschwörungstheorien über den Tod seines Sohnes das Privileg entzog, sich »Hoflieferant« nennen zu dürfen, braucht uns nicht zu stören. Dagegen machen wir um die Oxford Street, die maßgefertigten Schirme von James Smith & Son ausgenommen, einen großen Bogen: Hier kauft der *riff-raff*.

Paris für Anspruchsvolle

In Frankreich wird die feine Gesellschaft *le gratin* (die Kruste) genannt. Sie wohnt in den *beaux quartiers*, dem siebten, achten und sechzehnten Arrondissement, und heiratet in den Kirchen Ste. Clotilde, St. Thomas d'Aquin, St. Honoré d'Eylau oder St. Philippe du Roule. Alles andere gilt bei anständigen Leuten als wilde Ehe. Sehr elegant ist es, sich von einem Familienangehörigen – am besten einem Jesuiten – trauen zu lassen. Seine Kinder schickt man auf die École alsacienne in der Rue d'Assas oder eine andere Privatschule, nimmt im Krankheitsfall die Dienste des American Hospital in Neuilly in Anspruch und lässt sich, wenn das nicht hilft, auf dem Friedhof des Dorfes beerdigen, wo man seinen Landsitz hat. Auch Picpus, der vornehmste unter den Pariser Friedhöfen, kommt in Frage. Zu ihm haben freilich nur Nachfahren jener Opfer des jakobinischen Terrors Zutritt, die dort begraben sind. Wer Wert darauf legt, in dieser noblen Erde seine letzte Ruhe zu finden, muss also durch Einheirat in eine geeignete Familie rechtzeitig vorsorgen.

Wer einstweilen noch am Leben bleiben, aber auf den *gratin* Eindruck machen will, ist gut beraten, in einem der Großen Vier der Pariser Hotellerie abzusteigen: Im *Ritz* an der (der!) grandiosen Place Vendôme nahm Diana ihr letztes Abendmahl ein, bevor sie zu ihrer letzten, kurzen Fahrt aufbrach. Auch die amerikanische Botschafterin Pamela Harriman starb bei der Gymnastik im Centre sportif des Hotels. Wer es sich leisten kann, mietet für 7700 Euros die Suite impériale. In der Hemingway-Bar zechten außer dem Namenspatron Marcel Proust, Coco Chanel und Scott Fitzgerald. Im *Crillon* an der Place de la Concorde übernachten die Staatsgäste der französischen Regierung. Von den Zimmern an der Frontseite bietet sich ein unvergessliches Panorama mit der Nationalversammlung, dem Invalidendom und dem Eiffelturm. Das *Bristol* ist die traditionelle Schlafstatt der deutschen Bundeskanzler. Von hier aus können sie ihren Gesprächspartner im Elysée zu Fuß erreichen. Das Schwimmbad auf dem Dach wurde von dem gleichen Architekten entworfen, der auch die Yacht von »Ari« Onassis baute. Das *Plaza-Athénée* an der Avenue Montaigne ist besonders bei den Stars von Musik, Film und Theater beliebt. Hier wohnte »Rudi« Nurejew nach seiner sensationellen Flucht aus der Sowjetunion; heute sind Brad Pitt und »Leo« DiCaprio gern gesehene Gäste. Im Sommer diniert man im blumengeschmückten Innenhof, und zwar vorzüglich, denn in der Küche herrscht seit kurzem Alain Ducasse, Frankreichs höchstdekorierter Chef.

Wer sich von seinem Geld leichten Herzens trennt, aber nicht von der Vergangenheit erdrückt werden will, dem bietet sich seit ein paar Jahren eine mondäne Alternative, das *Costes* in der Rue St. Honoré. Was sich im Patio und in den theatralischen Salons drumherum Küsschen gibt und bei einem kleinen Imbiss stärkt, ist garantiert *branché* und *à la page* – zu deutsch: liegt voll im Trend.

Das Kochen wird in Paris zu den hohen Künsten gezählt. Ein großer Koch ist ebenso angesehen wie ein großer Maler oder Dichter. Es genügt also nicht, die Spitzenrestaurants zu kennen; man muss auch wissen, wer für die Speisekarte verantwortlich ist. Man muss wissen, dass bei *Lucas Carton* Alain Senderens am Herd steht, bei *Taillevent* Jean-Claude Vrinat, bei *L'Arpège* Alain Passard und bei *L'Ambroisie* an der Place des Vosges, wo Präsident Chirac das Ehepaar Clinton einlud, Bernard Pacaud. Manche Chefs machen es der Kundschaft leicht und benennen ihr Lokal nach sich selbst – so *Guy Savoy* und *Pierre Gagnaire*. Das älteste und schönste der großen Pariser Restaurants ist *Le Grand Véfour* im Palais Royal. Raymond Olivier, der 36 Jahre lang über Küche und Keller herrschte, ließ es sich nicht nehmen, die arthritische Colette aus ihrer Wohnung nebenan an ihren Stammplatz zu tragen, wo schon Josephine auf den General Bonaparte gewartet hatte. Heute kocht hier Guy Martin. Manche der großen Namen sind allerdings längst Schall und Rauch. Bei *Lapérouse* und *Maxim's* trifft man nur noch sentimentale Touristen. Auch die legendären nummerierten Blutenten der *Tour d'Argent* sind nicht mehr, was sie einmal waren.

Natürlich steht selbst den anspruchsvollsten Parisern nicht immer der Sinn nach *haute cuisine*. An gewöhnlichen Tagen begnügen sie sich mit einer Brasserie. Die dekorativsten Brasserien sind *Bofinger* an der Bastille, *Lipp* am Boulevard St. Germain und *Julien* im Faubourg St. Denis. Doch die Brasserie der Brasserien, die Apotheose der Bierwirtschaften ist ein Bahnhofsrestaurant – *Le Train Bleu* in der Gare de Lyon. Nur die Gepäckablage über seinem Kopf erinnert den Gast daran, dass er nicht in einem Schloss, sondern einem Bahnhof tafelt.

Vor dem Dîner und nach dem Theater sitzen die Pariser gern im Café. Die Literaten zieht es auf das linke Ufer der Seine, ins *Flore*, zu den *Deux Magots* oder in die *Coupole*. Es gehört zum guten Ton, über die eleganten Modegeschäfte zu lästern, die sich auf der *rive gauche* breit machen und die alten Buchhandlungen verdrängen. Das Hauptquartier des Showbusiness ist dagegen *Fouquet's* – mit stimmhaftem T – auf den Champs Elysées. Wer es gern amerikanisch hat, lässt sich seine Drinks in *Harry's Bar* mixen oder in der *Closerie des Lilas*. Bei Harry wurde die Bloody Mary erfunden, in der Closerie spielten Trotzki und Lenin Schach. In seinem Buch »Paris – Ein Fest fürs Leben« hat Ernest Hemingway – auch er ein treuer Habitué – den erschütternden Augenblick festgehalten, als die schlichte Closerie Anfang der zwanziger Jahre in eine elegante »American Bar« umgewandelt und das männliche Personal gezwungen wurde, seine allzu französischen Schnurrbärte abzunehmen. Einige Kellner meldeten sich mehrere Tage krank, bevor sie die Kraft fanden, ihr nacktes Gesicht der Öffentlichkeit zu zeigen.

Obwohl die Konkurrenz nicht schläft, ist Paris noch immer die Welthauptstadt der Mode und der Parfums. Die berühmtesten Boutiquen sind in der Avenue Montaigne und der Rue du Faubourg St. Honoré aufgereiht wie Perlen auf einer Schnur. Hier und in den Nachbarstraßen beschafft sich die Frau von Welt die Statussymbole, ohne die sie nicht leben könnte – bei *Gucci* für 10 000 Euro ein Kroko-Beutelchen mit Bambusgriff, bei *Dior* die »Lady-Dior«-Handtasche oder, wenn sie nicht der Prinzessin von Wales, sondern der Fürstin von Monaco nacheifern möchte, bei *Hermès* den klassischen »Kelly-Bag«. Von Dior sind es nur ein paar Schritte zu *Porthault*, von dessen Tisch- und Bettwäsche schon Jackie Kennedy schwärmte. Die netten Ledersachen von *Vuitton* und »le must« von *Cartier* sind ebenfalls nicht weit. Auch die Herren gehen nicht leer aus: Mit Maßhemden von *Charvet* und Schuhen von *Berluti* sind sie immer richtig angezogen. Die Stiefel, die sich Roland Dumas, der frühere Außenminister, bei Berluti für 11 000 Francs anfertigen ließ, riefen allerdings den Staatsanwalt auf den Plan. (Eine Dame hatte sie ihm geschenkt, um ihn für den Erdölkonzern Elf-Aquitaine, in dessen Diensten sie stand, günstig zu stimmen.) Selbstverständlich werfen wir die wundervollen Einkaufsbeutel dieser Boutiquen nicht weg, sondern heben sie sorgfältig auf, um der Welt auch bei späteren Gelegenheiten unsere gesegneten pekuniären Verhältnisse immer wieder vor Augen zu führen.

Antiquitätenjäger mit wenig Zeit eilen in den *Louvre des Antiquaires*, ein Einkaufszentrum mit 150 Geschäften. Anders als im Museum gegenüber drängen sich hier glücklicherweise keine Reisegruppen. Wer das Stöbern vorzieht, wechselt auf das linke Seineufer: In der Rue Jacob, der Rue Bonaparte und der Rue de Seine wimmelt es von dekorativen Läden aller Art, auch Kunstgalerien. Der Petersplatz für die Anbeter ausgesuchter Delikatessen ist die Place de la Madeleine: Bei *Fauchon* und *Hédiard* gerät auch der verwöhnteste Heimkoch in Ekstase.

Das süsse Leben im Big Apple

Amerika ist ein durch und durch demokratisches Land. Man nennt sich gleich beim Vornamen; akademische Titel werden sparsam verwendet. Dennoch wäre es ein Irrtum, Amerika für eine klassenlose Gesellschaft zu halten. Ohne Geld ist es schwer, von den oberen Zehntausend für voll genommen zu werden.

Aber das Geld allein reicht nicht aus. Leitfigur ist der *White Anglo-Saxon Protestant*, kurz WASP genannt. Auch wenn die politische Szene heute von hemdsärmeligen Südstaatlern beherrscht wird – in der guten Gesellschaft gibt noch immer der WASP den Ton an. Seine Vorbilder wiederum sind die englische Lady und der englische Gentleman. Wer von der *upper crust* als ebenbürtig anerkannt werden will, muss sich an ihre Spielregeln halten. Wahrscheinlich wird es uns nicht gelingen, Katherine Hepburns aristokratischen Akzent nachzuahmen. Wer es nicht kann, sollte sich zumindest ein leichtes Stottern – den so genannten *boarding-school stammer* – zulegen. Eine gewisse Schroffheit ist kein Fehler. *What?* klingt weniger unterwürfig als *Pardon me?* Die passende Antwort auf Anbiederungsversuche wie *Cheers* (Prost!), *Pleased to meet you* oder *Have a nice day* ist eisiges Schweigen.

Die Wahl des richtigen Hotels ist in New York ebenso wichtig wie in London und Paris. Es ist nicht unbedingt nötig, in jedem der Häuser, die wir gleich nennen werden, zu übernachten, doch sollte man sich zumindest in der Lobby umgesehen und an der Bar einen Drink genossen haben. Der mittellose James Dean wohnte im billigen Iroquois Hotel, traf jedoch seine Verabredungen im benachbarten, weitaus feineren Algonquin Hotel. Er wusste, worauf es ankommt. Das *Algonquin* ist der gegebene Stützpunkt für Reisende mit intellektuellen Ambitionen. Hier traf sich in den dreißiger Jahren die berühmte Tafelrunde mit Dorothy Parker, Robert Benchley und anderen wegen ihres Witzes und ihres Alkoholkonsums gefürchteten Edelfedern. Auch die Redaktion des snobistischen »New Yorker« pflegte sich im Rose Room zu stärken, bevor sie ihr Hauptquartier in das gegenüberliegende *Royalton* verlegte. Im Royalton, einem von dem französischen Designer Philippe Starck umgebauten Clubhaus, kommt man sich vor wie auf einem futuristischen Ozeandampfer, und das jugendliche Personal sieht aus, als könnte es jeden Augenblick zu Filmaufnahmen davoneilen. Wer auf der Höhe der Zeit steht, wird sich hier sofort zu Hause fühlen. Ein ähnliches Trend-Erlebnis erwartet den Gast im *Morgans*. Schon das Fehlen des Apostrophs deutet an, dass wir etwas Besonderes vor uns haben. Auch die Lobby fehlt, und das minimalistische Dekor beschränkt sich streng auf Grau und Schwarz. Hierher zieht es vor allem Theater- und Film-Prominenz, die nicht gesehen werden möchte. Der neueste, wiederum von Starck entworfene Trendsetter ist das *Hudson Hotel* auf der Upper West Side – ein postmoderner Stilmix, schrill, verrückt und *oh, so cool.*

Wer den Luxus der alten Welt vorzieht, steigt dagegen auf der Upper East Side ab, etwa im *Carlyle*, wohin sich John F. – »Jack« bei Insidern – Kennedy zurückzog, wenn er mit einer neuen Eroberung allein sein wollte. In Bemelman's Bar spielt und singt Bobby Short, das New Yorker Gegenstück zu Sam in »Casablanca«, alte Schlager. Auch das *Pierre* ist ein Luxushotel der alten Schule, eine glückliche Dreieinigkeit von europäischer Tradition, ausschweifendem Blick über den Central Park und strategischer Nähe zu den Boutiquen auf der Madison Avenue. Beim Five-o'clock-Tea in der Rotunda treffen wir die exzentrischen Goldfische, die in der guten alten Zeit mit dem Orient-Express zu reisen pflegten. Das *Waldorf-Astoria* schließlich, heute das Flaggschiff des Hilton-Konzerns, ist eine gewaltige Bettenmaschine, die wir getrost den Grünhörnern überlassen. Der Kenner nistet sich in den oberen Etagen ein, die unter dem Namen *Waldorf Towers* wie ein eigenes Hotel geführt werden. Hier unterhält der amerikanische Präsident eine Suite, die, einen guten Leumund vorausgesetzt, für 7500 Dollar pro Nacht auch von gewöhnlichen Sterblichen gemietet werden kann.

Die WASPs stehen nicht zu Unrecht im Ruf, vom Trinken viel zu verstehen, sich aber wenig aus gutem Essen zu machen.

Bei *Swifty's* und im *21 Club* trifft sich eine schicke Clique, die bei Hamburgern und Salaten Neuigkeiten aus dem Vineyard und den Hamptons austauscht. (Gemeint sind die vor der Küste von Massachusetts gelegene Insel Martha's Vineyard und die smarten Badeorte South- und Westhampton auf Long Island.) Ebenso schlicht ist das Essen bei *Elaine's*, wo Woody Allen und andere *celebs* aus dem Schaugewerbe Stammgäste sind. Damit ist nicht gesagt, dass die New Yorker Society die große französische Küche gänzlich verschmäht. Truman Capote hat beschrieben, wie sie in der *Côte Basque* zugleich ihren Gaumen labt und ihre Zunge wetzt. Das sicherste Barometer für den gesellschaftlichen Rang ist *Le Cirque 2000* im New York Palace Hotel. Der dem Gast zugewiesene Tisch macht ihm unmissverständlich klar, welchen Platz er in der Hackordnung einnimmt. Ähnliches gilt für die *Four Seasons*, wohin die Mächtigen ihre Geschäftsfreunde ausführen – mittags in den Grill Room, abends in den Pool Room. Doch am liebsten tafeln die New Yorker Gourmets abends in den alles andere als eleganten Vierteln südlich der Houston Street. Die Verbindung von kulinarischen Genüssen und verlotterter Umgebung finden sie unwiderstehlich. Hier kochen einige der besten Köche der Stadt. Bei *Chanterelle* und *Montrachet* sind die Rezepte französisch, in Robert De Niros *Tribeca Grill* italienisch, bei *Nobu* peruanisch-japanisch. Der letzte Schrei ist die Edelbrasserie *Balthazar:* Ein Tisch zur Hauptessenszeit ist begehrter als eine Einladung ins Weiße Haus.

Das Shopping in Downtown ist dagegen ein No-No. Wer auf sich hält, kauft nur in Midtown – zwischen 42nd und 57th Street – und auf der Upper East Side. Alles, was westlich der Fifth Avenue liegt, mit Ausnahme der Straßen, die den Central Park säumen, betrachtet er mit Misstrauen. Das gleiche gilt für die »äußeren Stadtteile« Brooklyn, Queens, die Bronx und Staten Island. Der Menschenschlag, der dort haust, die so genannten *bridge-and-tunnel people*, hat in Manhattan denselben Ruf wie die Offenbacher in Frankfurt. Auf der Fifth Avenue findet die anspruchsvolle Dame die feinsten Kaufhäuser *(Bergdorf Goodman, Henri Bendel, Saks)*, die feinsten Juweliere und die feinsten Ledergeschäfte. Der Herr, der dem modischen Ideal des englischen Landedelmanns nacheifert, versorgt sich dagegen auf der Madison Avenue »bei den Brüdern« *(Brooks Brothers)*, bei *Barney's* und *Ralph Lauren*. Auf derselben Flaniermeile sind auch die teuren italienischen und französischen Boutiquen zu finden, die nobelsten Galerien und die erlesensten Antiquitätenläden. Von dort ist es nicht weit zu *Bloomingdale's*, dem Inbegriff eines modischen, pfiffigen und dabei doch erschwinglichen Lebensstils. Herrenhemden, Bettwäsche, Ledersofas, Porzellan – alles ist von erster Qualität. Sich von den schwarzgewandeten Knaben und Mädchen am Eingang mit dem neuesten Parfüm besprühen zu lassen, ist ein klassisches New Yorker Sonntagsvergnügen. Wer eigentlich gar nichts mehr braucht, geht zu *Hammacher & Schlemmer*. Hier stößt er bestimmt auf etwas Überraschendes – einen Einschlafapparat mit Meeresrauschen, einen heizbaren Käfig für den Kanarienvogel oder einen Feldstecher, der die genaue Entfernung zwischen Golfball und Loch anzeigt.

Natürlich sprechen wir nicht vom Loch, sondern vom *hole*. Auch wenn wir selbst nicht Golf spielen, nennen wir den Golfplatz *course*, die Schläger *clubs*, die gemähte Spielbahn *fairway* und die kurz geschnittene Rasenfläche um jedes Loch *green*. Ein paar englische Fachausdrücke lässig ins Gespräch geworfen, und wir gehören schon dazu. Auch unsere Kommentare zur Mode werden mit weitaus größerem Respekt angehört, wenn wir sie auf Englisch vorbringen. Für die *fashion victims* und *label suckers*, die sich von der Werbung ins Bockshorn jagen lassen, haben wir nur Verachtung übrig. Als kreative *stylesurfer* und *trendmixer sampeln* wir unser *outfit* selbst und entscheiden, ob wir dem *main-*

stream folgen, dem *retro-look* von vorgestern oder dem avantgardistischen *cutting-edge* von übermorgen. Auch in der Erotik hat das Englische entschiedene Vorteile. In einer fremden Sprache lässt es sich leichter *checken*, ob das flotte *fly-girl* oder der stramme *hunk*, den wir beim *party-hopping gespottet* haben, schon komplett *durchgedatet* ist oder im entgegengesetzten Fall *horny* genug, um uns zu einem *one-night stand* zu begleiten.

Das Englische hat die übrigen Fremdsprachen nahezu vollständig verdrängt. Dennoch macht es sich gut, unsere Rede von Zeit zu Zeit mit einem französischen oder lateinischen Zitat zu schmücken – in kleinen Dosen, versteht sich, denn allzu dick aufgetragene Sprachkenntnisse werden von dem, der sie nicht hat, als Provokation empfunden. Ein kleiner Vorrat geflügelter Worte genügt. Hier einige Beispiele:

Roma locuta, res finita.
Rom hat gesprochen, die Sache ist erledigt.

De minimis non curat praetor.
Der Praetor kümmert sich nicht um Kleinigkeiten.

Non olet.
Geld stinkt nicht.

Après nous le déluge.
Nach uns die Sintflut.

Tant de bruit pour une omelette.
So viel Lärm um ein Omelett.

Les chaînes du mariage sont si lourdes qu'il faut être trois pour les porter.
Die Bande der Ehe sind so schwer, dass man sie nur zu dritt tragen kann.

Vor einem müssen wir uns in Acht nehmen – den »falschen Freunden«, die wir aus unserer eigenen Sprache zu kennen glauben, die aber in Wahrheit ganz anders heißen. Das Handy nennt der Amerikaner *mobile phone*, den Smoking *black tie* oder *tuxedo*, Twens *people in their twenties*, und *liberals* sind für ihn nicht Anhänger eines marktfreundlichen Nachtwächterstaats, sondern Umverteiler mit sozialem Gewissen. Auch der Krimi-Leser, der beiläufig erwähnt, in der vergangenen Nacht sei er mit einem *criminal Roman* ins Bett gegangen, darf sich nicht wundern, wenn seiner Nachbarin der Löffel in die Suppe fällt.

Kleopatra war nicht auf den Mund gefallen – schon gar nicht im Bett

Die Geschichte ist pikanter, als es sich unsere Schulweisheit träumen lässt

Als jemand versuchte, einer Wiener Dame Einsteins Relativitätstheorie zu erklären, antwortete sie: »Sehr interessant! Aber sagen Sie: Was für eine Geborene ist eigentlich seine Mutter?« Diese Dame hatte verstanden, worauf es ankommt – auf die Familienverhältnisse. Der Rest findet sich von selbst. Auch Geschichte ist im Wesentlichen Familiengeschichte. Natürlich sind nicht alle Familien gleich. In der feinen Gesellschaft wird von uns vor allem erwartet, dass wir uns unter gekrönten Häuptern und deren Verwandtschaft auskennen. Von diesen strategischen Höhen können wir uns guten Gewissens Ausflüge in die Niederungen der gewöhnlichen Sterblichen gestatten – der *roture*, wie die Franzosen sagen –, um danach wieder in die uns gemäßere Sphäre des blauen Blutes zurückzukehren. Wichtig ist, dass wir uns nicht in die so genannte »große Politik« verirren. Nichts ist aufreizender als ein Tischgenosse, der mit seiner Kenntnis historischer Zusammenhänge oder gar mit Jahreszahlen prunkt. Feldzüge und Friedensschlüsse, Konferenzen und Kongresse haben in einer eleganten Konversation nichts zu suchen. Der geübte Causeur weiß, dass sich seine Zuhörer nicht für das öffentliche Wirken von Kaisern und Königen, Prinzen und Prinzessinnen interessieren, sondern für ihr Privatleben. Nur wenn er mit intimen, möglichst pikanten Details aufwartet, sind sie ganz Ohr.

Biblische Freuden

Die Bibel – man sollte es nicht für möglich halten, aber es ist die reine Wahrheit – strotzt von solchen pikanten Details. Nach der offiziellen Version brachte es David vom Schafhirten zum König der Israeliten, weil er ein großer Krieger war und den Riesen Goliath mit der Schleuder erlegte. Zu dieser Version passt jedoch schlecht, dass die Bibel an einer von den späteren Redakteuren wohl übersehenen Stelle (2. Samuel 21,19) den Sieg über Goliath einem gewissen Elhanan zuschreibt. Davids Aufstieg hatte, wie manche vermuten, weniger mit seinen kriegerischen Leistungen zu tun als mit seinen Leistungen im Bett. Sein Bettgenosse war Jonathan, der Sohn des Königs Saul, der gleichfalls ein Auge auf den hübschen Hirten geworfen hatte. Die Freundschaft zwischen David und Jonathan war, wie die Heilige Schrift berichtet, »sonderlicher, denn Frauenliebe ist«. Deutlicher kann man kaum werden. David interessierte sich aber nicht nur für Männer, sondern auch für Frauen, vor allem wenn sie schon verheiratet waren – wie später Richard Wagner. Um die schöne, aber eben schon verheiratete Bathseba gefügig zu machen, schickte er ihren Gatten, seinen Feldherrn Urias, in den Tod. Hollywood, wo bekanntlich die Devise gilt »Beautiful people can do no wrong«, versuchte das schuldbeladene Liebespaar (Gregory Peck und Susan Hayward) reinzuwaschen, indem es Urias als impotenten Streber hinstellte.

Bathseba war die Mutter von Davids Nachfolger Salomo, dessen »salomonisches Urteil« noch heute beifällig zitiert wird. Allerdings wird dabei meist unterschlagen, dass die beiden Mütter, die in dem berühmten Prozess um das Kind stritten, Huren waren. Noch beeindruckender als Salomos Weisheit war sein Frauenkonsum: Wie die Bibel berichtet, hatte er »700 Weiber und 300 Kebsweiber«. Ob es mit der Königin von Saba zum Äußersten kam, ist in der rabbinischen Literatur umstritten, nicht dagegen in Hollywood: Da Yul Brynner und Gina Lollobrigida die Hauptrollen spielen, kann man sich denken, wie der Staatsbesuch ausgeht.

Salomo ist nicht zu verwechseln mit Salome, der Nichte und Stieftochter des Herodes, die für ihren lüsternen Onkel nackt tanzte und als Lohn dafür den Kopf Johannes des Täufers bekam. In der Oper von Richard Strauss (nach dem Drama von Oscar Wilde) wird sie zur Strafe von Soldaten zermalmt. Die historische Salome starb, hochbetagt und zum zweiten Mal verheiratet, auf dem Gebiet der heutigen Türkei – wahrscheinlich ohne auch nur im entferntesten etwas von dem Ruf zu ahnen, den sie bei der Nachwelt hinterlassen sollte.

Das Liebesleben der alten Römer

Auch Kleopatra VII., die letzte Königin des alten Ägyptens, verstand sich auf die Kunst, die Männer – in ihrem Fall waren es die römischen Herrscher Julius Cäsar und Mark Anton – zu betören. Wie sie das machte, verrät ein Ausdruck aus der französischen Umgangssprache: *faire Cléopâtre* steht für den Oralverkehr. (Den Analverkehr nennen klassisch Gebildete *socratiser.*) Aber in der entscheidenden Seeschlacht bei Aktium floh die ägyptische Flotte und besiegelte damit Mark Antons Schicksal. Sein Nebenbuhler Oktavian beherrschte von nun an das römische Weltreich; mit der Unabhängigkeit Ägyptens war es vorbei. Mark Anton und Kleopatra nahmen sich das Leben, Kleopatra, indem sie Giftschlangen an ihren Busen legte. William Shakespeare (»Antonius und Kleopatra«) hat das stürmische Finale auf die Bühne gebracht, sein Landsmann George Bernard Shaw (»Cäsar und Kleopatra«) den heiteren Anfang der erotischen

Staatsaffäre. Auch der Film hat sich der dankbaren Verbindung von Sex und Politik immer wieder angenommen. Der längste (243 Minuten) und bis dahin teuerste Film (44 Millionen Dollar) war »Kleopatra« (1963) mit Elizabeth Taylor in der Titelrolle, Rex Harrison als Julius Cäsar und Richard Burton als Mark Anton. Er war auch der Beginn des privaten Liebesdramas von Liz und Dick, das zwei Hochzeiten und zwei Scheidungen einschloss. In Ägypten durfte der Film, da Miss Taylor ihrem damaligen (vierten) Ehemann Eddie Fisher zuliebe zum Judentum konvertiert war, nicht gezeigt werden.

Dem siegreichen Oktavian verlieh der Senat den Ehrennamen Augustus. Mit ihm beginnt die lange Reihe der römischen Kaiser. Am interessantesten sind seine vier Nachfolger. Die drei ersten wurden ermordet, der vierte entleibte sich selbst, um seiner Hinrichtung zuvorzukommen. Die saftigen Details, die der römische Historiker Sueton von der Viererbande überliefert, lassen sogar Redakteure der »Bild«-Zeitung ungläubig erbleichen.

Tiberius war noch relativ harmlos. Er hatte zwei Spitznamen: Biberius (von *bibere*, trinken) und Caprineus (eine Anspielung auf Capri, wo er die letzten elf Jahre seines Lebens verbrachte, zugleich aber auch: geiler Bock). Auf Capri ließ der alternde Kaiser »Venusgrotten« anlegen, in denen er Kindern beiderlei Geschlechts bei sexuellen Spielen zusah. Beim Baden mussten kleine Jungen, die er seine »Fischchen« nannte, zwischen seinen Beinen hindurchschwimmen und ihn dabei kneifen und beißen.

Caligula (so genannt nach den »Stiefelchen«, die er als Kind trug, eigentlich hieß er Gajus) trieb es mit seinen drei Schwestern; in die älteste, Drusilla, war er bis zum Wahnsinn verliebt. Berüchtigt war sein Sadismus: Er sah gerne bei Folterungen und Hinrichtungen zu. Als ein Ritter, den er den wilden Tieren opfern wollte, laut seine Unschuld beteuerte, ließ er ihm die Zunge herausschneiden. Wenn er seine Frau oder eine seiner Geliebten auf den Hals küsste, dann nie ohne die Bemerkung: »Auch dieser schöne Nacken wird fallen, sobald ich es befehle.« Schließlich verlangte er, als Gott angebetet zu werden. Er baute zu seinen eigenen Ehren einen Tempel mit einer goldenen Statue, die täglich mit dem gleichen Gewand bekleidet wurde, das er selbst trug. In Vollmondnächten spazierte er mit großem Gefolge im Garten und lud seine Kollegin, die Mondgöttin Luna, zum Beilager ein. Um zu zeigen, wie sehr er die republikanischen Institutionen verachtete, ernannte er ein Pferd zum Senator. Es macht immer sehr großen Eindruck, wenn man den Namen dieses Pferdes weiß. Das Pferd hieß Incitatus.

Clau-Clau-Claudius, Held der britischen Fernsehserie »I, Claudius«, stotterte und galt bei seiner Familie als debil. Als Caligula ermordet wurde, hatte er sich hinter einem Vorhang versteckt. Ein Soldat kam zufällig vorbei, sah seine Füße, zog ihn mit Gewalt hervor und begrüßte den vor Angst Schlotternden, der vor ihm auf den Knien lag, als Kaiser. Seine einzigen Laster waren Brettspiele (über die er sogar ein Buch schrieb) und das Essen. Er aß so viel, dass man ihm nach genossener Mahlzeit eine Pfauenfeder in den Hals steckte, um seinen Magen zu erleichtern. Umso lasterhafter war seine dritte Frau Messalina. Ihre ehebrecherischen Eskapaden betrieb sie mit solcher Schamlosigkeit, dass dem betrogenen Gatten schließlich nichts anderes übrig blieb, als sie hinrichten zu lassen. Seine vierte Frau war seine Nichte Agrippina, die es sich in den Kopf gesetzt hatte, Nero, ihren Sohn aus erster Ehe, auf den Thron zu bringen. Sie lag Claudius so lange in den Ohren, bis er Nero adoptierte. Nachdem ihr dies gelungen war, vergiftete sie den Kaiser mit einem Pilzgericht.

Nero dankte es seiner Mutter schlecht. Dreimal versuchte er

sie zu vergiften, dreimal nahm sie rechtzeitig ein Gegengift. Auch den Einsturz der Decke ihres Schlafzimmers überlebte sie. Als ihre auf Neros Befehl angebohrte Yacht im Golf von Neapel sank, schwamm die sportliche Frau ans Ufer. Schließlich ließ er sie erdolchen und überall verbreiten, sie habe Selbstmord begangen, was aber niemand glaubte. Von seinen drei Ehefrauen ließ er die erste, Oktavia, im Dampfbad ersticken; die zweite, Poppäa (Heldin der Monteverdi-Oper »Die Krönung der Poppäa«), starb, nachdem er der Hochschwangeren einen Tritt in den Unterleib verpasst hatte. Insgesamt hatte Nero 24 Verwandte auf dem Gewissen. Später bereute er Poppäas Tod, ließ den Lustknaben Sporus, der ihr ähnlich sah, entmannen und heiratete ihn in aller Form. Das römische Volk quittierte die sonderbare Ehe mit dem Witz: »Was für ein Glück für die Menschheit wäre es gewesen, wenn Neros Vater eine solche Frau gehabt hätte!« Ob er den Brand Roms, wie Sueton behauptet, wirklich selber legte und mit einem Gesang vom Untergang Trojas begleitete, ist nicht sicher – wohl aber, dass er gern als Rezitator auftrat und seine Zuhörer durch stundenlange Darbietungen entsetzlich langweilte. Da es streng verboten war, die kaiserlichen Vortragsabende vor dem Ende zu verlassen, schützten Frauen plötzliche Niederkunft vor; Männer simulierten Schlaganfälle und ließen sich als Leichen heraustragen. Auch das Theater und der Zirkus hatten es Nero angetan. Am liebsten spielte er Frauen und wilde Tiere. In ein Löwenfell genäht, griff er Männer und Frauen an, die nackt an Pfähle gebunden waren. Es ist klar, dass sich Hollywood eine so extravagante Figur nicht entgehen lassen konnte. Nero tritt in mehr als zehn Filmen auf. Am denkwürdigsten verkörperten ihn Charles Laughton (»Im Zeichen des Kreuzes«) und Peter Ustinov (»Quo vadis?«).

War Attila wirklich so schlimm wie sein Ruf?

Mit der Teilung des Römischen Weltreichs etablierte sich neben Rom eine zweite Reichshauptstadt – Byzanz (Konstantinopel). Unter den oströmischen Kaisern genießt Justinian die höchste Wertschätzung – bei den Juristen als Sammler des römischen Rechts, bei den Kunstfreunden als Erbauer der Hagia Sophia. Die Feinschmecker ziehen dagegen Justinians Gattin Theodora vor. Die Tochter eines Tierbändigers im Zirkus war, bevor sich der Kaiser in sie verliebte, eine gefragte Stripperin und Prostituierte. Berühmt wurde sie durch das Kunststück, sich Getreidekörner von Gänsen aus der Scheide lecken zu lassen. Freimütig bekannte sie sich zu den vielen Abtreibungen, mit denen sie die Folgen ihrer Ausschweifungen beseitigte. Dass in dem lasterhaften Zirkusmädchen ein eiserner Charakter steckte, zeigte sich, als in Byzanz ein gefährlicher Volksaufstand losbrach. Während Justinian fliehen wollte, ließ Theodora den Aufstand blutig niederschlagen. Mindestens 30 000 Menschen kamen dabei ums Leben.

Das Weströmische Reich wurde von Barbaren aus dem Norden zu Fall gebracht; das Oströmische Reich überlebte weitere tausend Jahre. Den übelsten Ruf unter den Barbaren hinterließen die Vandalen und die Hunnen. In den englischen Boulevardblättern ist *hun* noch heute ein gern gebrauchtes Schmähwort für die Deutschen. Seinen Zeitgenossen galt der Hunnenkönig Attila als »Gottesgeißel«. Ob er wirklich so schlimm war wie sein Ruf oder ob er nicht vielmehr die Schreckensnachrichten selbst lancierte, um seine Gegner einzuschüchtern, ist umstritten. Erstaunlich ist jedenfalls, dass er sich von Papst Leo I. überreden ließ, seinen Raubzug durch Italien abzubrechen, und nach Ungarn zurückkehrte. Raffael hat die Sternstunde der päpstlichen Diplomatie in den vatikanischen *Stanzen* (Gemächern) festgehalten. Der englische Historiker Gibbon vermutete, der wahre Grund für den überraschenden Abzug sei ein anderer gewesen: Die wilden Hunnen hätten die italienische Küche nicht vertragen. Im Bett war es mit Attilas Eroberungsgelüsten übrigens nicht weit her. Zwar unterhielt er einen Harem, doch machte er nur sparsam von ihm Gebrauch. Die Hochzeitsnacht mit Ildiko, der Kriemhild des »Nibelungenlieds«, endete mit einer Katastrophe: Die Gymnastik mit der strammen Maid vom Rhein strengte ihn so an, dass er einen Blutsturz erlitt und starb.

Lasterhafte Päpste

Die meisten Päpste waren robustere Naturen. In vielem glich ihr Lebensstil dem der römischen Kaiser. Der erste Papst, der seine Kinder – insgesamt sieben – öffentlich anerkannte und durch gute Eheschließungen versorgte, war Innozenz VIII. Um sein Leben zu verlängern, ließ er sich Blut von drei Knaben einspritzen. Die Knaben starben daran und der Papst auch.

Sein Nachfolger Alexander VI. aus der spanischen Familie Borja (italianisiert: Borgia) war schon als Kardinal dadurch aufgefallen, dass er bei Orgien sein rotes Birett aufbehielt. Nachdem er Papst geworden war, gingen im Vatikan mehr Dirnen ein und aus als im Weißen Haus zur Zeit »Jack« Kennedys. Bankette wurden durch Nackttänze gewürzt; nach dem Dessert durften sich die Gäste unter den Nackedeis bedienen. Der Papst, sein Sohn Cesare und seine Tochter Lucrezia sahen dem Treiben vergnügt zu und belohnten die ausdauerndsten Männer mit Preisen. Cesare, von seinem Vater mit 18 Jahren zum Kardinal ernannt, war ein skrupelloser Verbrecher, der jeden, der ihm im Wege stand, ohne Zögern ermordete. In seinem Traktat »Der Fürst« stellt ihn der florentinische Diplomat Niccolò Machiavelli als Musterbeispiel des erfolgreichen Politikers vor. Ob seine Schwester Lucrezia tatsächlich die Giftmorde beging, die ihr die Fama zuschreibt, ist dagegen nicht erwiesen.

Die Knaben, die Julius III. zu Kardinälen erhob, waren sogar noch jünger als Cesare Borgia. Sie hatten sich durch Leistungen verdient gemacht, die weniger mit dem *Codex iuris canonici* (dem katholischen Kirchenrecht) als mit dem *Podex* zu tun hatten. Immerhin erregte es Aufsehen, als der Papst auch seinen 17-jährigen Affenwärter, ein gutgewachsenes Kind des Volkes, ins Kardinalskollegium aufnahm.

Keine Konversation über die Päpste ist vollständig ohne die Erörterung der Frage, ob es die Päpstin Johanna wirklich gegeben hat oder nicht. Die gebürtige Mainzerin, die in Athen studierte, wurde, als Mann verkleidet, im Jahre 855 zum Papst gewählt. Nach zweijährigem Pontifikat kam sie während einer Prozession nieder und starb. Natürlich wird dieser Skandal von guten Katholiken vehement geleugnet. Dagegen stehen die vielen Berichte, nach denen der frisch gewählte Papst bis ins 16. Jahrhundert hinein auf einer Art Nachtstuhl *(sella stercoraria)* mit einem Loch in der Mitte Platz nehmen musste, durch das sich der jüngste Kardinal vergewisserte, dass der neue Pontifex männlichen Geschlechts war. Seine Feststellung »Habet« (er hat welche) machte den Weg zur Inthronisation frei.

Heinrich VIII. begnügte sich nicht mit Wärmflaschen

Wer eine vergleichbare Farbigkeit des Privatlebens bei weltlichen Herrschern sucht, wendet seinen Blick nach England. Dass die englische Sexualität nur aus Wärmflaschen bestehe (»No sex, please, we are British!«), ist eine Mär, die zur Zeit der Königin

Victoria aufkam und schon damals von der Wirklichkeit sehr weit entfernt war. Eduard II. zum Beispiel, der im angeblich frommen Mittelalter regierte, gab sich seinen erotischen Begierden mit einer Hemmungslosigkeit hin, die seine Nachfolger in unserer »sexuell befreiten« Epoche sofort um den Thron bringen würde. Eduard II. war homosexuell, und er dachte nicht daran, seine Neigung zu verheimlichen. Seine Busenfreunde – zunächst der Gascogner Piers de Gaveston, später Hugh de Spenser – spielten am Hof die Rolle, die nach dem Zeremoniell der Königin zustand. Sogar der Schmuck, den die Königin, eine französische Prinzessin namens Isabella, als Mitgift in die Ehe gebracht hatte, wurde ihr weggenommen und den Liebhabern geschenkt. Dass es Eduard nach vierjährigen Bemühungen schließlich gelang, einen Thronerben zu zeugen, war nur Gavestons Mitwirkung bei dem schwierigen Geschäft zu verdanken. Isabella nahm für die Zurücksetzung furchtbare Rache. Sie verbündete sich mit den Baronen, die von dem 20-jährigen Lotterregiment genug hatten. Der König wurde verhaftet und durch einen glühenden Bratspieß, den man in seine Gesäßfalte trieb, liquidiert. Spenser wurde in Gegenwart Isabellas entmannt und danach langsam in kleine Stücke geschnitten. Christopher Marlowe, Englands erster Dramatiker, der selbst homosexuell war und bei einer Wirtshausrauferei ums Leben kam, hat Eduards bewegtes Leben und Ende auf die Bühne gebracht.

Die üblen Geschichten, die Marlowes Kollege William Shakespeare über Richard III. verbreitet, sind dagegen mit großer Wahrscheinlichkeit erfunden. Richard III. war der letzte König aus dem Hause Plantagenet, das von Shakespeares Arbeitgebern, den Tudors, verdrängt wurde. Um ihre Legitimität herauszustreichen, betrieben die Tudors eine ausgeklügelte Propaganda, deren Zweck es war, ihre Vorgänger schlecht zu machen. Shakespeare wusste also, was man von ihm erwartete. Es trifft zu, dass eine ungewöhnlich hohe Zahl von Verwandten, die Richards Thronfolge im Wege standen, eines gewaltsamen Todes starben. Die beiden kleinen Söhne seines Vorgängers verschwanden beispielsweise spurlos im Tower. Aber es steht keineswegs fest, dass es Richard war, der sie verschwinden ließ. Auch die Tudors hatten Anlass, um ihre Thronansprüche zu fürchten. Der Herzog von Clarence, Richards Bruder und Vormund der beiden Prinzen, wurde in einem Weinfass ertränkt – aber auch in diesem Fall ist Richards Schuld nicht erwiesen. Es ist nicht einmal sicher, dass er der verwachsene Krüppel war, den Shakespeare aus ihm macht: Zeitgenössische Porträts zeigen ihn als Mann mit angenehmen, etwas sorgenvollen Zügen. Eine *Richard III Society* mit einem Namensvetter, Herzog Richard von Gloucester (gesprochen: Gloster), als Präsidenten hat es sich zum Ziel gesetzt, den Ruf des Verunglimpften wiederherzustellen.

Den einzigen Tudor-König, den Shakespeare auf die Bühne brachte, hat er dagegen mit Samthandschuhen angefasst. Davon, dass Heinrich VIII. sechsmal verheiratet war und zwei seiner Frauen – Anna Boleyn und ihre Kusine Katharina Howard – köpfen ließ, erfährt der Zuschauer nichts. Was Shakespeare versäumte, hat der Film nachgeholt. Die komische Figur, die Charles Laughton (»Das Privatleben Heinrichs VIII.«) aus ihm machte, war er jedoch nicht, sondern ein hochgebildeter, gutaussehender Mann, den erst der Alkohol und die Syphilis in einen feisten Wüterich verwandelten. Anna Boleyn, die Mutter der späteren Königin Elisabeth, war die Ursache dafür, dass England protestantisch wurde: Da sie sich weigerte, den verliebten König ohne Ehering zu erhören, der Papst aber nicht bereit war, seine Ehe mit Katharina von Aragon zu annullieren, kündigte er Rom nach sechsjährigem diplomatischem Hin und Her den Gehorsam und ernannte sich selbst zum Oberhaupt der englischen Kirche. Den Ehrentitel »Defensor Fidei« (Verteidiger des Glaubens), den ihm der Papst vorher verliehen hatte, behielt er trotzdem; die britischen Könige und Königinnen tragen ihn noch heute. Die Todesurteile gegen Anna Boleyn und Katharina Howard wurden mit Ehebruch begründet – das erste zu Unrecht, das zweite zu Recht. Heinrichs nächste Frau war eine Deutsche, Anna von Kleve. Auf einem Porträt von Holbein (heute im Louvre) hatte sie ihm gefallen. Doch als ihm das pockennarbige Original entgegentrat, war er entsetzt. Nach einem halben Jahr hatte er genug von ihr, ließ sie aber am Leben.

Ob die »jungfräuliche Königin« Elisabeth I. je mit einem Mann intim wurde, ist eine Frage, die nicht nur ihre Zeitgenossen lebhaft beschäftigte. Die Historiker haben sie bis heute nicht befriedigend beantworten können. Dass sie gern muskulöse junge Männer um sich hatte und derbe Scherze liebte, steht außer Zweifel. Mit dreien stand sie auf besonders vertrautem Fuß – dem Admiral Thomas Seymour, dem Earl of Leicester (gesprochen: Lester) und dem Earl of Essex (im Film eine Glanzrolle von Erroll Flynn). Mit Leicester erwog sie ernstlich die Ehe, doch verwarf sie den Gedanken wieder, da der allzu gelegene Tod seiner Frau – sie hatte sich bei einem Treppensturz den Hals gebrochen – Verdacht erregen musste. Leicester war der einzige unter den dreien, mit dem sie lebenslang befreundet blieb. Die beiden andern ließ sie hinrichten, da sie sich an Verschwörungen beteiligt hatten. Die Teilnahme an einer Verschwörung und nicht etwa Sexualneid war auch der Grund für die Hinrichtung der dreimal verheirateten schottischen Königin Maria Stuart, die nach England geflüchtet war. Anders als Schiller uns weismachen will, sind sich die beiden Königinnen nie begegnet. Nach einem ärztlichen Bericht hatte die damals 36-jährige Elisabeth »selten oder nie ihre Regel«; manche Gynäkologen vermuten, dass sie am Rokitansky-Syndrom litt, einer Scheidenverengung mit unausgebildeter Gebärmutter.

Lesbische Liebe

Auch Christine von Schweden, die Tochter Gustav Adolfs, der bei Lützen fiel, blieb zeitlebens unbemannt. Und auch bei ihr war vermutlich eine Missbildung der Gebärmutter – ein Uterusprolaps – der Grund. Die Liebesäffären, die Greta Garbo (»Königin Christine«) auf der Leinwand durchleidet, sind alle frei erfunden. Wegen ihres maskulinen Auftretens und ihrer wissenschaftlichen Neigungen hielten ihre Untertanen Christine für einen Hermaphroditen. Um sie vom Gegenteil zu überzeugen, warf sie einmal absichtlich ihre Kutsche um und ließ die Hofgesellschaft unter ihre Röcke sehen. Nach ihrer Abdankung lebte sie eine Zeitlang am französischen Hof, wo sie auffallend innige Beziehungen zur »Belle Provençale«, der Marquise de Ganges, und Ninon de Lenclos, der berühmtesten Kurtisane ihres Zeitalters, unterhielt.

Das kleine Käthchen aus Zerbst, aus dem später die große Katharina von Russland werden sollte, entdeckte dagegen erst im Alter die Freuden der lesbischen Liebe. Vorher vergnügte sie sich mit einem bunten Reigen von Herren am Petersburger Hof – nur nicht mit ihrem Gatten, dem Zaren Peter III., denn der war impotent. Peters Verwunderung über die Schwangerschaften seiner Frau erledigte sich, nachdem ihn die drei Orlow-Brüder, alle drei Offiziere bei der Gardekavallerie, ermordet hatten. Mit Grigori, einem der Brüder, hatte Katharina drei Kinder. Ein jahrelanges Verhältnis hatte sie auch mit einem anderen Grigori, dem fetten, einäugigen Fürsten Potemkin (gesprochen: Patjomkin), Erfinder der »Potemkinschen Dörfer«: Als seine Geliebte die südlichen Provinzen bereiste, deren Gouverneur er war, gaukelte er ihr durch Attrappen Wohlstand vor. Nachdem ihre Glut für Potemkin erkaltet war, wurde er ihr Sex-Lieferant. Bevor die Erwählten der Zarin zugeführt wurden, mussten sie ihr Talent bei einer Hofdame demonstrieren. Im Alter war es dann Katharina selbst, die sich mit ihren Hofdamen vergnügte, und so war die Liebe zu ihrem letzten Galan, dem 22-jährigen Platon Subow, wirklich »platonisch«: Er hielt das Licht. Dass Katharina gestorben sei, als sie versuchte, sich von einem Hengst begatten zu lassen, ist eine törichte Legende. Sie starb nach einem Schlaganfall.

Liaisons dangereuses

Auch am französischen Hof wurde die außereheliche Liebe höher geschätzt als die eheliche. Unter Ludwig XIV., der sich zwar selten wusch, aber sonst penibel auf Ordnung hielt, gab es neben seiner Gemahlin, der spanischen Prinzessin Maria Theresia, eine offizielle *maîtresse-en-titre* und außerdem häufig wechselnde *dames du lit royal*. Maria Theresia bestand nur darauf, dass er nach seinen nächtlichen Ausflügen im weitläufigen Schloss von Versailles in sein eigenes Bett zurückkehrte. Allein von seinen langjährigen Favoritinnen Louise de Lavallière und Françoise de Montespan hatte er elf Kinder, die er allesamt anerkannte. Nach dem Tode Maria Theresias heiratete er seine letzte Favoritin, Françoise de Maintenon, »zur linken Hand«, das heißt: unter Ausschluss der einer Königin zustehenden Erbrechte. Der Wechsel von Montespan zu Maintenon war ein Erdbeben, das den ganzen Hof erschütterte. Die verdrängte Geliebte nahm Zuflucht zu Liebestränken, Amuletten und schwarzen Messen, um ihre Stellung zu verteidigen. Schließlich versuchte sie, ihre Rivalin und, wie behauptet wurde, sogar den König zu vergiften. Zur Strafe wurde sie aus Versailles verbannt. Nur Ludwigs Schwägerin Liselotte von der Pfalz konnte sich an das lockere Treiben in ihrer neuen Umgebung nie gewöhnen: »Ich hätte

Monsieur le Dauphin (dem Kronprinzen) schier eine brave Maulschelle gegeben«, schrieb sie empört ihrer Familie, »denn er hat die schlimme Gewohnheit, wenn man sich setzt, einem die Faust mit ausgestrecktem Daumen unter den Hintern zu stellen.« Auch an ihrem Mann, dem jüngeren Bruder des »Sonnenkönigs«, hatte sie wenig Freude: »Monsieur« betrog sie mit jungen Männern. Ob Ludwig XIV. noch einen Halbbruder hatte, der sein Leben – wegen der Ähnlichkeit maskiert – im Gefängnis verbrachte, ist eines der großen Mysterien der französischen Geschichte. Fest steht nur, dass die »eiserne Maske«, die der Gefangene angeblich trug, aus grauem Tuch bestand.

Unter Ludwig XV., aus gutem Grund »der Vielgeliebte« genannt, wurden die Sitten am Hof noch lockerer. Seine Gemahlin, die polnische Prinzessin Maria Leszczynska, gebar ihm pflichtschuldigst zehn Kinder. Doch sein Vergnügen fand er in den Armen anderer Frauen – zunächst der fünf Nesle (gesprochen: Nähl)-Schwestern, später der Beamtentochter Jeanne Poisson, die er zur Marquise de Pompadour und *maîtresse-en-titre* erhob. Ihre sexuellen Beziehungen dauerten nur sechs Jahre, doch verstand es diese hochintelligente Frau, dem König auch danach unentbehrlich zu bleiben. Sie nahm es hin, dass ihm sein Kammerdiener Lebel im »Hirschpark«, einer gemütlichen, kleinen Villa in Versailles, junge Gespielinnen zuführte. 34 Jahre lang war dieses Privatbordell in Betrieb. Die Mädchen hatten in der Regel keine Ahnung, wer der »polnische Graf« war, dem sie ihre Unschuld opferten – gegen eine angemessene Entschädigung, versteht sich. In Christian-Jaques' köstlichem Film »Fanfan, der Husar« ist es Gina Lollobrigida, deren Unschuld auf dem Spiel steht; doch wird sie im letzten Augenblick von Gérard Philipe gerettet. Nach dem Tode der Pompadour ernannte der alternde Wüstling noch einmal eine *maîtresse-en-titre*. Bevor sie die Gräfin Dubarry wurde, hatte sich Jeanne Bécu, die unehelche Tochter einer Näherin, durch lohnende Herrenbekanntschaften über Wasser gehalten. Ihre beiden Trumpfkarten waren ihre unwiderstehlich lüsterne Art, zu blinzeln, und üppige Hinterbacken, wie wir sie von den Frauenakten des Hofmalers Boucher kennen. Ihr Ende war allerdings traurig: Nach der Revolution floh sie nach England, war aber leichtsinnig genug, auf dem Höhepunkt des Terrors wieder nach Frankreich zurückzukehren. Prompt wurde sie zum Tode verurteilt. Auf dem Schafott verlor sie völlig die Fassung. Sie schrie und schlug um sich, so dass die Schneide der Guillotine ihren Hals nur zur Hälfte durchschlug. Sanson, der Henker, musste zur Axt greifen, um sein Werk zu vollenden. Ludwig XV. starb an Pocken, die er sich bei einer Kuhhirtin geholt hatte. Er hinterließ mindestens 70 uneheliche Kinder.

Bei seinem Nachfolger Ludwig XVI. war die Flamme der Lust dagegen nur ein schwächliches Lichtlein. Sieben Jahre lang war er unfähig, die Ehe mit der Habsburger-Prinzessin Marie Antoinette zu vollziehen. Erst nachdem ihr Bruder, der spätere Kaiser Joseph, inkognito aus Wien angereist war und seinen Schwager zur Rede gestellt hatte, beseitigten die Ärzte eine Vorhautverengung (Phimose), worauf das erste Kind (von vieren) ungesäumt zur Welt kam. Aber auch danach gab sich Ludwig XVI. lieber der Jagd auf Tiere hin als der Jagd auf Schürzen. Am 14. Juli 1789, am Tag des Bastille-Sturms, trug er in sein Tagebuch nur ein Wort ein: »Rien.« Er meinte damit, dass er auf der Jagd nichts geschossen habe. Die sexuelle Unbeholfenheit des Königs ruinierte nicht nur seinen Ruf, sondern auch den seiner Frau. Die Pariser waren überzeugt davon, dass sich *l'Autrichienne* (die Österreicherin, zugleich eine Anspielung auf *chienne*, Hündin) in fremden Betten schadlos hielt – wohl zu Unrecht. Die einzige Herrenbekanntschaft, die möglicherweise über Handküsse hinausging, war die mit dem schwedischen Militärattaché

Graf Fersen. Beim leider missglückten Fluchtversuch des Königspaars saß er auf dem Kutschbock. Pure Erfindung war selbstverständlich der Vorwurf der Blutschande mit ihrem Sohn, den sich die perverse Phantasie des Revolutionstribunals einfallen ließ. Generell gilt: Je weniger Worte man über diese Revolution verliert, desto besser.

Als die zügellose Herrschaft der Kanaille vorüber war, hatten die Franzosen zum ersten Mal einen Kaiser. Alles an Napoleon war klein, auch die Genitalien. Gegenüber Frauen war er daher zunächst sehr gehemmt. Seine ersten Heiratsanträge machte er Schauspielerinnen – der 60-jährigen Mademoiselle Montansier und der fülligen Mademoiselle George, die nicht ohne Grund *la baleine* (der Wal) genannt wurde. Die Frau, die er dann heiratete, war immer noch sechs Jahre älter als er. Die aus Martinique stammende Kreolin Josephine Beauharnais, geb. Tascher de la Pagerie, war eine Witwe mit zwei Kindern; ihr Mann gehörte zu den Opfern des Terrors. In der Hochzeitsnacht stieß der kleine General plötzlich einen schrillen Schrei aus: Fortuné, Josephines Mops, der seine Herrin angegriffen wähnte, hatte ihn ins Bein gebissen. Zwei Tage später brach er zu seinem Italien-Feldzug auf. Josephine vergnügte sich in seiner Abwesenheit mit einem Husarenleutnant, und auch Napoleon fand trotz der leidenschaftlichen Briefe, die er Josephine schrieb, bei anderen Frauen Entspannung. Auf dem Ägypten-Feldzug war Pauline Fourès, die Frau eines Leutnants, seine Geliebte. Sie hatte sich, um ihren Ehemann nicht aus den Augen zu verlieren, eine Uniform verschafft und unter die Soldaten geschmuggelt. In Paris schenkte ihm die Hofdame Eléonore Denuelle seinen ersten Sohn, Léon, und bewies dadurch, dass die Schuld an der Kinderlosigkeit seiner Ehe nicht bei ihm lag. Ein zweiter Sohn, Alexander, war die Frucht seiner Verbindung mit der polnischen Gräfin Maria Walewska, auf die sein Auge bei einem Aufenthalt in Warschau gefallen war. Ihr eigener Mann, ein guter Patriot, redete ihr zu, sich für das Vaterland zu opfern. Bei der ersten Begegnung war sie so nervös, dass sie in Ohnmacht fiel, was Napoleon nicht daran hinderte, gleich zum Wesentlichen vorzudringen. Diesem wenig versprechenden Auftakt folgte eine leidenschaftliche Liebesbeziehung, die drei Jahre dauerte. Die beiden Söhne überzeugten den Kaiser, dass es im Interesse seiner Dynastie an der Zeit war, sich von der unfruchtbaren Josephine zu trennen und »einen Bauch zu heiraten«. Die Wahl fiel wieder einmal auf eine österreichische Prinzessin, die 19-jährige Marie Louise, die sich nur höchst ungern in ihr Schicksal ergab, aber den gewünschten Thronerben prompt produzierte. Den Thron bestieg der Filius freilich nie. Die Niederlage bei Waterloo, die seinen Vater nach St. Helena vertrieb, hatte nicht zuletzt mit Napoleons Hämorrhoiden zu tun: Das Bad, das seine Schmerzen lindern sollte, verzögerte den Beginn der Schlacht und erlaubte es den preußischen Truppen, sich mit den britischen zu vereinen. Arsenspuren, die in Napoleons Haar gefunden wurden, deuten auf einen Giftmord hin. Es kann aber auch sein, dass das Haar des Toten bloß mit Arsen konserviert wurde.

Was man über die Preussen und Bayern wissen sollte

Auch an den Genitalien Friedrichs des Großen war etwas zu kurz geraten. Doch war dieses Manko nicht angeboren, sondern das Resultat einer Operation, die den 16-Jährigen von allzu starkem Samenfluss erlösen sollte. Wollte der rohe »Soldatenkönig« Friedrich Wilhelm I. seinen musischen, homosexuellen Sohn, der Flöte spielte und französische Gedichte schrieb, etwa kastrieren lassen? Zuzutrauen wäre es ihm. Zwei Jahre später wurde Friedrich gezwungen, der Enthauptung seines Busenfreundes Hans von Katte zuzusehen, mit dem er vor dem strengen väterlichen Zwangsregiment nach England fliehen wollte. Zum Schein söhnte er sich mit dem Vater aus, heiratete die braunschweigische Prinzessin Elisabeth-Christine, verbannte sie aber nach dem Tode des Vaters sofort vom Hof. Wie sich Friedrichs Sexualleben abspielte, hat Voltaire, der sich drei Jahre am Hof in Potsdam aufhielt, überliefert: »Er ließ zwei oder drei Favoriten kommen, Unterleutnante seines Leibregiments, Pagen oder junge Kadetten. Man trank Kaffee. Derjenige, dem der König das Taschentuch zugeworfen hatte, blieb für ein Viertelstündchen unter vier Augen. Zum Äußersten wurden die Dinge nicht getrieben, da das Liebesspielzeug des Prinzen, als sein Vater noch lebte, arg lädiert worden und noch ärger verheilt war. Die erste Rolle konnte er nicht spielen, er musste sich mit der zweiten begnügen.« Geliebt hat er nach Kattes Tod wohl nur einen einzigen Menschen – seinen Kammerdiener Michael Fredersdorf. Ob sein Flötenspiel und das innige Verhältnis zu seinen Hunden, vor allem seiner Lieblingshündin Biche, als Kompensation für nicht ausgelebte sexuelle Bedürfnisse anzusehen ist, mag jeder für sich entscheiden.

Der Bayernkönig Ludwig I. lebte seine sexuellen Bedürfnisse aus, doch wurde ihm gerade dies zum Verhängnis. Seine aufwendige Liebschaft mit der irischen Tänzerin Eliza Gilbert, die sich Lola Montez nannte und die er zur Gräfin Landsfeld erhob, kostete ihn im Revolutionsjahr 1848 den Thron. Ludwig I. schrieb auch Gedichte, deren unfreiwillige Komik – vor allem die kuriose Vorliebe für Partizipien und der unorthodoxe, vom Reim erzwungene Satzbau – viel Heiterkeit erregte. Als ihn sein Berliner Amtskollege Friedrich Wilhelm IV. wegen seiner unstandesgemäßen Liaison tadelte, nahm ihn der Dichter Karl Simrock ironisch in Schutz:

Stammverwandter Hohenzoller,
Sei nicht länger mir ein Groller,
Lasse mir die Lola Montez,
Selber habend nie gekonnt es.

Die aus München vertriebene Lola landete nach längerer Irrfahrt schließlich in Amerika, wo sie ihre große Zeit als »bayerische Pompadour« auf der Bühne darstellte. Sie starb mit 42 Jahren, verarmt und gelähmt, aber fromm geworden, in Brooklyn. Dort ist sie auch begraben.

Der Bayernkönig Ludwig II. wiederum teilte die Vorlieben Friedrichs II. Das Verlöbnis mit seiner Kusine Sophie brach er unter Vorlage eines ärztlichen Gutachtens, das ihn für eheuntauglich erklärte. Zu den Männern, die er anschwärmte, gehörten Richard Wagner und der Schauspieler Josef (»Goldpepperl«) Kainz. Wagner schrieb ihm glutvolle Briefe, war jedoch nicht an Minne interessiert, sondern nur an Moneten. Auch Kainz war es bald leid, mit Ludwig nachts auszufahren und in einsamen Lichtungen immer wieder dieselben Monologe zu rezitieren. Mit seinem Stallmeister Richard Hornig verband Ludwig dagegen ein zärtliches Verhältnis, das länger als 20 Jahre dauerte. Am hochdramatischen Abend, an dem man den wegen Geisteskrankheit entmündigten »Kini« und seinen Arzt Bernhard von Gudden tot aus dem Starnberger See fischte, soll Hornig am andern Ufer gewartet haben – um seinem alten Geliebten bei der Flucht zu helfen? Oder beging der »Kini« Selbstmord, um dem Schicksal seines Bruders Otto, der Einweisung in eine Anstalt, zu entgehen? Wir wissen es nicht. Es ist sogar denkbar, dass er erschossen wurde. Nur eine Obduktion könnte das Rätsel lösen, doch wird sie von den Wittelsbachern verweigert. Sicher ist dagegen, dass Ludwig einen Hang zum Sadismus hatte. In seinem Tagebuch gab er sich Phantasien hin, dem preußischen Kronprinzen Friedrich, dem späteren 99-Tage-Kaiser Friedrich III., alle Zähne einzeln auszuziehen oder ihn in einer Höhle verhungern zu lassen. Da der Preuße außer Reichweite war, hielt er sich an seinen Domestiken – ausnahmslos Männer – schadlos.* Das Leben Ludwigs II. ist bisher viermal verfilmt worden. Nur Spießer erinnern sich noch an den Helmut-Käutner-Film mit O. W. Fischer. Wer sich für Hans Jürgen Sybergs Version begeistert, gilt als cinephil, wer Graf Luchino Viscontis Version vorzieht (mit dem schönen Helmut Berger in der Titelrolle), als Ästhet. Besonders apart ist es, für Wilhelm Dieterles Stummfilm zu schwärmen – den hat nämlich niemand gesehen.

Sissi, Kathi und das Drama von Mayerling

Die von Ludwig verschmähte Sophie heiratete stattdessen einen Enkel des »Bürgerkönigs« Louis Philippe, den Herzog von Alençon. Sie verbrannte auf einem Wohltätigkeitsbasar in Paris, bei dem 135 Menschen ums Leben kamen, hauptsächlich Damen der großen Gesellschaft. Die Herren hatten sich mit ihren Spazierstöcken den Weg ins Freie gebahnt. Auch mit Sophies älterer Schwester, der österreichischen Kaiserin Elisabeth, Filmfreunden als »Sissi« bekannt, nahm es ein tristes Ende. Sie wurde vor

* Der »alte Irrenarzt«, wie er sich in seinen Lebenserinnerungen nannte, Carl Pelmann schrieb Ludwigs »zunehmende Verrohung und Grausamkeit« dem »Genusse schwerer Weine und Liköre« zu: »Er misshandelte seine Diener, die ihm zuletzt nur kniend nahen durften, und bei seiner Verhaftung fanden sich 32 Personen seiner Dienerschaft verletzt.« (Psychische Grenzzustände, Bonn 1909) Sein französischer Kollege Jean Vinchon (L'art et la folie, Paris 1924) behauptete sogar, Ludwig habe an aufmüpfigen Ministern die orientalische Strafe der Bastonade vollziehen lassen.

dem gleichen Hotel *Beau Rivage* in Genf erstochen, in dem später der Ministerpräsident von Schleswig-Holstein, Uwe Barschel, seine Tage als Leiche in einer Badewanne beschloss. »Sissis« Mörder, ein italienischer Anarchist namens Luigi Luccheni, hatte eigentlich den italienischen König Umberto im Visier, doch erwies sich die Gräfin Hohenems – unter diesem Decknamen war die Kaiserin im Hotel abgestiegen – als das bequemere Opfer.

Von ihrem Gatten Franz Joseph, dessen pedantischer Arbeitseifer ihr zuwider war, lebte sie damals schon lange getrennt. Nachdem er sie mit einer geschlechtskranken polnischen Gräfin betrogen hatte, floh sie nach Madeira und ließ sich von da an nur noch selten in Wien blicken. Als er in der Burgschauspielerin »Kathi« Schratt eine neue Seelenfreundin fand, war sie nicht eifersüchtig, sondern erleichtert. Den Selbstmord ihres einzigen Sohnes Rudolf, der sich mit seiner Geliebten Mary Vetsera im Jagdhaus Mayerling erschoss, verwand sie dagegen nie. Wegen ihrer gelben Zähne lächelte und sprach Elisabeth nur mit fast geschlossenem Mund. Besonders stolz war sie auf ihre Wespentaille und ihr reichliches Haar, dessen Pflege täglich drei Stunden in Anspruch nahm. Um nicht dick zu werden, unterwarf sie sich radikalen Hungerkuren – bei ihrem Tode wog sie nur noch 49 Kilo.

Die Affären der Windsors

Der Erste Weltkrieg fegte die Habsburger von ihrem Thron und mit ihnen viele andere Fürstenhäuser. Die Zarenfamilie wurde – einschließlich der Tochter Anastasia, als die sich später die geistig gestörte Hochstaplerin Anna Anderson ausgab – erschossen. Andere gekrönte Häupter gingen ins Exil. Seitdem Europa überwiegend aus Republiken besteht, ist die Geschichte ärmer geworden. Glücklicherweise sorgt das britische Königshaus von Zeit zu Zeit für ein historisches Ereignis. Eduard VII. (»Bertie«) war ein treuer Stammgast der Pariser Luxusbordelle. Neben seiner Frau, der dänischen Prinzessin Alexandra, die tapfer beide Augen zudrückte, stand ihm ein nicht abreißendes Defilee von Mätressen zur Seite. Mit der letzten, Alice Keppel, hatte er eine Tochter, Sonia Rosemary; sie ist die Großmutter von Camilla Parker Bowles.

Eduard VIII. beging den Fehler, seine Geliebte, die zweimal geschiedene Amerikanerin Wallis Simpson, heiraten zu wollen. Zwar hatte im 12. Jahrhundert Heinrich II. die geschiedene Eleonore von Aquitanien geheiratet. Aber seitdem sich Heinrich VIII. zum Oberhaupt der Kirche aufgeschwungen hatte, galten andere Spielregeln. Die anglikanische Kirche missbilligte die Ehescheidung. (Noch in den fünfziger Jahren wurde Geschiedenen sogar der Zugang zur *Royal Enclosure* in Ascot verwehrt.) Vor die Wahl zwischen Pflicht und Liebe gestellt, entschied sich der König für die Liebe und verzichtete auf den Thron.

Doch auch in England ist die Kirche nicht mehr, was sie einmal war. Scheidungen bei den Windsors sind heute an der Tagesordnung. Den Anfang machte Margaret, die jüngere Schwester der Königin. 1978 wurde sie von dem Fotografen Earl of Snowdon, geb. Antony Armstrong-Jones, geschieden. 1992 ging die Ehe der *Princess Royal* Anne, der einzigen Tochter der Königin, mit dem Rittmeister Mark Phillips in die Brüche. 1996 ließen sich gleich zwei der königlichen Söhne scheiden – Charles von Diana Spencer, Andrew von Sarah (»Fergie«) Ferguson.

Die Ehe von Charles und Diana stand von Anfang an unter einem Unstern. Zwei Tage vor der Hochzeit war Diana drauf und dran, das von der ganzen Nation fieberhaft erwartete Ereignis abzusagen: Sie hatte ein Armband mit den ineinander verschlungenen Initialen F und G entdeckt. (Im trauten Tête-à-tête nennen sich Charles und Camilla Fred und Gladys.) Nach der Hochzeit unternahm Diana mehrere – vielleicht nicht ganz ernst gemeinte – Selbstmordversuche. Anfälle von Bulimie wechselten mit Hungerperioden. Im August 1992 druckte »The Sun«, Englands auflagenstärkste Tageszeitung, die Mitschrift eines Telefongesprächs, in dem Diana über die königliche Familie (»this fucking family«) herzog und ihrem Gesprächspartner James Gilbey, der sie »Squidgy« (Knetmäuschen) nannte, Liebe schwor. Im Januar 1993 trumpfte »The Daily Mirror«, der Erzrivale der »Sun«, mit einem zweiten Telefonat auf – diesmal zwischen Charles und Camilla. Der Kronprinz versicherte seiner Freundin, er wolle in ihrem Höschen leben und ihr »mehrmals in der Woche den Tank füllen«. Nicht lange danach erschien ein Buch mit dem Titel »Princess in Love«, in dem der Reitlehrer James Hewitt Einzelheiten seiner Affäre mit »Lady Di« ausbreitete. Ob Diana nach ihrer Scheidung, die ihr eine Abfindung von 17 Millionen Pfund einbrachte, wirklich »Dodi« al-Fayed heiraten wollte, werden wir nie erfahren. Vor der Unglücksfahrt am 30. August 1997 hatte er an der Place Vendôme, gegenüber dem *Ritz*, für 1,2 Millionen Francs einen »Freundschaftsring« gekauft und dem Juwelier anvertraut, er hoffe, mit Diana den Rest seines Lebens zu verbringen. Sein Wunsch ging rascher in Erfüllung, als er dachte.

Gott ist tot, aber der Poststrukturalismus lebt

Wie man in anderthalb Stunden ein Intellektueller wird

Ein Intellektueller ist ein Mensch, der sich über jedes beliebige Thema verbreiten kann, auch wenn er nicht das Geringste davon versteht. Wie macht er das? Nun, diese Kunst lässt sich erlernen – vorausgesetzt, wir gehen harten Fakten und Zahlen aus dem Wege: Mit ihnen mögen sich die Fachidioten beschäftigen. Wenn das Gespräch auf die Naturwissenschaften kommt, begnügt sich der gewiefte Intellektuelle mit pauschalen Werturteilen. Dass er von den physikalischen und biologischen Hintergründen des Ozonlochs und der Gentechnik nur sehr vage Vorstellungen hat, hält ihn nicht davon ab, die Erwärmung der Erde, die Fragwürdigkeit des therapeutischen Klonens und die Verwerflichkeit genmanipulierter Tomaten in starken Worten anzuprangern. Er weiß aber auch, dass der Naturzustand, der in Deutschland als politisch korrekt gilt, in Amerika nur von den christlichen Fundamentalisten verteidigt wird, und variiert dementsprechend seine Stellungnahme. Ein späteres Kapitel wird uns das nötige Rüstzeug für den Umgang mit diesen heiklen Fragen an die Hand geben.

Der intellektuelle Grundwortschatz

Das Sicherste ist, wir halten uns an die weichen Disziplinen, vor allem an die Philosophie, die Psychologie und die Soziologie.

Wer ihr Vokabular beherrscht, kann aus dem Stand die anspruchsvollste Talkshow bestreiten. Das Gute an diesen Disziplinen ist, dass sie mit dem Zeitgeist gehen. Was gestern noch richtig und wichtig war, ist heute schon passé. Damit erübrigt sich die Mühe, die so genannten »Klassiker« zu studieren. Wir behandeln sie, wie es jener Weltmann tat, der in der Bibliothek eines Hauses auf den Gastgeber wartete. Um sich die Zeit zu verkürzen, nahm er aufs Geratewohl ein Buch heraus. Es war Kants »Kritik der reinen Vernunft«. Nachdem er es flüchtig durchgeblättert hatte, stellte er es mit der Bemerkung »Deine Sorgen möchte ich haben!« wieder an seinen Platz. Ein Intellektueller hätte gesagt: »Kant hat sich durch *Paradigmenwechsel* erledigt.« Und damit haben wir schon die erste einschlägige Vokabel gelernt.

Das nächste, was wir uns merken müssen, ist, dass Intellektuelle keine Gespräche führen und erst recht keine Unterhaltung, sondern einen *Diskurs*. Auch die Vokabel *kommunikativer Sprachakt* wird gern gebraucht. Diskurse und kommunikative Sprachakte dienen dazu, *Denkanstöße* zu geben oder *Denkmodelle* zu entwickeln. Wenn wir nicht weiter wissen, legen wir einfach eine *Denkpause* ein. Doch einem Meister der *Streitkultur*, der seine Hausaufgaben gemacht hat, kann das nicht passieren: Auch wenn eine *Glaubwürdigkeitslücke* oder gar ein *Sinndefizit* droht, bleibt er *konfliktfähig* und stets in der Lage, einen neuen *Lernprozess* auf die *Argumentationsschiene* zu schieben. In einem Fall mag es um die *Herausforderung* gehen, unsere *Selbsterfahrung* zu *hinterfragen*, in einem anderen um unsere *Trauerarbeit* und darum, sie *sinnlich erfahrbar zu machen*. Die *Aufarbeitung der Vergangenheit* spielt überhaupt eine ganz entscheidende Rolle. Wir pflegen die *Erinnerungskultur*, *bringen uns ein*, bleiben *verwundbar* und scheuen uns auch nicht, *Scham* und *Betroffenheit* zu zeigen. Daneben verteidigen wir aber auch den *Freiraum* für eine *neue Zärtlichkeit* und eine *alternative Spaßkultur* – kurz: eine *ganzheitliche Lebensqualität zum Anfassen.*

Diesen Grundwortschatz reichern wir nun durch ein gutes Dutzend Nachsilben an. Einige haben wir schon kennen gelernt: *-modell, -kultur, -arbeit, -prozess, -qualität, -schiene, -lücke, -defizit.* Dazu kommen *-bedarf, -horizont, -krise, -schub, -schwelle, -struktur, -syndrom, -szenario.* Diese Nachsilben sind wie Joker im Kartenspiel beliebig verwendbar. Auch wer nicht sofort begreift, was wir mit dem »neuen Trauerhorizont« oder dem »alternativen Selbsterfahrungsschub« meinen, wird keinen Augenblick daran zweifeln, dass das Gemeinte außerordentlich tiefsinnig ist. Wenn wir jetzt noch ein Adjektiv mit der Vorsilbe *post-* hinzusetzen, verfügen wir mit einem Schlag über einen Wortschatz, mit dem wir jedem Diskurs gewachsen sind. Ob wir von der »postmateriellen Betroffenheitsschwelle« sprechen, von der »postnationalen Schamkrise« oder der »postphallischen Spaßarbeit« – man wird uns mit Aufmerksamkeit und Respekt zuhören.

Ganz große Könner würzen ihre Reden obendrein mit paradoxen Wortspielen wie *Mut zur Angst, utopischer Realismus* oder *repressive Toleranz.* Nur blutige Anfänger machen den Fehler, sich einfach und klar auszudrücken, womöglich gar unter Berufung auf den Marquis de Vauvenargues und dessen absurde Behauptung: »Dunkelheit ist das Reich des Irrtums.« Der Marquis war ein Amateur, dessen Bonmots für oberflächliche Salonplaudereien ausreichen mochten, aber kein Kommunikationsprofi in der akademischen Welt von heute. Sonst hätte er gewusst, dass Klarheit der Karriere schadet. Ein Intellektueller, der von gewöhnlichen Sterblichen auf Anhieb verstanden wird, hat es sich selbst zuzuschreiben, wenn ihn Symposien und Talkshows schneiden.

Ein kurzer Ausflug ins Reich der Philosophie

Symposion ist ein griechisches Wort, ebenso Paradigma, Paradox und Philosophie. Tatsächlich waren die alten Griechen die Erfinder der abendländischen Philosophie. Noch vor einem halben Jahrhundert gehörten Platon und Aristoteles, die Vorsokratiker und die Sophisten, die Stoiker und die Epikureer zum intellektuellen Reisegepäck jedes gebildeten Menschen. Aber diese Zeiten sind glücklicherweise vorbei. Wer heute auf den Gedanken kommt, mit seiner Kenntnis der antiken Philosophen zu prahlen, darf sich nicht wundern, wenn sein Gegenüber den pedantischen Langweiler stehen lässt und sich einem anregenderen Gesprächspartner zuwendet. Abgesehen davon, sind Weisheiten wie »Der Krieg ist der Vater aller Dinge« zur Lösung aktueller Probleme schwerlich geeignet. Das gleiche gilt von dem einst vielgerühmten deutschen Idealismus. Wer Kants *kategorischen Imperativ* aufs Tapet bringt oder Hegels *List der Vernunft*, zieht sich einen Ruf zu, mit dem man es in der guten Gesellschaft nicht weit bringt. Sollte ein anderer Gast diesen Fauxpas begehen, weisen wir ihn kühl darauf hin, dass Kants Landesherr Friedrich Wilhelm II. dem Erfinder des mit der Obrigkeit nicht abgestimmten Imperativs androhte, bei »fortgesetzter Renitenz« müsse er mit »unangenehmer Verfügung« rechnen. Outet sich unser Tischnachbar als Hegelianer, dann zitieren wir Schopenhauer, der die Bücher seines Kollegen als »sinnleere, rasende Wortgeflechte« abtat, »wie man sie bis dahin nur in Tollhäusern vernommen hatte«.

Der älteste Philosoph, der die postmoderne Streitkultur immer noch mit Denkanstößen versorgt, ist Hegels Schüler Karl Marx. Er nannte die Religion *Opium des Volkes*, stiftete aber selbst eine neue – den historischen Materialismus. Von Hegel übernahm er die dialektische Methode, stellte sie jedoch, wie er sagte,

»vom Kopf auf die Füße«. Nicht der Weltgeist und die List der Vernunft sind, nach Marx, der Motor der Geschichte, sondern die Produktionsverhältnisse und die Klassenkämpfe, die aus den dialektischen Gegensätzen zwischen Ausbeutern und Ausgebeuteten folgen. Alles andere – Recht, Politik, Kunst, Philosophie, Religion – ist nur der *ideologische Überbau*, der die Klassenkämpfe bemäntelt. Erst in der Endphase der Geschichte, der klassenlosen Gesellschaft, werden alle Gegensätze aufgehoben, das Privateigentum ist abgeschafft, der Staat überflüssig geworden. In dieser Idylle wird jeder ausreichend Muße haben, »heute dies, morgen jenes zu tun, morgens zu jagen, nachmittags zu fischen, abends Viehzucht zu treiben«. Wer die eigentliche Arbeit erledigt, sagt Marx nicht. Er begnügt sich mit einem kurzen Hinweis auf »die Gesellschaft«, die »die allgemeine Produktion regelt«. Wie die Geschichte gezeigt hat, war der reale Sozialismus von diesem Schlaraffenland weit entfernt: Anstatt sich aufzulösen, war *Big Brother* Staat allgegenwärtig und die Ausbeutung schlimmer denn je – mit wirtschaftlich desaströsen Folgen.

Obwohl der Marxismus spektakulär gescheitert ist, gehört es unter Intellektuellen zum guten Ton, über seine Verfehlungen taktvoll hinwegzusehen. Als unpassend gilt auch jede Andeutung, dass Marx ein Schnorrer war, der seine Umgebung bedenkenlos ausbeutete: Friedrich Engels, sein nachsichtiger Freund, übernahm nicht nur immer wieder seine Schulden, sondern auch die Vaterschaft für den außerehelichen Knaben, den der Religionsstifter mit seiner Dienstmagd »Lenchen« Demuth gezeugt hatte. Ganz tabu ist es, die Verbrechen Stalins mit denen Hitlers zu vergleichen: Der Marxismus, antworten wir, wenn sich einer zu dieser Ungeheuerlichkeit hinreißen lässt, sei zumindest in seiner Absicht menschenfreundlich gewesen. Auch wenn einige Begriffe – *Klassenkampf*, *sozialistischer Realismus*, *Diktatur des Proletariats* – aus der Mode gekommen sind, andere – *Entfremdung*,

Ideologieverdacht, falsches Bewusstsein – lassen sich immer noch mit Gewinn verwenden. Wer an einer verdünnten, dogmatisch unverbindlichen Form des Marxismus festhalten will, bekennt sich zur Frankfurter Schule und ihrer *kritischen Theorie*.

Jean-Paul Sartre versuchte den Marxismus auf andere Weise zu retten: Er verband ihn mit dem Existenzialismus, einer philosophischen Schule, die vor allem der Selbsterfahrung des Menschen nachspürte. In seinem Hauptwerk »Das Sein und das Nichts« unterscheidet Sartre zwischen dem *An-sich-Sein* der Welt um uns herum und unserem eigenen *Für-sich-Sein*, dessen zentrales Erlebnis die Angst ist. Doch diese Angst ist, so Sartre, zugleich unsere große Chance. Sie gibt uns die Freiheit, uns selbst zu verwirklichen und ganz *authentisch* zu werden. Auch das Proletariat strebt nach Freiheit und Authentizität. Persönlich kannte Sartre zwar keine Proletarier – wie übrigens auch Marx nicht, der sie in seinen Briefen gern »Knoten« nannte. Das hinderte ihn jedoch nicht, die sowjetische Arbeiter- und Bauernrepublik bedingungslos zu unterstützen. Nach einer Reise durch die Sowjetunion erklärte er, es gebe dort totale Meinungsfreiheit; die Sowjetmenschen führen nur deshalb nicht in den Westen, weil sie keinen Grund sähen, ihr schönes Land zu verlassen. Stalins Volksdemokratie, »die sich durch Liquidierung der Opposition ständig erneuert«, war ihm weitaus sympathischer als die bürgerlichen Demokratien mit ihren Wahlen und wechselnden Mehrheiten.

Seine effektvollste These hatte Sartre bei Martin Heidegger stibitzt, dem Großmeister der Existenzphilosophie, wie man auf deutschen Lehrstühlen sagt. Heideggers Hauptwerk, 16 Jahre vor »Das Sein und das Nichts« veröffentlicht, heißt »Sein und Zeit«. Auch bei ihm ist die menschliche *Grundbefindlichkeit* die Angst. Was Sartre An-sich-Sein, Für-sich-Sein und Authentizität nennt, ist bei Heidegger *Sein* (manchmal auch *Seyn*), *Dasein* und *Eigentlichkeit*. Der eigentliche Mensch hat die anonyme Welt des *Man* hinter sich gelassen. Aber was hat er stattdessen gefunden? Sartre fand den Stalinismus, Heidegger den Nationalsozialismus. Als Rektor der Universität Freiburg trat er im Braunhemd vor seine Studenten und verkündete: »Nicht Lehrsätze und Ideen seien die Regeln eures Seins. Der Führer selbst ist die heutige und künftige deutsche Wirklichkeit und ihr Gesetz.« Die neue Regierung habe vielen Menschen Arbeit verschafft und sie wieder »daseinsfähig« gemacht. Nach dem Krieg verlor Heidegger seinen Lehrstuhl und zog sich in eine Hütte im Schwarzwald zurück, was seinen Ruhm nur noch mehrte. Seine Sprache wurde immer dunkler. Die Grundbefindlichkeit, die ihn jetzt umtrieb, war die Angst vor der modernen Technik, dem *Gestell*. Wer sich die beiden folgenden Sätze einprägt und bei passender Gelegenheit – etwa in einem Gespräch über Kernenergie oder embryonale Stammzellen – hervorholt, kann der schrankenlosen Bewunderung vor allem weiblicher Tischgenossen gewiss sein:

- Die Herrschaft des Gestells droht mit der Möglichkeit, dass dem Menschen versagt sein könnte, in ein ursprüngliches Entbergen einzukehren und so den Zuspruch einer anfänglicheren Wahrheit zu erfahren.
- Das Gestell ist das Versammelnde jenes Stellens, das den Menschen stellt, das Wirkliche in der Weise des Bestellens als Bestand zu entbergen.

Heideggers Bewunderung für Adolf Hitler hinderte ihn nicht an einer außerehelichen Liebesbeziehung mit seiner jüdischen Studentin Hannah Arendt, deren Buch »Eichmann in Jerusalem« später so großes Aufsehen erregte. Auch Sartre wurde trotz seines Silberblicks und seiner Abneigung gegen die Körperpflege –

wie Diogenes wusch er sich selten und badete nie – von den Frauen angebetet. Seine Lebensgefährtin Simone de Beauvoir, obwohl Verfasserin eines der Standardwerke des Feminismus (»Das andere Geschlecht«), war ihm sklavisch ergeben und versorgte ihn sogar, als seine Glut für sie erkaltet war, mit frischem Mädchenfleisch – was sie schließlich ihre Stelle im Schuldienst kostete.

Ein anderer Denker, der durch Adolf Hitler in Misskredit geriet, war Friedrich Nietzsche. Natürlich kann er nichts dafür, dass sein dunkles Schwärmen von der *blonden Bestie* bei den Nazis so großen Anklang fand. Aber dass er kein Demokrat war, lässt sich schwerlich bestreiten. Die Demokratie ist für Nietzsche gleichbedeutend mit dem Sieg der Herdentiere, der Sklavenmoral über die Herrenmoral. Der Aufstand der Sklaven, schreibt er in seiner »Genealogie der Moral«, begann mit den Juden des Alten Testaments. Ihre Propheten stellten die natürliche Rangordnung auf den Kopf, indem sie die aristokratischen Werte durch die Gleichheitslüge untergruben. Um die Schwachen und Missratenen an die Macht zu bringen, erfanden sie die Moral. Um die Herrenmenschen daran zu hindern, nach ihren eigenen Gesetzen zu leben, erfanden sie das schlechte Gewissen. Das Christentum setzte die jüdische Tradition fort. Es machte aus der Sexualität etwas Unreines und ermutigte die Gläubigen, ihren Körper zu verachten. Anstelle der jüdisch-christlichen Moral fordert Nietzsche eine *Umwertung aller Werte* und eine neue aristokratische Kultur: »Tot sind alle Götter, nun wollen wir, dass der Übermensch lebe.« Der Übermensch ist selbstverständlich männlichen Geschlechts. Die Frauen betrachtete Nietzsche als »freiwillige Opfertiere« und empfahl: »Wenn du zum Weibe gehst, vergiss die Peitsche nicht!«

Sein eigener Versuch, sich über die jüdisch-christliche Moral hinwegzusetzen, endete allerdings kläglich. Bei einem Bordellbesuch in Köln vergaß er nicht nur die Peitsche, sondern auch die gebotene Vorsicht. Er holte sich die Syphilis, die später zum Ausbruch seines Wahnsinns führte. Die letzten zwölf Jahre seines Lebens verbrachte er in geistiger Umnachtung. Dieses traurige Ende hat Nietzsches Ruhm nicht geschadet – im Gegenteil. Besonders die Franzosen haben einen Narren an ihm gefressen und betrachten ihn als Inbegriff des tiefsinnigen deutschen Denkers. Für Tischgespräche ist er allerdings nur bedingt geeignet. Zwar ist sein Werk ein unerschöpflicher Steinbruch provozierender Sentenzen, doch sind die meisten politisch so inkorrekt, dass sie nur in kleinsten Dosen vertragen werden können. Wenn die Rede auf ihn kommt, empfiehlt es sich daher, vorsichtig auf Distanz zu gehen und zumindest Nietzsches Theoriedefizit zu beklagen.

Crashkurs Psychoanalyse

Auch Sigmund Freuds Thesen dürfen wir nicht zum Nennwert nehmen. Keine einzige lässt sich beweisen, und kein einziger seiner Patienten wurde von seiner Neurose geheilt. Nicht ohne Grund spottete Karl Kraus: »Psychoanalyse ist jene Geisteskrankheit, für deren Therapie sie sich hält.« Dennoch kommt eine gebildete Unterhaltung ohne Grundkenntnisse des psychoanalytischen Vokabulars nicht aus. Wie Schopenhauer war Freud davon überzeugt, dass der Geschlechtstrieb der stärkste Motor des Menschen ist. Allerdings ließ er es nicht bei dieser Feststellung bewenden, sondern wollte den Menschen von den Kümmernissen seiner Libido kurieren. Zu diesem Behufe entwickelte er ein Modell der menschlichen Seele mit drei Kräften, die sich gegenseitig den Vorrang streitig machen – dem *Es*, dem *Ich* und dem *Über-Ich*. Bei der Geburt ist das Kind nichts als ein vom

Lustprinzip beherrschtes Bündel Es. Die Libido konzentriert sich zunächst auf den Mund, später auf die Ausscheidungsorgane. Diese *orale* und *anale Phase* wird abgelöst durch die *ödipale Phase*, in der sich Söhne in ihre Mütter verlieben und Töchter in ihre Väter. Doch das Über-Ich, der Kodex der Tabus und Pflichten, verbietet den körperlichen Vollzug der Liebe. Überall stößt das Lustprinzip auf Versagungen, Verbote und Strafen – das *Realitätsprinzip*. Einem seelisch gesunden Menschen gelingt es schließlich, Lust- und Realitätsprinzip in Einklang zu bringen. Anders der Neurotiker. Ihm empfahl Freud, sich auf der Couch des Psychoanalytikers wieder in seine Kindheit zurückzuversetzen, um den Punkt zu finden, an dem sein Lebensweg die falsche Kurve nahm. Ob es Freud selbst gelang, Lust- und Realitätsprinzip in Einklang zu bringen, ist unter den Experten umstritten: Einige glauben, er habe mit seiner Schwägerin Minna Bernays ein Verhältnis gehabt. Seiner Frau Martha hat er sich jedenfalls nach seinem 39. Lebensjahr nicht mehr sexuell genähert.

Freuds bekannteste, von ihm exkommunizierte Schüler, Alfred Adler und Carl Gustav Jung, spielten die Bedeutung der Sexualität herunter. Für Adler war sie nur Teil eines umfassenden Machtwillens und Geltungsstrebens. Im Mittelpunkt von Adlers Therapie stand nicht die unbefriedigte Lust, sondern der Minderwertigkeitskomplex. Jung wiederum riet seinen Patienten, ihren erotischen Impulsen ohne Hemmungen nachzugeben. Er selbst ging mit gutem Beispiel voran und ließ seinen polygamen Neigungen freien Lauf. Mehr noch als das individuelle interessierte ihn das *kollektive Unbewusste*. In Mythen und Märchen entdeckte er seelische Muster *(Archetypen)*, die allen Menschen gemeinsam sind – den zur Schau gestellten Charakter *(Persona)*, die unterdrückten Eigenschaften *(Schatten)*, die verdrängten Vorstellungen vom anderen Geschlecht (*Animus* und *Anima*). Wie Heidegger ließ sich auch Jung mit den Nazis ein und bescheinigte dem arischen Unterbewusstsein ein höheres Potenzial als dem jüdischen.

Wilhelm Reich, ein dritter Freud-Schüler, ging den umgekehrten Weg. Im Mittelpunkt seines Weltbilds steht der Orgasmus. Er ist das A und O, um das die gesamte menschliche Existenz kreist. Ist mit ihm etwas nicht in Ordnung, dann sind nicht nur Neurosen die Folge, auch die Gesellschaft gerät aus den Fugen. Sexualfeindliche Erziehung und wirtschaftliches Elend waren für Reich zwei Seiten derselben Medaille. Insofern war es nur konsequent, dass er der Kommunistischen Partei beitrat und in Berlin den Deutschen Reichsverband für proletarische Sexualpolitik (Sexpol) gründete, der für freie Liebe, Onanie, Prostitution und ungehinderte Abtreibung eintrat. Im amerikanischen Exil entdeckte er das *Orgon*, die geheimnisvolle Energie, mit deren Hilfe – davon war er überzeugt – es ihm gelingen würde, die *Charaktermaske* seiner sexuell gehemmten Patienten aufzubrechen. Um die Energie zu speichern, konstruierte er den berühmten *Orgon-Akkumulator*, einen Kasten, in dem er sowohl seine neurotische Stammkundschaft als auch Krebskranke Platz nehmen ließ. Das wurde ihm zum Verhängnis. Als Quacksalber wurde er zu einer zweijährigen Freiheitsstrafe verurteilt und ist im Gefängnis gestorben.

Sozio-Logisches

Mit der Gesellschaft, die Reich kurieren wollte, beschäftigt sich eigentlich nicht die Psychologie, sondern die Soziologie. Ferdinand Tönnies, neben Max Weber und Georg Simmel der Begründer der deutschen Soziologie als eigenständiger Wissenschaft, unterschied zwei Formen des Kollektivs – die persönliche, warme *Gemeinschaft*, die uns mit Familie, Freunden und Dorf verbindet, und die unpersönliche, kalte *Gesellschaft*, in die uns der Beruf und der Zwang zum Geldverdienen stoßen. Das Heimweh nach der Geborgenheit der Gemeinschaft inspirierte nicht nur die Jugendbewegung und die vegetarischen Obstbaukolonien des späten 19. Jahrhunderts. Auch den grünen Romantikern von heute und den Weltreisenden, die im Schatten internationaler Konferenzen gegen die Globalisierung und die »Multis« protestieren, ist es nicht fremd.

Max Weber war aufgefallen, dass sich der moderne »Moneytheismus« nicht in den lebensfrohen katholischen, sondern in den protestantischen Ländern entwickelt hat. In seiner Abhandlung »Die protestantische Ethik und der Geist des Kapitalismus« führt er diese Entwicklung auf das puritanische Arbeitsethos zurück, das Fleiß und Sparsamkeit – *innerweltliche Askese* in Webers Worten – predigt und den Lebensgenuss verschmäht. In einer anderen, von Altkanzler Schmidt gern zitierten Abhandlung (»Politik als Beruf«) unterscheidet Weber die *Gesinnungsethik* der Bergpredigt von der *Verantwortungsethik* des Politikers, der nicht um die Erkenntnis herumkommt, »dass die Erreichung guter Zwecke in zahlreichen Fällen daran gebunden ist, dass man sittlich bedenkliche Mittel und die Möglichkeit übler Nebenerfolge mit in den Kauf nimmt«. Das war schon Machiavellis Meinung gewesen.

Der umstrittenste Zweig der modernen Soziologie ist die Soziobiologie. Das Werk, das der Schule ihren Namen gab, schrieb der in Harvard lehrende Ameisenforscher Edward O. Wilson. Wie vor ihm der Wiener Zoologe Konrad Lorenz (»Das sogenannte Böse«) entdeckte er Parallelen zwischen dem Sozialverhalten der Tiere und der Menschen. Dass es überwiegend Männer sind, die regieren, kämpfen und fremdgehen, während sich die Frauen um Haus und Kinder kümmern, hat nach Wilson genetische Gründe. Kein Wunder, dass er sich mit dieser Theorie unter den Feministinnen keine Freunde machte – jedenfalls nicht unter denen, die mehr Frauen in Ministersesseln und am Maschinengewehr sehen wollen.

Bei den französischen Präsidentschaftswahlen im Frühjahr 2002 bewarben sich neben dem offiziellen Kandidaten der Kommunistischen Partei drei Trotzkisten um das hohe Amt. Auch in den französischen Universitäten gilt der Marxismus noch immer als gesellschaftsfähig. Louis Althusser, der Parteiphilosoph der Kommunisten, unterrichtete mehr als drei Jahrzehnte lang an der École normale supérieure in der Rue d'Ulm und imprägnierte eine ganze Generation von Intellektuellen mit marxistischem Gedankengut. Auch Pierre Bourdieu, das As unter den französischen Soziologen, hielt an der Klassengesellschaft fest, definierte sie jedoch nicht ökonomisch, sondern kulturell. Das liberale Gerede von den gleichen Bildungschancen für alle, behauptete er, sei eine abgefeimte Lüge. Marktwirtschaft, Deregulierung, Globalisierung dienten nicht dem Gemeinwohl, sondern nur dazu, die Herrschaft der Eliten weiter zu befestigen. Selbst durchaus herrschaftsbewusst, gelang es Bourdieu, einen großen Teil der französischen Soziologie-Lehrstühle mit seinen Anhängern zu besetzen, die seine Botschaft weiter verkünden. Mit Althusser nahm es ein tristes Ende: In einem Wahnsinnsanfall erwürgte er seine Frau, die zugleich seine marxistische Muse war. Er wurde in eine Anstalt eingewiesen, wo er 1990 starb.

Poststrukturalisten und Positivisten

Althusser hatte versucht, seinen Kinderglauben mit Hilfe der beiden Denkschulen zu retten, die in den französischen Universitäten die Nachfolge des Existenzialismus antraten – des Strukturalismus und Poststrukturalismus. Ihre Grundannahme ist, dass es keine Hierarchie der Kulturen und geistigen Errungenschaften gibt, sondern dass wir überall die gleichen Strukturen finden. Hatte Rousseau den *guten Wilden* rehabilitiert, so stellte der Anthropologe Claude Lévi-Strauss das *wilde Denken* der primitiven Völker mit dem *domestizierten Denken* der Europäer auf eine Stufe. Der Psychoanalytiker Jacques Lacan entdeckte im menschlichen Unterbewusstsein die gleichen Strukturen wie in der Sprache. Michel Foucault, der seinen Denkerkopf kokett kahlrasierte, stieß überall auf Machtstrukturen, in denen sich eine Mehrheit für normal erklärt, um *das Andere* – Minderheiten, die von der Norm abweichen – als pervers, kriminell oder verrückt auszugrenzen und zu terrorisieren. Foucault selbst gehörte einer solchen Minderheit an: Er war homosexuell und erlebte in den *dark rooms* von Los Angeles masochistische Ekstasen. 1984 starb er an Aids.

Die Studenten-Unruhen von 1968 brachten den Glauben an feststehende Strukturen in Misskredit. Wer die Welt verändern will, muss an den Fortschritt glauben. Der Strukturalismus, der die Naturwissenschaften zum Vorbild nahm, verwandelte sich in den Poststrukturalismus, der keine Wissenschaft mehr gelten lässt. Alle Annahmen werden *hinterfragt*, hinter jedem Text wird ein *Subtext* entziffert, auch die Kritik muss sich eine *Metakritik* gefallen lassen. Selbst die biologischen Unterschiede zwischen Mann und Frau, zwischen Schwarz und Weiß entpuppen sich bei genauem Hinsehen als *soziale Konstruktion*, die es zu *dekonstruieren* gilt. Der Großmeister der Dekonstruktion ist Jacques Derrida. Nicht einmal der Autor eines Textes, versichert er, könne verbindlich sagen, was der Text bedeute. Die Verschiedenheit *(différence)* der möglichen Interpretationen zwinge uns vielmehr zur Verschiebung *(différance)* unseres Urteils auf den Sankt-Nimmerleins-Tag. Auch der Privatmann Derrida hält es mit der *différance:* Der gefeierte Philosophieprofessor schwängerte seine Studentin Sylviane Agacinski, konnte sich aber nicht dazu durchringen, sie zu heiraten. Glücklicherweise fand die allein erziehende Mutter einen anderen Ehemann – den späteren Ministerpräsidenten Lionel Jospin.

Außereheliche Seitensprünge kommen auch bei britischen Philosophen vor. Aber mit den kühnen Gedankenspielen ihrer französischen Kollegen können sie wenig anfangen. In ihrer Mehrheit sind sie Positivisten, das heißt: Sie vertrauen weiterhin der Naturwissenschaft und der Logik. Zur Strafe für ihren gesunden Menschenverstand gelten sie an deutschen Universitäten als flach. Die einzigen britischen Philosophen, die in anspruchsvollen Tischgesprächen erwähnt werden dürfen, sind zwei nach England emigrierte Wiener – Karl Popper und Ludwig Wittgenstein. Popper riet, sich nicht mit der Verifizierung unserer Überzeugungen zu quälen, sondern sie so lange beizubehalten, bis eine neue Erfahrung sie *falsifiziert*. Von absoluten Wahrheiten und Philosophen, die vorgeben, sie gepachtet zu haben, hielt er nichts. In seinem Meisterwerk »Die offene Gesellschaft und ihre Feinde« machte er mit Menschheitsbeglückern und ihren Utopien kurzen Prozess. Von Wittgenstein wurde zu Lebzeiten nur ein einziges Werk gedruckt, der »Tractatus logico-philosophicus«. Aus ihm merken wir uns den berühmten letzten Satz: »Wovon man nicht sprechen kann, darüber muss man schweigen.« Auch Wittgenstein war homosexuell, was dem Satz einen pikanten Doppelsinn gibt. Drei seiner Brüder begingen Selbstmord. Auf die väterlichen Millionen verzichtete er, da sie ihn »beim Denken störten«. Wittgenstein besuchte in Linz die gleiche Schule wie Adolf Hitler. Dass er der Grund für Hitlers Antisemitismus war, wie neuerdings behauptet wird, ist jedoch Unsinn: Es gibt nicht den geringsten Beweis dafür, dass sich die beiden kannten.

Eine Fatwa aus Starnberg

Von den deutschen Denkern der Gegenwart merken wir uns zwei Namen – Niklas Luhmann und Jürgen Habermas. Der 1998 gestorbene Luhmann erklärt mit seiner *Systemtheorie* die Gesellschaft nicht aus einem Mit- und Gegeneinander von Klassen, Schichten und Ständen, sondern aus verschiedenen Systemen der Kommunikation. Der Mensch nimmt am sozialen Leben nicht als ganze Person teil, er spielt vielmehr nach dem Gesetz der *funktionalen Differenzierung* in verschiedenen Systemen verschiedene Rollen – als Kellner, als Liebhaber, als Fußballspieler, als Wähler. Wenn wir jetzt noch durchblicken lassen, dass Luhmann die Liebe als *selbstreferenziellen Kommunikationszusammenhang* definiert, dann muten wir unserem Tischnachbarn beinahe schon zu viel zu, denn gelesen oder gar verstanden – darauf können wir wetten – hat er Luhmann nicht.

Auch Habermas, der letzte Überlebende der Frankfurter Schule, misst der Kommunikation große Bedeutung bei. In seinem Hauptwerk, der 1100 Seiten starken »Theorie des kommunikativen Handelns«, plädiert er – mit deutlicher Spitze gegen seinen Erzfeind Heidegger – für *kommunikative Rationalität*, die er für einen Grundpfeiler der *Diskursethik* hält. Leider, klagt er, werde sie allzu oft durch wirtschaftliche und politische Interessen *systemisch kolonialisiert*. Allerdings ist Habermas selbst nicht frei von der Versuchung, ihm unerwünschte Kommunikationen zu kolonialisieren: Im so genannten Historikerstreit verdächtigte er Ernst Nolte und andere konservative Historiker, die die Einzigartigkeit des Holocaust bestritten, des Faschismus. Und als der Kollege Peter Sloterdijk Nietzsches eugenische Züchtungsphantasien wiederaufwärmte, traf ihn eine »Fatwa aus Starnberg« (wo Habermas wohnt), die die rechtgläubigen, sprich: linken Feuilletons gegen ihn in Stellung brachte.

Wie man sieht, war der Moralphilosoph Max Scheler nicht der einzige, der Leben und Lehre sorgfältig zu unterscheiden wusste. Als ihm der Kölner Kardinal Schulte wegen seiner lockeren Sitten Vorwürfe machte, antwortete Scheler ungerührt: »Haben Eminenz schon einmal einen Wegweiser gesehen, der den Weg, den er wies, selber ging?«

Der Champagner muss seufzen wie eine befriedigte Frau

Beim Essen und Trinken zeigt sich die wahre Lebensart

Essen und Trinken scheinen so harmlos und leicht. Dabei erfordern sie unsere gespannteste Aufmerksamkeit. Wer vor dem strengen Urteil des Oberkellners bestehen will, muss sich gut vorbereiten. Natürlich sprechen wir hier nicht von Ratskellern, Bierwirtschaften und Dorfschenken. Auch dem Italiener an der Ecke wird es nichts ausmachen, wenn wir unsere Spaghetti mit dem Messer schneiden oder sie statt als Vorgericht als Beilage zum Hauptgang verspeisen – was er selber nie tun würde. Eher schon könnte er Anstoß nehmen, wenn wir uns von der Rechtschreibreform ins Bockshorn jagen lassen und die Spaghetti ohne H schreiben. Auch der undurchdringlich lächelnde Kellner im China-Restaurant hat sich längst daran gewöhnt, dass die kuhäugigen Langnasen mit der Suppe anfangen. In China ist sie der letzte von vielen Gängen: Wer sie anrührt, gilt als schlecht erzogen, denn er zeigt dem Gastgeber, dass er noch Hunger hat. Darf man Fisch mit dem Messer essen? Nein, rufen wir empört und haben ja damit auch recht – außer in England: Dort gelten Fischbestecke als kleinbürgerlich. (Marinierte und geräucherte Fische – Hering, Rollmops, Lachs und Aal – werden übrigens auch in Deutschland mit dem gewöhnlichen Messer gegessen.) Doch das ist alles gastronomisches Mittelmaß, mit dem wir niemanden beeindrucken können.

Kleines Speisen-Einmaleins

Der demonstrative Konsum, wie ihn Thorstein Veblen in seiner klassischen »Theorie der feinen Leute« beschrieben hat, beginnt erst bei kostspieligen, schwierigen und seltenen Gerichten, wie wir sie in guten französischen Restaurants finden. Hierzu müssen wir uns ein paar einfache Regeln merken:

- Austern essen wir nur in den Monaten mit einem R und pur, allenfalls mit etwas Zitrone. Die Mindestzahl pro Person ist sechs. Habitués bestellen neun oder zwölf. Die besten sind die flachen *belons* aus der Bretagne. Dazu trinken wir Chablis.
- Auch Hummer essen wir nur in den Monaten mit einem R und nicht mit einem Fischmesser, sondern einem gewöhnlichen Messer. Wer Spritzer vermeiden möchte, bittet den Kellner, den Panzer zu knacken. Wie bei allen Krustentieren finden wir das meiste Fleisch am Schwanz. Wenn die Hummergabel nichts mehr ausrichtet, werden Scheren und Beine in die Hand genommen und ausgesaugt. Nach vollbrachter Tat waschen wir die Fingerspitzen in dem Wasserschälchen mit Zitronenscheibe, das der Kellner hoffentlich rechtzeitig gebracht hat.
- Zu Artischocken gehört ebenfalls ein Fingerschälchen, denn auch sie werden mit der Hand gegessen. Mit Daumen und Zeigefinger zupfen wir Blatt für Blatt vom Blütenkopf, tunken es abwechselnd in eine der aufgetischten Saucen und saugen das fleischige Ende des Blattes aus; das harte Ende legen wir auf den Tellerrand. Ist der Blütenkopf abgegrast, entfernen wir das ungenießbare »Heu« darunter und widmen uns mit Messer und Gabel dem besten Teil, dem Boden. Auch diese Stücke tunken wir in Sauce.
- Auch Froschschenkel werden mit der Hand verzehrt. Da sie

in deutschen Restaurants verboten sind, verpasst der Kenner keine Gelegenheit, bei Auslandsreisen nach dieser Delikatesse zu fahnden.

- Gedünstete Muscheln kommen meist in einer Terrine auf den Tisch. Mit der Kelle schöpfen wir einige heraus und befördern sie auf unseren Teller. Eine Muschel, die sich nicht geöffnet hat, lassen wir liegen, denn sie ist vermutlich schlecht.
- Schnecken werden – wie Austern – in Portionen von sechs, neun oder zwölf bestellt. Während wir mit der Schneckenzange in der Linken das Gehäuse festhalten, ziehen wir das gesottene Tier mit der zweizinkigen Schneckengabel heraus. Ganz feine Leute führen die Schneckengabel nicht zum Mund, sondern legen die Schnecke auf den Teller und essen sie mit der normalen Gabel.
- Der beste und teuerste Kaviar ist der grobkörnige, schwarze Beluga-Kaviar. Billigere Sorten sind grau oder rot. Man isst ihn mit einem Perlmutt- oder Elfenbeinlöffel, am besten pur, mit Champagner oder Wodka.

Es muss, wie ein erfolgreicher Romanautor mit Recht feststellte, nicht immer Kaviar sein. Doch kann auch der Genuss einfacherer Gerichte erheblich gesteigert werden, wenn die Speisekarte sie auf Französisch präsentiert. Das *boeuf Stroganoff* ist zwar nichts anderes als geschnetzeltes Rindfleisch, klingt aber unendlich vornehmer. Auch der Feinschmecker spricht nicht von anbraten, schmoren und dünsten, sondern von *sautieren*, *braisieren* und *daubieren*. Dass der Weinkellner *sommelier* heißt, ist ihm ebenso geläufig wie die Mehrdeutigkeit des Begriffs *entrée:* In Frankreich ist damit ein Zwischengericht zwischen *hors d'oeuvre* und *plat de résistance* gemeint, in Amerika das Hauptgericht. Nie würde es ihm einfallen, sein Fleisch *bien cuit* (durchgebraten) zu bestellen – das tun nur Leute, denen es nichts ausmacht, von der

Küche als Abfalleimer missbraucht zu werden. Er bestellt es *saignant (bleu)* oder *à point* (*rare* und *medium* im englischen Sprachraum).

Brahmanen, die oberste Kaste der Hindu-Gesellschaft, hungern lieber, als Mahlzeiten anzurühren, die von einem Koch aus einer niedrigeren Kaste zubereitet wurden. Diesem Beispiel folgen wir nicht. Der erfahrene Weltreisende zuckt vor keiner Küche zurück – selbst wenn ihn nach Tisch eine Leibesnot befällt, die je nach den örtlichen Gegebenheiten *Delhi belly*, *Kathmandu quickstep* oder *Montezumas Rache* genannt wird. Wer exotisch essen, aber seine Verdauungsorgane schonen will, hält sich an die beiden großen ostasiatischen Küchen – die chinesische und die japanische. Die minimalistische, ebenso an das Auge wie an den Gaumen appellierende japanische Küche nahm in vieler Hinsicht die *nouvelle cuisine* vorweg. Typisch sind die kleinen Portionen roher Fische *(sushi, sashimi)*, die in heißem Fett gegarten Teiggerichte *(tempura)* und die Sojabohne in allen Inkarnationen – als Sauce *(shoyu)*, als Paste *(miso)* und als Quark *(tofu)*. Sehr beliebt sind auch die in einem Tongefäß *(donabe)* servierten Eintopfgerichte *shabu-shabu* und *sukiyaki*. Klare Brühen nennt der Japaner *suimono*, andere Suppen *shiromono*. (Alle japanischen Wörter werden, nebenbei gesagt, auf der ersten Silbe betont.) Zum Essen trinkt der Japaner heißen Reiswein *(sake)*.

Die chinesische Küche kennt – wie der Himmel – vier verschiedene Richtungen. Die erlesenste Delikatesse der nördlichen Küche ist die mit Honig lackierte Peking-Ente *(Beijing kaoya)*. Die guten Menschen von Sezuan im Westen des Landes lieben ihre Speisen stark gepfeffert *(xiangla wei)*. Schanghai, die größte Stadt im Osten, ist berühmt für ihre Mandarinfische *(yu xiang)*. Die phantasievollste Küche ist die im südlichen Kanton. Statt auf starke Gewürze setzt sie auf raffiniert abgewogene Zwischentöne. Zu ihren interessantesten Gerichten gehören die

Haifischflossensuppe *(yu chi tang)*, das lackierte Spanferkel *(kulu ru)* und die gedünsteten Snacks *(dim sum)* für den kleinen Hunger. *Chop suey* und *chow mein*, die Spitzenreiter auf den Speisekarten europäischer und amerikanischer China-Restaurants, sind dagegen in China selbst unbekannt. Wer sie bestellt, verrät, dass er in die Geheimnisse der fernöstlichen Gastronomie noch nicht sehr tief eingedrungen ist. Umgekehrt finden die Chinesen nichts dabei, auch Hunde zu verspeisen. Die immer wieder kolportierten Schauergeschichten von lebenden Affen, die am Tisch enthauptet werden, wonach das noch warme Hirn aus der Hirnschale gelöffelt wird, gehören dagegen ins Reich der Fabel.

In vino veritas

Doch die hohe Schule für den Gourmet und die Klippe, an welcher der Kenner triumphiert und der Ignorant zerschellt, ist die Wahl des richtigen Weins. Der Durchschnittsdeutsche trinkt 138 Liter Bier im Jahr, aber nur 22 Liter Wein (einschließlich Sekt). Diesem Beispiel wollen wir nicht nacheifern. Vom Sekt lassen wir die Finger – davon später. Aber auch das Bier, so erfrischend es an schweißtreibenden Sommertagen sein mag, ist kein Getränk, das gesellschaftlichen Status verheißt. Das kann nur eine erstklassige Flasche Wein. Wer nicht gerade auf der Intensivstation liegt, hat keine Entschuldigung dafür, seine Mahlzeit trocken herunterzuwürgen. Anständiger Wein kommt nur in ganzen Flaschen auf den Tisch. Goethe, Bismarck und andere große Geister konsumierten zwei bis drei am Tag und wurden sehr alt dabei. Zu warnen ist vor dem so genannten »Hauswein«: In der Regel handelt es sich dabei um einen dubiosen Tropfen mit besonders großer Gewinnspanne. Der schlechteste Wein auf der Speisekarte ist meist der zweitbilligste: Erfahrene Wirte kalkulieren, dass es auch sparsame Gäste nicht wagen werden, den billigsten zu ordern.

Welcher Wein passt zu welchem Essen? Früher galt die eiserne Regel: weißer Wein zu Fisch und weißem Fleisch, roter Wein zu rotem Fleisch. Wer sich an diese Regel hält, liegt immer noch richtig. Doch wer es nicht tut, braucht heute nicht mehr mit einem vernichtenden Blick des *sommelier* zu rechnen. Die alte Orthodoxie ist dahin, und keine Kombination ist verboten. Immerhin gebietet es der gesunde Menschenverstand, den Gegensatz zwischen Festem und Flüssigem nicht allzu weit zu treiben. Ein eleganter Fisch wie der Steinbutt schmeckt mit einem weißen Burgunder – Puligny-Montrachet oder Meursault – einfach besser als mit einem mächtigen Roten. Andere bewährte Verbindungen sind Austern und Chablis, Foie gras und Sauternes, Wild und ein kräftiger Bordeaux, Rind und ein Échézeaux, ein Musigny oder ein anderer schlanker Burgunder. Auch ein charaktervoller Käse schmeckt nur mit Rotwein; wenn es unbedingt ein Weißer sein muss, was manche mit der Mode gehende Sybariten empfehlen, nehmen wir wieder einen Sauternes (besonders zum Roquefort).

Sosehr sich die alten Regeln gelockert haben – hinsichtlich der Temperaturen gelten sie weiter. Das *Bukett* – nur Banausen sprechen vom Geruch – des Rotweins entfaltet sich am besten, wenn er *chambriert* ist, das heißt: bei Zimmertemperatur. Gemeint sind Zimmer aus der guten alten Zeit, als es noch keine Zentralheizung gab, also 18 Grad. Ausgenommen sind leichte, fruchtige Rote wie der Beaujolais und seine Familie. Sie werden wie Weißweine bei Kellertemperatur (10–12 Grad) serviert. Champagner darf nicht mehr als 7 Grad haben. Besonders effektvoll ist es, den Rotwein in eine Kristallkaraffe zu gießen, zu *dekantieren,* wie der Kenner sagt. Wirklich nötig ist das zwar nur bei Weinen, die älter sind als zehn Jahre, denn nur bei denen besteht die Gefahr, dass sich in den Flaschen ein Bodensatz gebildet hat, den wir nicht mittrinken wollen. Aber die feierliche Zeremonie des Umfüllens, besonders romantisch vor einer Kerze, erhöht den Rang des Weines beträchtlich.

Eine zweite Zeremonie ist das Abschmecken des Weins durch den Gastgeber: Wir schwenken dabei das Glas in einer Hand, stecken unsere Nase tief hinein und richten zwischendurch unseren Blick gedankenvoll zum Himmel. Den Wein danach zurückzuweisen, ist allerdings nur in seltenen Ausnahmefällen erlaubt, etwa wenn er nach Kork schmeckt oder sich in Essig verwandelt hat.

In einem Haus oder Restaurant, in dem alles mit rechten Dingen zugeht, ist das Weißweinglas höher als das Burgunder-Glas und dieses wiederum höher als das Bordeaux-Glas. Das kleinste Glas ist für Dessertweine bestimmt. Champagner wird heute eher in Flöten – in denen sich die Kohlensäure besser hält – als in Kelchen serviert. Die deutsche Unsitte, erst dann nachzuschenken, wenn ein Glas bis auf den letzten Tropfen geleert ist, stirbt glücklicherweise aus.

Von berühmten Roten und edlen Weissen

Wir haben bisher nur von französischen Weinen gesprochen – aus gutem Grund: Frankreich ist nicht nur die Heimat der *grande cuisine*, sondern auch das Herzland der großen Weine. Wer über *cépages* (Rebsorten), *crus* (Lagen) und *millésimes* (Jahrgänge) mitreden will, kommt nicht darum herum, sich einen Weinführer anzuschaffen. Einer der handlichsten und zuverlässigsten ist »Der kleine Johnson«, der jedes Jahr neu erscheint. Mit ihm im Gepäck sind wir jeder Weinkarte gewachsen.

Frankreichs bedeutendste Weinproduzenten sind die 5000 *châteaux* in der Gegend von Bordeaux. *Château* heißt eigentlich Schloss, und tatsächlich sind Schlösser darunter. Aber auch jedes gewöhnliche Weingut darf sich dort *château* nennen. Wie in Paris wird zwischen *rive droite* (rechtem Ufer) und *rive gauche* (linkem Ufer) unterschieden. Doch ist es hier nicht die Seine, die die beiden Ufer trennt, sondern die Garonne, die Dordogne und der 75 Kilometer lange Mündungstrichter, die Gironde, in dem sich die beiden Flüsse vereinigen.

Auf dem linken Ufer liegen die Weinbezirke Médoc (mit den bekannten Weinorten St. Estèphe, Pauillac, St. Julien und Margaux) und Graves, auf dem rechten die Weinbezirke Pomerol und St. Émilion. Auf dem linken Ufer werden überwiegend Cabernet-Sauvignon-Reben angebaut, die lange brauchen, um ihre ganze Fülle zu entwickeln: Große Lagen – *vins de garde*, Weine zum Aufbewahren – sollten frühestens nach zehn Jahren getrunken werden; manche werden erst nach zwanzig Jahren richtig gut.

Die auf dem rechten Ufer angebaute Merlot-Rebe reift dagegen schneller: Die Pomerols und St. Émilions können daher schon nach fünf bis acht Jahren getrunken werden. Die besten Bordeaux-*millésimes* sind 1928, 1945, 1947, 1949, 1970, 1975, 1982, 1986, 1989, 1990. Von den Jahrgängen danach versprechen 1995 und 2000 gut zu werden.

Die Médoc-Weine wurden 1855 in fünf Güteklassen eingeteilt. Das alte System ist nicht mehr ganz zuverlässig, aber die Lagen der obersten Klasse *(grands crus classés)*, die *châteaux* Haut-Brion, Latour, Margaux, Lafite-Rothschild und Mouton-Rothschild, verdienen zweifellos ihren Rang. Auch die folgenden Spitzenweine sollten wir uns einprägen:

- Médoc: Cos d'Estournel, Ducru-Beaucaillou, Léoville-Barton, Léoville-Las-Cases, Palmer, Pichon-Lalande

- Graves: Domaine de Chevalier, La Mission Haut-Brion
- Pomerol: La Conseillante, L'Évangile, Lafleur, Latour à Pomerol, Pétrus, Trotanoy
- St. Émilion: Ausone, Cheval-Blanc, Figeac

Bisher haben wir nur von Rotweinen gesprochen. Aber im Graves-Bezirk werden auch Weißweine produziert. Auch sie brauchen lange, um zu reifen. Die besten – Domaine de Chevalier-Blanc, Haut-Brion Blanc, Laville Haut-Brion – sollten wir nicht vor zehn Jahren anrühren. Die zweite Garnitur können wir schon nach fünf Jahren trinken. Aus dem Süden des Graves-Bezirks stammen die süßen Sauternes, die so wunderbar zur Gänseleber und zum Dessert passen. Der berühmteste Sauternes ist der Château d'Yquem, aber auch die *châteaux* Climens, Coutet, Fargues und Rieussec sind nicht zu verachten. Da vom Sauternes nur kleine Mengen genossen werden, ist es ausnahmsweise erlaubt, eine halbe Flasche zu bestellen – was sonst den geizigen Spießer verrät.

Der alte Rivale der Bordeaux-Weine sind die Weine aus Burgund. Auch sie gibt es in rot und weiß. Allerdings ist die produzierte Menge viel geringer, was die Preise nicht selten in astronomische Höhen treibt. Dies gilt vor allem für die 32 *grands crus*. Die berühmtesten Roten wachsen an der Côte de Nuits – so genannt nach dem Weinort Nuits-St. Georges – und heißen Chambertin (mit verschiedenen Namenszusätzen), Grands-Échézaux, Musigny, Richebourg, La Romanée, Romanée-Conti und La Tâche. Die besten Weißen sind Montrachet (wieder mit verschiedenen Namenszusätzen), Corton-Charlemagne, Meursault und die *grands crus* aus dem Dorf Chablis. Wer die *grands crus* zu teuer findet, ist mit den *premiers crus* immer noch glänzend bedient. Burgunder reifen schneller als die Bordeaux-Weine, sie sollten frühestens nach fünf, spätestens nach zehn Jahren getrunken werden. 1989, 1990 und 1996 waren besonders gute Jahrgänge.

Im südlichen Burgund liegt das Beaujolais. Zu den billigen und populären Roten, die aus dieser Gegend stammen, greifen wir nur in Lokalen, deren Weinkarte uns mit Misstrauen erfüllt. An einem Beaujolais kann man nichts verderben – vorausgesetzt, wir trinken ihn jung und kühl. Die besten Lagen sind Morgon und Juliénas. Noch weiter südlich werden die Rhône-Weine angebaut, darunter der allgegenwärtige Châteauneuf-du-Pape. Diesen Papst überlassen wir getrost der Kundschaft von Supermärkten. Wenn es schon die Rhône sein soll, ziehen wir dem Heiligen Vater einen Eremiten vor – den wuchtigen Hermitage. Wer seinen Fisch in einem leichten Weißen schwimmen lassen will, ist bei den Weinen der Loire gut aufgehoben. Die bekanntesten sind Sancerre und Pouilly-Fumé (nicht zu verwechseln mit dem Pouilly-Fuissé, einem weißen Burgunder). Aber besser noch sind Bonnezeaux, Coulée de Serrant und Quarts de Chaume.

Im Friedensvertrag von Versailles wurde den Deutschen verboten, ihren Schaumwein »Champagner« zu nennen. Tatsächlich besteht zwischen dem in der Champagne – vor allem in Reims und Épernay – produzierten Champagner und dem deutschen Sekt ein Unterschied wie zwischen Tag und Nacht. Das hängt einerseits mit der *cuvée* zusammen, der kunstreichen Mischung mehrerer Rebsorten, andererseits mit dem unterschiedlichen Gärungsverfahren. Die Einzelheiten brauchen wir uns nicht zu merken. Wir müssen nur wissen, dass der echte Champagner nicht in Stahltanks gärt, sondern in der Flasche, in der er schließlich auf den Tisch kommt – ein Prozess, der mehrere Jahre dauert. Die Schlussfolgerung ist klar: So sehr es unseren Nationalstolz treffen mag – Sektflaschen, die wir zum Geschenk erhalten, schenken wir ungeöffnet weiter. Champagnerflaschen öffnen wir dagegen gern – aber nicht, indem wir den Korken an die Decke knallen lassen. Vielmehr sollte die Kohlensäure diskret entweichen. Das Geräusch dabei verglich ein erfahrener Genießer mit dem Seufzer einer befriedigten Frau. Barbarisch ist es auch, den Champagner mehr als ein paar Tage lang im Eisschrank aufzubewahren. Die ständige Kühlung schadet dem Bukett. Die besten Champagner sind die mit einer Jahreszahl. Sie bestehen aus den Reben eines einzigen Jahrgangs. 1985 und 1990 waren besonders gut. Noch teurer sind die Spitzenauslesen *(tête de cuvée)*, die Flaggschiffe der großen Champagnerhäuser, z. B. Dom Pérignon von Moet & Chandon, Cristal von Roederer, Clos du Ménil von Krug oder La Grande Dame von Veuve Clicquot. Wer mit etwas ganz Ausgefallenem auftrumpfen möchte, serviert seinen Gästen einen *blanc de noirs*, einen Champagner, der nur aus schwarzen Reben gewonnen wurde wie Blanc de Noirs Vieilles Vignes von Bollinger.

Weine aus deutschen Landen

Wenn man schon den deutschen Sekt nicht anrühren darf, wird mancher Leser bestürzt fragen, darf man denn wenigstens deutsche Weine trinken? Auch das versteht sich keineswegs von selbst. Die gleichen Bürokraten im Bundeslandwirtschaftsministerium, denen der deutsche Steuerzahler die kostspieligen Butterberge und Milchseen verdankt, haben das einst hohe Ansehen des deutschen Weins gründlich ruiniert. Mit der Erfindung der so genannten »Großlage« gaben sie skrupellosen Panschern Gelegenheit, sich mit berühmten Federn wie »Niersteiner Domtal« oder »Piesporter Michelsberg« zu schmücken. Das Ergebnis: Deutschland ist der größte Exporteur billiger Weißweine, die unter Phantasienamen in der ganzen Welt vertrieben werden.

Glücklicherweise sind nicht alle Winzer mit diesem Geschäftsgebaren einverstanden. Im Rheingau haben sich, angeführt von dem Rüdesheimer Bernhard Breuer, einige Rebellen zur »Charta-Vereinigung« zusammengeschlossen, die ihre Weine nach französischem Vorbild klassifizieren. Wenn es unbedingt ein deutscher Wein sein muss, sollten wir uns unter diesen »ersten Gewächsen« und anderen Winzern, die den alten Standards treu geblieben sind, umsehen. Hier einige Namen, die bei Kennern einen guten Klang haben:

- Rheingau: Robert Weil (Kiedrich), Franz Künstler (Hochheim), Schloss Johannisberg, Schloss Reinhartshausen (Erbach)
- Rheinhessen: Gunderloch (Nackenheim)
- Mosel: Dr. Loosen (Bernkastel), Fritz Haag (Brauneberg)
- Pfalz: Köhler-Ruprecht (Kallstadt), Müller-Catoir (Neustadt), Dr. Bürklin-Wolf (Wachenheim)
- Saar-Ruwer: Egon Müller zu Scharzhof (Wiltingen), Karthäuserhofberg (Eitelsbach), Maximin-Grünhaus (Mertesdorf)
- Franken: Juliusspital (Würzburg)

Wir sprechen hier ausschließlich von den Weißweinen, die aus der deutschen Nationalrebe, dem Riesling, gewonnen wurden, und natürlich nur von Weinen mit Prädikat (in aufsteigender Rangfolge: Kabinett, Spätlese, Auslese). Die Weine der drei höchsten Ränge (ebenfalls aufsteigend: Beerenauslese, Eiswein, Trockenbeerenauslese) sind süß und eignen sich daher gut zum Dessert. Der Riesling wurde unlängst von den Anhängern der amerikanischen ABC-Bewegung (»Anything but Chardonnay«), die ihrer eigenen Nationalrebe überdrüssig sind, zum König ausgerufen. Die deutschen Rotweine übergehen wir mit vornehmem Schweigen.

Begehrte Tropfen aus Italien

In Italien ist es genau umgekehrt: Die Weißweine kann man vergessen – einschließlich ihrer moussierenden Variante, dem aus unerfindlichen Gründen so beliebten Prosecco. Was zählt, sind die Roten. Aber auch dort ist das Weingesetz wenig hilfreich – nicht, weil es die Winzer zu anrüchigen Praktiken ermutigt, sondern weil sich die Winzer nicht darum kümmern. Die Qualitätsmerkmale DOC *(Denominazione di Origine Controllata)* und DOCG *(Denominazione di Origine Controllata e Garantita)* besagen nicht viel. Stattdessen halten sich die Liebhaber der berühmtesten italienischen Rotweine – aus Piemont der Barolo und Barbaresco, aus der Toskana der Chianti classico – wie in Deutschland an bewährte Adressen:

- Barolo: Bruno Giacosa, Aldo und Giacomo Conterno, Bartolo und Giuseppe Mascarello
- Barbaresco: Angelo Gaja, Alfredo Prunotto
- Chianti classico: Felsina, Fontodi, Isole e Olena

Originell sind diese Weine freilich nicht. Wer seine Spürnase für Ausgefallenes beweisen will, wählt einen der neuen, den Bordeaux-Weinen nacheifernden »Super-Toskaner« wie Ornellaria, Sassicaia, Solaia, Tignanello oder Brunello di Montalcino. Diese bei den Freunden der *dolce vita* sehr beliebten Tropfen haben außerdem den Vorzug, so teuer zu sein, dass schon der Preis unsere Gäste ehrfürchtig erstarren lässt. All diese Weine sollten frühestens nach sechs Jahren getrunken werden, noch besser nach zehn. Beim Barolo und Barbaresco waren 1988, 1989 und 1990, beim Chianti classico und den Super-Toskanern 1985, 1988 und 1990 besonders süffige Jahre. Die Toskaner von 1997 berechtigen zu den schönsten Hoffnungen.

Originelles aus Übersee

Noch origineller ist es, sich für die kalifornischen, australischen oder neuseeländischen Weine zu begeistern. Sie werden in Europa immer noch nicht ganz ernst genommen – sehr zu Unrecht. Bei einer Blindprobe, zu der Pariser Experten erstmals kalifornische Konkurrenten zuließen, ernannten sie zu ihrem eigenen nachträglichen Entsetzen nicht einen französischen *grand cru* zum Sieger, sondern einen Stag's Leap Cabernet Sauvignon aus dem Napa Valley.

Da ihnen die Gerichte verboten, die Namen französischer Lagen zu verwenden, benannten die Kalifornier ihre Weine einfach nach den Rebsorten, die sie aus Frankreich importiert hatten – Cabernet Sauvignon (rot) und Chardonnay (weiß), um nur die besten zu nennen. So machten es auch die Australier und Neuseeländer. Die Hauptanbaugebiete in Kalifornien sind das Napa Valley und das Sonoma Valley. Einige der renommiertesten Winzer (Grgich Hills, Robert Mondavi, Stag's Leap) produzieren rote und weiße Weine, andere (Caymus, Diamond Creek, Dominus, Spottswoode) nur rote.

Das wichtigste australische Weinbaugebiet ist das Barossa Valley. Es waren deutsche Winzer, die sich hier vor 150 Jahren ansiedelten. Der berühmteste Wein des Landes trägt denn auch den sehr deutschen Namen Henschke. Der beste Neuseeländer ist der weiße Cloudy Bay; das Weingut gehört heute der Veuve Clicquot.

Da die Sonne Kalifornien, Australien und Neuseeland mit größerer Zuverlässigkeit verwöhnt als Europa, kommt es auf den Jahrgang weniger an. Die Roten können nach sechs bis zehn Jahren getrunken werden, die Weißen nach drei.

Die richtige Wein-Rhetorik

Beim Sex gilt die Regel: Ein Kavalier genießt und schweigt. Beim Wein ist es genau umgekehrt. Der Kenner begnügt sich nicht damit, den Wein einfach zu genießen. Er ist unablässig bemüht, seinen Genuss in Worte zu fassen. Dabei braucht er seiner Sprachgewalt keine Zügel anzulegen. Er kann den Wein fruchtig nennen, erdig, würzig, rassig, elegant, ja sogar muskulös oder fett. Auch über den *Körper* des Weins verbreitet er sich gern. Besonders durchschlagende Geschmackserlebnisse nennt er Raketen oder Granaten. Nur das Wort »lieblich« nimmt er nicht in den Mund: Es ist die Reklame, mit der sich die deutschen Billigweine dem ahnungslosen Käufer empfehlen. Wer von einem Château d'Yquem oder Corton-Charlemagne sagt, er sei »lieblich«, riskiert, kein zweites Glas zu bekommen.

Wenn Kritik am Wein zu üben ist, tut man es in der Fachsprache der Winzer: Man nennt ihn *firn* (zu alt), *rahn* (zu dunkel), *brandig* (zu süß). Noch feiner ist es, darüber zu klagen, ein zu süß gewordener Wein sei *madérisé*. Hat der Wein eine angenehme Süße, so ist er *moelleux* (gesprochen: moalö), trockene Weine sind *sec.* Von *dry* sprechen wir nur beim Sherry, Martini und Gin.

Aperitifs und Digestifs

Sherry und Martini sind Aperitifs, also Getränke, die wir vor dem Essen zu uns nehmen. Sherry ist die englische Form von Jerez de la Frontera, der spanischen Stadt, aus der die echten Sherries kommen. Wer seinen Tischgenossen zu verstehen geben will, dass er seinen Andalusien-Urlaub bereits hinter sich hat, nennt das Getränk daher »Jerez« (mit gutturalem »Ch« am

Anfang und gelispeltem »Th« am Ende). Der hellere und leichtere Sherry heißt Fino, der schwerere und dunklere Oloroso. Manzanilla, der leichteste und trockenste, ist ein Produkt der Nachbarstadt Sanlúcar de Barrameda, von der aus Magellan seine Segelfahrt um die Welt antrat. Die seltensten, leider häufig imitierten Sorten sind Amontillado und Palo Cortado.

Der klassische Martini enthält vier Teile Gin und einen Teil (weißen) Vermouth. Über die richtige Proportion von Gin und Vermouth im Dry Martini sind sich die Liebhaber nicht einig. Die einen plädieren für die Formel zwölf zu eins, andere für zwanzig zu eins. Churchill war gar der Meinung, es genüge, beim Einschenken des Gins eine geschlossene Vermouth-Flasche scharf anzublicken. Auch über die Zutaten – Olive? Orangenbitter? Zitronenschale? – wird unter den Puristen heftig gestritten. Die einen trinken ihn mit, die anderen ohne Eis, die einen lassen ihn – wie James Bond – schütteln, die anderen rühren ihn mit dem Löffel um. Wer diesen Glaubenskämpfen aus dem Weg gehen will, bestellt als Aperitif ein Glas Champagner, auch als Kir Royal (mit einem Schuss Johannisbeerlikör) oder Bellini (mit einem Schuss Pfirsichlikör).

Nach dem Essen folgt zur Förderung der Verdauung ein Digestif. Unter den Obst- und Kräuterschnäpsen, an denen es gerade in Deutschland nicht mangelt, findet sich auch der Laie rasch zurecht. Doch haben sie etwas Rustikales, das dem Weltmann nicht gut zu Gesicht steht – es sei denn, er kultiviert das Image eines Gutsherrn. Die süßen Liköre wiederum überlassen wir sehr alten Damen. Der Connaisseur wählt zwischen Cognac, Armagnac und Whisky. Ein Whisky kann auch vor dem Essen getrunken werden, ein Cognac und Armagnac niemals.

Auch bei den Cognacs, die nur aus einer gesetzlich festgelegten Anbauzone nördlich der Gironde stammen dürfen, unterscheidet man sechs verschiedene *crus*. Die beiden besten heißen

Grande Champagne und Petite Champagne (nicht zu verwechseln mit dem Herkunftsgebiet des Champagners); werden beide gemischt, spricht man von Fine Champagne. Erst nach 15–20 Jahren erreicht der Cognac seinen vollen Geschmack, den der erfahrene Trinker *rancio* nennt. Ältere Jahrgänge sind noch begehrter. Da die Flaschen – im Gegensatz zum Armagnac – keine Jahreszahl tragen und die Etiketten nur niedrige Mindestalter garantieren (VS oder *** 2 1/2 Jahre; VSOP, VO und Réserve 4 1/2 Jahre; Napoléon, XO und Hors d'Age 6 Jahre), bleibt uns wieder einmal nichts anderes übrig, als die Namen der edelsten Tropfen auswendig zu lernen: Delamain Grande Champagne, Pierre Ferrand Abel, Jean Fillioux Réserve Familiale, Frapin Cuvée Rabelais, Ragnaud-Sabourin Le Paradis – um nur einige zu nennen. (VSOP bedeutet *very superior old pale*, XO *extra old*.)

Der Armagnac ist der urtümlichere Bruder des hochgezüchteten Cognac. Er wird in der Gascogne produziert, der Heimat von d'Artagnan, dem berühmtesten der drei Musketiere. Der im westlichen Teil gebrannte Bas-Armagnac, vor allem der aus dem Château de Laubade, hat unter den Einheimischen, die es schließlich wissen müssen, den besten Ruf.

Das erste, was wir uns beim Whisky merken müssen, ist, dass so nur die Schotten ihr Nationalgetränk schreiben. Amerikaner und Iren trinken *whiskey*. Wir rühren nur den schottischen an, wobei wir uns hüten, ihn durch die flapsige Abkürzung »Scotch« zu kränken. Der korrekte Ausdruck ist »Scotch whisky«. Die meisten Whiskies sind Verschnitte *(blended whiskies)*, deren Zusammensetzung ebenso verdächtig ist wie der Inhalt einer Blutwurst. Wir halten uns an die *single malt whiskies*, reine Malz-Whiskies, die in einer einzigen Destillerie gebrannt wurden. Wie beim Cognac gilt die Regel: Je älter, desto besser. Erst nach 18 Jahren schmecken Whiskies wirklich gut. Die besten stammen aus der Speyside-Region: Glenfarclass, The Glenlivet, Linkwood, The Macallan, Strathisla. Auch auf der Insel Islay (gesprochen: Aileh) werden zwei berühmte Whiskies gebrannt: Bowmore und Laphroaig (gesprochen: Lafróig). Andere Namen, bei deren Erwähnung die Kenner freudig schnalzen, sind Glenkinchie, Highland Park, Springbank und Talisker. Entgegen einem landläufigen Vorurteil ist es durchaus zulässig, den Whisky mit Wasser zu verdünnen: Die Senkung des Alkoholgehalts auf etwa 30% bringt das Aroma erst zur vollen Entfaltung. Sodawasser und Eiswürfel sind hingegen, was Appetithäppchen zum Abendmahlswein wären – ein Sakrileg.

Ausgesetzt auf den Bergen der Literatur

Nur Trottel haben die Bücher, über die sie reden, auch gelesen

Wer schafft es in unserem Fernsehzeitalter noch, Bücher zu lesen? Wir sind ja schon froh, wenn wir mit unserem Lokalblatt einigermaßen zu Rande kommen. Dazu ein oder zwei Lifestyle-Magazine und im Urlaub der letzte Thriller von John Grisham oder Stephen King – mehr Lektüre ist beim besten Willen nicht drin. Und doch bringen es einige Leute fertig, lässig über Literatur zu plaudern und über Schriftsteller prägnante Urteile abzugeben – Leute wohlgemerkt, die von Berufs wegen weder schreiben noch lesen müssen, sondern Besseres zu tun haben. Woher in aller Welt nehmen sie die Zeit? Die Antwort ist: Sie brauchen sie sich nicht zu nehmen, denn die Bücher, über die sie reden, haben sie gar nicht gelesen. Sie haben nur die Rezensionen überflogen, die Bestseller-Listen studiert und beim Buchhändler gelegentlich die Neuerscheinungen durchgeblättert. Danach sind sie bestens im Bilde, jedenfalls über die neueste Produktion. Die wichtigsten, das heißt: die immer noch aktuellen Autoren und Werke der älteren Zeit lernen wir auf den folgenden Seiten kennen. Wer diesen Fundus beherrscht, kann mit jeder Leseratte furchtlos die Klingen kreuzen.

Lieber Klatsch als Kritik

Als erstes merken wir uns die Regel: Das Privatleben der Autoren ist interessanter als ihre Bücher. Mag sich auch Marcel

Proust in seinem Essay »Contre Sainte-Beuve« gegen die Methode des berühmten Literaturkritikers verwahrt haben, die Werke aus der Biografie ihrer Verfasser zu deuten – in einem Pausengespräch sind biografische Details allemal anregender als eine tiefsinnige Textkritik. William Shakespeare zum Beispiel, der älteste Autor, mit dessen Auftauchen wir rechnen müssen – meist anlässlich einer Neuinszenierung von »Hamlet« oder einem anderen seiner Stücke in unserem Stadttheater –, gibt uns die Gelegenheit, zwei Fragen aufzuwerfen: War er schwul? Und: Hat er die Stücke, die unter seinem Namen gespielt werden, wirklich selber geschrieben? Wenn die Pausenrunde, vermutlich unter Berufung auf den Film »Shakespeare in Love«, empört protestiert, ist der Augenblick gekommen, mit unseren Kenntnissen zu glänzen:

- Shakespeare war zwar verheiratet und hatte acht Kinder. Doch seine stürmischen Liebesgedichte, die Sonette, widmete er einem »Mr. W. H.«. Über die Identität dieses *lovely boy* und *lord of my love*, wie er in den Gedichten genannt wird, haben sich ganze Forschergenerationen den Kopf zerbrochen. Die Favoriten sind William Herbert, der 3. Earl of Pembroke, dem auch die erste Shakespeare-Gesamtausgabe gewidmet ist, und Henry Wriothesley (gesprochen: Roxli), der 3. Earl of Southampton, ein Höfling, der ebenso für seine Schönheit bekannt war wie für seine Abneigung gegen Frauen.
- Die Theorie, der ungebildete, aus kleinen Verhältnissen stammende Schauspieler könne unmöglich der Verfasser so wort- und kenntnisreicher Dramen sein, kam erst 240 Jahre nach seinem Tode auf. Der erste, auf den der Verdacht der Autorschaft fiel, war der Philosoph Francis Bacon, dessen dichterische Bemühungen jedoch eher dürftig waren. Im Lauf der Zeit schwoll die Zahl der Verdächtigen auf 50 an, Königin

Elisabeth I. eingeschlossen. Favorit der Shakespeare-Verächter ist Edward de Vere, der 17. Earl of Oxford. Für ihn spricht, dass er Italien, wo viele von Shakespeares Stücken spielen, gut kannte, dass er Komödien schrieb und dass in seinem Familienwappen ein Ritter zu sehen ist *who shakes a spear* (der einen Speer schüttelt). Auch Freud hielt den Earl für Shakespeares Ghostwriter. Mark Twain hingegen meinte salomonisch: »Shakespeares Werke wurden nicht von Shakespeare geschrieben, sondern von einem anderen Autor gleichen Namens.«

Auch mit Fausts Sexualität war es anders bestellt, als uns Goethe weismachen will. Das Gymnasium in Kreuznach, dessen Rektor er war, entließ ihn unter der Beschuldigung, einige der ihm anvertrauten Knaben verführt zu haben. Mit Gretchen hatte Faust nichts zu tun. Sie hieß in Wirklichkeit Susanna Margaretha Brandt, war Kellnerin im Frankfurter Gasthaus »Zum Einhorn« und wurde von einem durchreisenden Goldschmiedegesellen geschwängert. Als das Kind zur Welt kam, erstach sie es mit einer Schere. Die Hinrichtung der Kindsmörderin auf dem Rossmarkt machte auf den 23-jährigen Goethe einen unauslöschlichen Eindruck. Wie es um seine eigene Sexualität stand, ist ebenfalls nicht sicher. Der Psychoanalytiker Kurt Eissler, der dieser Frage in einem zweibändigen Werk auf den Grund ging, behauptet, Goethe habe erst auf seiner Italienreise, als er schon 39 war, Geschlechtsverkehr gehabt. In der Tat ist es auffällig, dass Goethe besonders gern Frauen anschwärmte, die schon verlobt (Charlotte Buff) oder verheiratet waren (Charlotte von Stein). Bei den noch Heiratsfähigen (Käthchen Schönkopf, Friederike Brion, Lilli Schönemann) machte er sich aus dem Staub, sobald das Verhältnis intim zu werden drohte. Christiane Vulpius, die Frau, die er mit 57 heiratete, stand gesellschaftlich weit unter ihm: Die Mesalliance zwischen dem Minister und der Arbeiterin, die in der Fabrik des Unternehmers Bertuch Stoffblumen nähte, versorgte den Weimarer Hofklatsch mit immer neuer Nahrung.

Warum lesen, wenn's das Kino gibt?

Noch vor einer Generation gehörte es zum guten Ton, die Konversation mit Zitaten von Shakespeare, Goethe oder Schiller zu würzen. Heute wirkt das provinziell und onkelhaft. Weitaus eleganter ist es, durch das Zitieren des ersten Satzes anzudeuten, dass man die großen Romane der Weltliteratur gelesen hat:

- »Alle glücklichen Familien sind einander ähnlich, jede unglückliche ist unglücklich auf ihre Art.« (Graf Leo Tolstoi, Anna Karenina)
- »Lange Zeit bin ich früh schlafen gegangen.« (Marcel Proust, Auf der Suche nach der verlorenen Zeit)
- »Jemand musste Josef K. verleumdet haben, denn ohne dass er etwas Böses getan hätte, wurde er eines Morgens verhaftet.« (Franz Kafka, Der Prozess)

Natürlich ist es nicht verboten, auch den Rest der Geschichte zu lesen. Aber es ist viel bequemer, sich stattdessen den Film anzusehen. Glücklicherweise wurden die meisten der klassischen Romane verfilmt, manche sogar mehrfach. Wir haben die Wahl, Anna Karenina als Schwedin (Greta Garbo), Engländerin (Vivien Leigh) oder Französin (Sophie Marceau) kennen zu lernen. Von Tolstois zweitem großen Roman »Krieg und Frieden« gibt es eine amerikanische und eine russische Version. Die russische dauert achteinhalb Stunden; für die Schlacht von Borodino (Akzent auf dem dritten O) wurden nicht weniger als 20 000 Statisten aufgeboten. Die amerikanische Fassung kommt mit dreieinhalb Stunden aus; sie hat außerdem den Vorzug, dass die beiden Hauptpersonen, Natascha und Pierre, von den Publikumslieblingen Audrey Hepburn und Henry Fonda verkörpert werden.

Tolstois Zeitgenosse Fjodor Dostojewski inspirierte gleichfalls viele Filme. Von »Schuld und Sühne«, seinem populärsten Roman, gibt es fast ein Dutzend. Auch Peter Lorre (»M«), ein Spezialist für pathologische Verbrecher, ließ sich die dankbare Rolle des halbwahnsinnigen Studenten Raskolnikow, der eine Pfandleiherin und deren Schwester erschlägt, nicht entgehen. In der amerikanischen Filmversion der »Brüder Karamasow« ist Yul Brynner der grundehrliche Dimitri, der zu Unrecht beschuldigt wird, seinen Vater umgebracht zu haben; Gruschenka, die von Vater und Sohn geliebte *femme fatale*, ist Maria Schell. »Der Idiot«, ein frommer Epileptiker wie Dostojewski selbst, war eine Glanzrolle des früh verstorbenen Gérard Philipe, der auch Stendhals romantische Helden spielte – Julien Sorel in »Rot und Schwarz« und Fabrice del Dongo in der »Kartause von Parma«.

Auch Flauberts »Madame Bovary« und Fontanes »Effi Briest« erwachten auf der Leinwand zu neuem Leben, desgleichen die Künstlerin Fröhlich in Heinrich Manns »Professor Unrat«, die sich in die kesse Lola im »Blauen Engel« verwandelte – zugleich der Beginn von Marlene Dietrichs atemberaubender Weltkarriere. Heinrichs Bruder Thomas hatte Glück mit der Verfilmung seiner Novelle »Tod in Venedig«, bei der kein Geringerer als Graf Luchino Visconti Regie führte. Dagegen fielen die Kino-Transplantate seiner Romane (»Buddenbrooks«, »Königliche Hoheit«, »Bekenntnisse des Hochstaplers Felix Krull«) eher bieder aus. An sein Meisterwerk »Der Zauberberg« hat sich bisher kein Kino-Regisseur herangetraut, lediglich fürs Fernsehen wurde der Wälzer verfilmt. Diese Berührungsangst hatte der

Dramatiker Harold Pinter glücklicherweise nicht. Er kondensierte Prousts siebenteiligen Romanzyklus zu einer dreistündigen Fassung fürs Theater. Andere Klassiker wurden in der leichtverdaulichen Form des Musicals wiedergeboren – »Don Quichote« als »Man of La Mancha«, »Oliver Twist« als »Oliver!«, Voltaires »Candide« und Victor Hugos »Les Misérables« unter ihren angestammten Namen. Dringend erwünscht wäre eine musikalische Renaissance von James Joyces »Ulysses« – etwa unter dem Titel »The Man of Dublin«. Das Original ist ein ganz besonders zäher Brocken.

Literarische Skandale, die wir kennen müssen

In »Anna Karenina«, »Madame Bovary« und »Effi Briest« geht es um Ehebruch, eines der Lieblingsthemen des 19. Jahrhunderts. Selbstverständlich durfte der Fehltritt nicht ungesühnt bleiben. Der Ehebrecher mochte ungeschoren davonkommen, doch die Buhlerin musste sterben: Anna wirft sich vor einen Zug, Emma nimmt Gift, Effi welkt jung dahin. In Fontanes Roman ist es der letzte Satz, den wir uns merken müssen: »Ach, Luise, lass … das ist ein zu weites Feld.« (Günter Grass ließ sich davon zum Titel seines Vereinigungs-Romans »Ein weites Feld« inspirieren.) Wenn wir dann noch verraten, dass Effi in Wahrheit Elisabeth von Ardenne hieß und die Tante des berühmten Physikers Manfred von Ardenne war, ist unser Ruf als profunder Literaturkenner nicht mehr zu erschüttern.

Erst »Lady Chatterley«, die ihren an den Rollstuhl gefesselten Gatten mit einem drahtigen Wildhüter betrügt, durfte glücklich werden. Doch konnte der Roman erst 1960 ungekürzt erscheinen – 30 Jahre nach dem Tod des Autors, D. H. Lawrence, und nachdem ein letzter Versuch der Zensurbehörde, das anstößige Werk zu unterdrücken, vor Gericht gescheitert war. Auch »Madame Bovary« war Gegenstand eines Sittlichkeitsprozesses. Flaubert wurde freigesprochen, ebenso Arthur Schnitzler, dessen Sex-Komödie »Der Reigen« vom preußischen Kultusministerium verboten worden war. Hingegen wurde Charles Baudelaire wegen Verletzung der öffentlichen Moral zu 300 Francs Strafe verurteilt; sechs Gedichte seines Zyklus »Die Blumen des Bösen«, der ursprünglich »Les Lesbiennes« hieß, mussten eingestampft werden. Auch James Joyce hatte nach Fertigstellung des »Ulysses« Mühe mit der Zensur. Der Roman erschien schließlich in Paris – da die Setzer kein Englisch verstanden, in einer von Druckfehlern wimmelnden Ausgabe. Versuche, die Erstausgabe anglophonen Lesern zugänglich zu machen, stießen auf den erbitterten Widerstand der Behörden. Die britische Post beschlagnahmte die Bücher, der amerikanische Zoll verbrannte sie.

Die literarische Moderne kompakt

Mit Joyces »Ulysses«, Prousts »Auf der Suche nach der verlorenen Zeit«, Kafkas »Prozess« und Musils »Mann ohne Eigenschaften« beginnt der »moderne« Roman. Was dieser dehnbare Begriff bedeutet, weiß zwar niemand genau. Doch sollten wir uns für den wahrscheinlichen Fall, dass das Gespräch darauf kommt, mit einigen Grundkenntnissen wappnen:

- Die »Suche nach der verlorenen Zeit« ist ein Kolossalgemälde der kurzen, glanzvollen Epoche, die mit dem Ersten Weltkrieg schlagartig endete – der Belle Époque. Anstoß ist der Geschmack einer *madeleine*, eines Gebäcks, das den Erzähler an seine Kindheit erinnert. Proust beschreibt die mondäne Gesellschaft an ihren Lieblingsplätzen – den Hotels, den Salons, den Badeorten *à la mode*. Aber auch die Lasterhöhlen, in denen sich der schwule Baron de Charlus vergnügt, werden kenntnisreich geschildert, freilich ohne durchblicken zu lassen, dass der Autor die Neigungen des Barons teilt. Charlus trägt die Züge eines der großen Snobs der Zeit, des Dandys und Poeten Robert de Montesquiou. In der spannungsreichen Liebesbeziehung zwischen dem Weltmann Swann und der ihre Männer häufig wechselnden Odette de Crécy beschreibt Proust das Auf und Ab seiner eigenen Liaison mit dem venezolanischen Komponisten Reynaldo Hahn. Da er für den ersten Band seines Romanzyklus (»In Swanns Welt«) keinen Verleger fand, ließ er ihn auf eigene Kosten drucken. Einer lehnte das Manuskript mit der Begründung ab, er begreife nicht, dass jemand auf 30 Seiten beschreiben könne, wie er sich vor dem Einschlafen im Bett herumwälzt.

- Eine Sekundärliteratur von etwa 15 000 Titeln hat den »Prozess« auf höchst unterschiedliche Weise gedeutet – als Vorwegnahme des faschistischen Terrors, als Disput des Juden Kafka mit dem alttestamentarischen Rachegott, als Konflikt mit seinem strengen Vater, der ihn für einen Versager hielt, oder als »Angst vor Potenzverlust«. Der kommunistische Literarhistoriker Georg Lukács hatte keinen Zweifel daran, dass der Irrgarten, in dem sich der Romanheld K. verläuft, nichts anderes ist als »die diabolische Welt des modernen Kapitalismus«. Man kann den »Prozess« aber auch autobiografisch lesen: K.s Zimmernachbarin Fräulein Bürstner wäre demnach Kafkas Verlobte Felice Bauer. Unmittelbar vor Beginn der Niederschrift war die Verlobung im Beisein der Familie Bauer gelöst worden – eine Szene, die Kafka in seinem Tagebuch mit einem »Gerichtshof« verglich.
- Joyce hat die Irrfahrten von Homers Odysseus (lateinisch: Ulysses) in seine Heimatstadt Dublin verlegt. Das Gesche-

hen spielt sich an einem einzigen Tag ab, dem 16. Juni 1904. An diesem Tag war Joyce mit dem Dienstmädchen Nora Barnacle zum ersten Mal intim geworden; bis zur Heirat ließ er sich 27 Jahre Zeit. Von der Joyce-Gemeinde wird der »Bloomsday« – so genannt nach dem Helden des Romans, dem jüdischen Anzeigenakquisiteur Leopold Bloom – jedes Jahr feierlich begossen. Der Roman endet mit einem 2500 Worte langen, durch kein einziges Satzzeichen unterbrochenen »inneren Monolog«, in dem Leopolds Gattin Molly ihren sexuellen Träumen nachhängt. Die Freizügigkeit der Sprache missfiel nicht nur der Zensur. Auch Virginia Woolf nannte den Kollegen Joyce einen »ekelhaften Studenten, der seine Pickel kratzt«.

- Musils »Mann ohne Eigenschaften« (und ohne Nachnamen) Ulrich symbolisiert die untergehende Donaumonarchie. Entscheidungen weicht er aus; das Mögliche bedeutet ihm mehr als das Wirkliche. Immerhin tritt er einem Ausschuss bei, der das 70. Regierungsjubiläum des Kaisers Franz Joseph vorbereitet – eine »Parallelaktion«, die hinter dem gleichzeitig fälligen 30. Regierungsjubiläum des deutschen Kaisers keinesfalls zurückbleiben darf. Die Hofräte und Sektionschefs schwanken, ob sie dem Bau einer Wallfahrtskirche oder einer »Groß-Österreichischen Franz-Josephs-Suppenanstalt« den Vorzug geben sollen. Wie sich herausstellt, erledigt sich die Frage von selbst: Im Jubeljahr 1918 ist Franz Joseph tot und »Kakanien«, wie Musil die k. k. Doppelmonarchie nennt, am Ende.

Bezeichnenderweise bekam keiner der vier Gründerväter der literarischen Moderne den Nobelpreis. Stattdessen wurden Mediokritäten und Eintagsfliegen wie Grazia Deledda, Erik Karlfeldt oder Juan Ramón Jiménez ausgezeichnet. Es macht sich immer gut, über den unsicheren Geschmack der Stockholmer Preisrichter zu lästern.

Kafka starb mit 40 an der Tuberkulose. Joyce war so kurzsichtig, dass er seine Manuskripte nur mit der Lupe lesen konnte. Proust litt unter Asthma und war extrem licht- und geräuschempfindlich. Er schrieb nachts oder bei geschlossenen Vorhängen; um sich gegen den Straßenlärm zu schützen, ließ er sein Arbeitszimmer mit Korkplatten ausschlagen. Er entschlief im Alter von 51 Jahren. Musil starb mit 62 im schweizerischen Exil isoliert, verarmt und vergessen an einem Gehirnschlag. Thomas Mann hingegen wurde 80 Jahre alt und bekam obendrein den Nobelpreis. Dabei klagte gerade er in seinen Tagebüchern besonders gern über seine vielfältigen Wehwehchen (»Leibesverstimmung und nervöse Erschütterung«). Auch in seinen Romanen ist immer wieder vom Zusammenhang zwischen Genie und Krankheit die Rede. »Der Zauberberg« spielt in einem Schweizer Sanatorium für Lungenkranke. Held seines im amerikanischen Exil geschriebenen Romans »Doktor Faustus« ist der Komponist Adrian Leverkühn, dessen Schicksal mit dem Nietzsches auffallende Ähnlichkeit hat: Nach einer Begegnung mit dem Teufel – sprich: der Syphilis – wird er wahnsinnig. Als Manns Tagebücher posthum veröffentlicht wurden, bestätigte sich, was die Kenner seiner Novellen »Tonio Kröger« und »Der Tod in Venedig« längst geahnt hatten: Trotz seiner sechs Kinder war Thomas Mann homosexuell.

Totalitäre Versuchungen

Politisch wandelte sich Thomas Mann vom deutschnationalen Monarchisten zum linksliberalen Republikaner. Heinrich Mann hingegen begann als Linksliberaler und endete als Kommunist.

Er ist nur eines von vielen traurigen Beispielen für die blinde Kritiklosigkeit, mit der die Intellektuellen dem Stalinismus auf den Leim krochen. Lion Feuchtwanger (»Jud Süß«) verteidigte die Moskauer Schauprozesse. Der französische Romancier Louis Aragon feierte die Hinrichtungen in einem Gedicht: »Das Knattern der Gewehre/Verbreitet eine bisher unbekannte Fröhlichkeit./Es sind Ingenieure und Ärzte, die man exekutiert.« Bertolt Brecht kokettierte zwar mit seiner politischen Unzuverlässigkeit: »Ich vergesse meine Anschauungen immer wieder, kann mich nicht entschließen, sie auswendig zu lernen.« Doch hütete er sich, die Ostberliner Machthaber, die sein Theater am Schiffbauerdamm subventionierten, durch vorlaute Bemerkungen vor den Kopf zu stoßen. Brecht ist der klassische Fall des Opportunisten, der die Devise der »Dreigroschenoper« – »Erst kommt das Fressen, dann kommt die Moral« – in eigener Person vorlebt. Wenn das Gespräch auf die kommunistischen Entgleisungen der Dichter kommt, dann zitieren wir den französischen Soziologen Raymond Aron, der den Marxismus das »Opium der Intellektuellen« nannte.

Natürlich gab es auch Schriftsteller, die auf den Faschismus hereinfielen – der Nobelpreisträger Knut Hamsun zum Beispiel, Louis-Ferdinand Céline oder Fürst Gabriele D'Annunzio. Manche – wie George Bernard Shaw – brachten sogar das Kunststück fertig, sowohl Hitler wie Stalin zu feiern. Insgesamt darf man festhalten, dass die Diktatoren des 20. Jahrhunderts keine Mühe hatten, unter den Schriftstellern Gefolgsleute zu finden. Interessant ist der Fall Ernst Jünger. Im Ersten Weltkrieg hoch dekoriert, pries er den »Kampf als inneres Erlebnis« und fieberte der Nazi-Diktatur entgegen: »Sie wird ersetzen das Wort durch die Tat, die Tinte durch das Blut, die Phrase durch das Opfer, die Feder durch das Schwert.« Als die Nazis dann tatsächlich an die Macht kamen, wandte er sich angewidert ab.

Shaw war eine Ausnahme. Die große Mehrheit der britischen Schriftsteller war gegen totalitäre Versuchungen immun. In seinem Roman »1984« warnte George Orwell vor dem »Großen Bruder«, der seine Untertanen mit Hilfe einer weitverzweigten Bürokratie überwacht. Zu dieser Bürokratie gehört ein »Wahrheitsministerium«, das jede Abweichung von den amtlich zugelassenen Wahrheiten rücksichtslos verfolgt. Mit dem Zusammenbruch der Sowjetunion hat sich Orwells Warnung erledigt – jedenfalls fürs erste. Untergegangen ist aber auch die englische Feudalgesellschaft. In »Wiedersehen mit Brideshead« hat ihr Evelyn Waugh einen melancholischen Nachruf gewidmet. Die opulente Fernsehserie verlegte den Schauplatz nach Castle Howard in Yorkshire und machte aus Jeremy Irons einen Star. Gesiegt hat die »Schöne neue Welt«, Aldous Huxleys Parodie der amerikanischen Spaßgesellschaft, in der nur materieller Erfolg, Jugend, Sex und *entertainment* zählen: Ihren Bürgern bietet sie »alle Segnungen des Christentums und des Alkohols ohne deren Nachteile«.

Dichter der deutschen Innerlichkeit

Politische Romane sind in der deutschen Literatur selten. Vor den Zumutungen der Gegenwart flüchten die deutschen Dichter lieber in die Innerlichkeit, im 19. Jahrhundert gern als »blaue Blume der Romantik« umschrieben. Einige dieser zarten Pflanzen erwiesen sich als in hohem Maße exportabel, allen voran Rainer Maria Rilke. Obwohl ihn eifersüchtige Kollegen als »größten lesbischen Dichter seit Sappho« oder »Weihnachtsmann der Einsamkeit« schmähten – bei höheren Töchtern beiderlei Geschlechts, die seelischen Beistand suchten, hatte er sensationellen Erfolg. »Die Weise von Liebe und Tod des Cornets

Christoph Rilke« erreichte im Handumdrehen eine Auflage von einer Million. Der »Cornet« ist eins der Bücher, deren ersten Satz wir uns einprägen müssen: »Reiten, reiten, reiten, durch den Tag, durch die Nacht, durch den Tag«. Auch einige Gedichtzeilen – »Ausgesetzt auf den Bergen des Herzens«, »Wer jetzt kein Haus hat, baut sich keines mehr«, »Und dann und wann ein weißer Elefant« – kommen immer gut an. Wer sie zitiert, gibt dadurch zu verstehen, dass er nicht nur in der Literatur beschlagen ist, sondern auch ein delikates Gemüt hat. Schließlich merken wir uns noch die Namen der vier Schlösser, in denen Rilke als Gast reicher Freunde weilte: Lautschin, Duino, Berg am Irschel, Muzot (im Kanton Wallis). In Duino an der – damals noch österreichischen – Adriaküste schrieb er seine »Duineser Elegien«. Seine Gastgeberin war die Fürstin Marie von Thurn und Taxis, geb. Hohenlohe-Waldenburg-Schillingsfürst. Mit Gloria ist sie nur sehr weitläufig verwandt.

Ein anderer Großmeister der deutschen Innerlichkeit war Hermann Hesse. Von der angelsächsischen Welt wurde er erst spät entdeckt, dann aber mit umso größerer Inbrunst. Den Hippies und Blumenkindern der sechziger Jahre dämmerte plötzlich, dass sie einen Propheten besaßen, der schon ein halbes Jahrhundert vorher Misstrauen gegenüber den Autoritäten (»Demian«), indische Weisheit (»Siddharta«) und Selbstverwirklichung im Liebes- und Drogenrausch (»Der Steppenwolf«) gepredigt hatte. Hesses Erfolg war so durchschlagend, dass sich eine kalifornische Rockgruppe und ein Theater in Chicago »Steppenwolf« nannten.

Der derzeitige Platzhalter auf dem Thron der deutschen Innerlichkeit heißt Peter Handke. Seine frühen Prosawerke »Die Angst des Tormanns beim Elfmeter«, »Der kurze Brief zum langen Abschied« oder »Wunschloses Unglück« (über den Selbstmord seiner Mutter) waren angenehm knapp gehalten. Doch seitdem er auf eine Gemeinde zählen kann, kennt Handkes Mitteilungsbedürfnis keine Grenzen mehr. Sein letzter Roman, »Der Bildverlust oder Durch die Sierra de Gredos« ist eine fast 800 Seiten lange Kette von Impressionen und Reflexionen einer steinreichen Dame, die durch Spanien reist – von seinen Bewunderern als poetisches Meisterwerk gepriesen, von der Mehrheit der Rezensenten dagegen als altertümelnder Kitsch verworfen. Auch mit seinen pro-serbischen Stellungnahmen zu den Kriegen in Bosnien und im Kosovo hatte der Dichter kein Glück – ein weiterer Beleg dafür, wie misslich es ist, ausgerechnet einen Literaten als politischen Wegweiser zu wählen.

Deutsche Gegenwartsliteraten

Aber auf wen kommt es in der Gegenwartsliteratur an? Nach dem Zweiten Weltkrieg formierte sich der linke Flügel der westdeutschen Schriftsteller zur »Gruppe 47«. Die meisten sind heute mit Recht vergessen. Doch drei der – inzwischen natürlich recht betagten – Herren spielen im Literaturbetrieb immer noch eine große Rolle.

Günter Grass, der ewige deutsche Anwärter auf den Nobelpreis, bekam ihn schließlich, als er das Warten schon fast aufgegeben hatte. Sein Pech ist, dass er sein *opus magnum* »Die Blechtrommel« vor 40 Jahren schrieb und dass es danach mit ihm bergab ging. Seine späteren Bücher wurden von der Kritik nahezu einmütig verrissen, verkauften sich aber glänzend. Auch die Kommentare, mit denen Grass politische Ereignisse begleitete, waren nicht gerade geeignet, seinen Kredit zu erhöhen: Die Teilung Deutschlands, behauptete er, sei der Preis für Auschwitz; die Wiedervereinigung könne nur in einer Katastrophe enden. In seinem letzten Werk, der Novelle »Im Krebsgang«, hat er sich immerhin dazu durchgerungen, eine Episode aus dem Zweiten Weltkrieg zu beschreiben, in der die Deutschen nicht die Täter, sondern die Opfer waren – die Versenkung der mit Flüchtlingen vollgestopften »Wilhelm Gustloff« in der Ostsee, die größte Schiffskatastrophe aller Zeiten. Doch um nur ja nicht in den Geruch des Revisionismus zu kommen, hat Grass dem Erzähler einen Sohn beigegeben, der Neonazi ist und schließlich wegen Mordes im Gefängnis landet.

Anders Martin Walser, der »Writer über dem Bodensee«. Auch er hatte als Linker begonnen, wurde dann aber immer konservativer. Schon vor der Wiedervereinigung schockierte er seine ehemaligen Weggefährten mit der Erklärung, er könne sich mit der Teilung seines Vaterlandes nicht abfinden. 1998 verwahrte er sich in der Frankfurter Paulskirche, wo ihm der Friedenspreis des deutschen Buchhandels verliehen wurde, gegen die »moralische Keule«, mit der Auschwitz den Deutschen immer wieder eingebläut werde. Als sein Meisterwerk gilt die Novelle »Ein fliehendes Pferd«, die überdies den großen Vorzug hat, dass die Lektüre nur zwei Stunden in Anspruch nimmt. Sein größter Verkaufserfolg war der satirische Roman »Tod eines Kritikers«, den Marcel Reich-Ranicki, der Nestor der deutschen Rezensenten, nicht ohne Grund auf sich bezog. In diesem Roman gibt sich Walser Mordphantasien hin, die unter deutschen Schriftstellern anscheinend weit verbreitet sind.

Der dritte Überlebende der Gruppe 47 ist der Lyriker Hans Magnus Enzensberger. Auch er hat sich von einer Schiffskatastrophe inspirieren lassen, nämlich zu dem Versepos »Der Untergang der Titanic«. Auch er schwärmte einst für den Kommunismus und war sogar eine Zeitlang Gast des *Máximo Líder* auf Kuba. Doch hat er sich von diesen Jugendsünden längst abgekehrt und lässt sich willig von der »FAZ«, die er in einem frühen Gedicht als »das frankfurter allgemeine geröchel« verhöhnt hatte, zu Reklamezwecken ablichten. Seinen Sinneswandel ironisierte er mit den Zeilen: »In Gefahr und großer Not/Ist die Konsequenz der Tod.«

Die meistgespielten deutschen Theaterstücke der letzten Jahrzehnte stammen von Thomas Bernhard und Botho Strauß. Dass Bernhard eng mit dem Regisseur Claus Peymann zusammenarbeitete, hat seinen Stücken bestimmt nicht geschadet. Einige (»Minetti«, »Ritter, Dene, Voss«) hat er sogar bestimmten Schauspielern auf den Leib geschrieben. Bernhards Popularität ist umso überraschender, als er den theaterüblichen Dialog verschmäht. Seine überkandidelten, oft größenwahnsinnigen Hauptfiguren ergehen sich in endlosen, wiederholungsreichen Monologen. Nur durch gelegentliches Husten weist die Gattin des verbittert vor sich hin schwadronierenden »Theatermachers« darauf hin, dass sie auch noch da ist. Aber gerade die Wiederholungen steigern die missvergnügten Ausbrüche zu aberwitziger Komik, die sich freilich nicht jedem erschließt: Auf die Hasstiraden gegen Österreich in »Heldenplatz«, seinem letzten Stück, antwortete die Wiener Boulevardpresse mit einer Hetze, wie sie Bernhard selbst nicht rabiater hätte formulieren können. Seit seiner Jugend schwer lungenkrank, lebte er wie ein Einsiedler in einem Bauernhaus bei Salzburg. Der Tod, der ihn an seinem 58. Geburtstag ereilte, war ihm seit langem vertraut. Die Lebensphilosophie der Generalin in der »Jagdgesellschaft« war auch die seine: »Wenn wir einen Menschen ansehen, sehen wir einen Sterbenden, wir sind tot, alles ist tot, alles in uns ist tot, alles ist tot.« Als Bernhards Testament eröffnet wurde, erfuhren die erbitterten Österreicher, dass ihr berühmtester Dichter ihnen die Aufführung seiner Stücke verboten und sie dadurch an dem Landesbrauch gehindert hatte, die zu Lebzeiten Geschmähten *post mortem* in den Himmel zu heben.

Verglichen mit Bernhards Schwarzmalerei, ist Strauß ein

sanfter Satiriker. Das Thema, das er in seinen frühen Triumphen an der Schaubühne (»Trilogie des Wiedersehens«, »Groß und klein«) anschlug, war die Vereinsamung des Großstadtmenschen in unserer egoistischen, aseptischen Beton- und Verwaltungskultur. Zugleich hat er aber auch ein feines Ohr für die komischen Seiten der Beziehungsneurosen, für den Szenejargon und das Partygeplapper einer materiell gesättigten, seelisch orientierungslosen Gesellschaft. Die Szene nahm die Veräppelung mit freundlichem Beifall auf. Die Sottisen seiner letzten Jahre, vor allem ein Aufsatz im »Spiegel« (»Anschwellender Bocksgesang«), erregten dagegen Unwillen. Dass er den Intellektuellen bescheinigte, sie seien »freundlich zum Fremden, nicht um des Fremden willen, sondern weil sie grimmig sind gegen das Unsere und alles begrüßen, was es zerstört«, war schlimm genug. Unverzeihlich war, dass er behauptete, die jugendlichen Skinheads und Neonazis betrieben nichts anderes als die »anarchofidele Erst-Jugend um 68 herum – Initiation durch Tabuzertrümmerung«. Bei den Siegelbewahrern der *political correctness* gilt Strauß als heimlicher Rechtsradikaler.

Nur zwei deutsche Romane aus den letzten Jahrzehnten erreichten auch im Ausland eine breite Leserschaft – Patrick Süskinds »Parfüm« und Bernhard Schlinks »Vorleser«. Indem er eine KZ-Aufseherin nicht als Monster, sondern als Menschen schilderte, traf Schlink offenkundig einen Nerv der Zeit. Wer das Thema zu heikel findet, lenkt das Gespräch auf Süskinds Geschichte eines Mörders mit überentwickeltem Geruchssinn und von da, wenn es zu versiegen droht, in seichtere Gewässer, in denen keiner ertrinken kann – auf die Kosmetik. Kritiker stellen gern die Frage, wer uns wohl den großen deutschen Wiedervereinigungsroman schenken werde. Unsere Antwort darauf ist, dass Ingo Schulze zumindest wichtige Vorarbeiten geleistet hat. Schulzes »Simple Storys – Ein Roman aus der ostdeutschen

Provinz« beschreibt mit lakonischer Kühle die Irrungen und Wirrungen, in die das Erdbeben der »Wende« die Bewohner des »Beitrittsgebiets« geschleudert hat.

Elementarteilchen und satanische Verse

Mit den übrigen europäischen Literaturen ist derzeit nicht viel Staat zu machen. Der *nouveau roman*, in dem nichts passierte, der dem Leser aber das Gefühl unheimlicher Tiefe vermittelte, ist mausetot. Tot ist auch das absurde Theater, das die letzten Fragen der menschlichen Existenz aufwarf. Ob Godot – in Samuel Becketts »Warten auf Godot« – Gott ist oder ein Symbol für etwas anderes, noch Unfassbareres, interessiert heute keinen Menschen mehr. Der einzige französische Autor, der in letzter Zeit die Neugier der Welt erregte, ist Michel Houellebecq (die ersten beiden Silben werden wie das englische *well* gesprochen), ein Geistesverwandter von Botho Strauß. Mit seinem Roman »Elementarteilchen« hat er die Single-Generation ins Herz getroffen. Es ist kein fröhliches Bild, das er zeichnet. Seine Helden, die Halbbrüder Bruno und Michel, sind emotional und sexuell verelendet. Der Literat Bruno masturbiert in Porno-Kinos und sucht bei Prostituierten eine *relaxation personalisée*. Michel, der Molekularbiologe, führt ein völlig asexuelles Leben. Houellebecq hat auch einen Schuldigen gefunden – die 68er, die mit ihrer Revolte gegen die bürgerliche Ordnung, die Moral und die Familie Freiheit und Glück versprachen, aber nur Unheil anrichteten. Dementsprechend fielen die Reaktionen aus: Die Traditionshüter der Linken bezichtigten Houellebecq, insbesondere unter Hinweis auf einige dunkle Passagen über die Eugenik, des Nihilismus und Faschismus. Auch »Plattform«, sein letzter Roman, in dem es um den Sex-Tourismus nach Thailand geht, spaltete die Leserschaft. Während die einen darin ein brillantes Sittenbild unserer frustrierten Gesellschaft erkennen, empören sich empfindsame Gemüter über den Zynismus seines Romanhelden Michel: »Millionen von Westlern besitzen alles, was sie wollen, nur eines nicht: Sie finden keine sexuelle Befriedigung. Auf der anderen Seite der Welt leben Milliarden von Menschen, die am Hunger krepieren und nichts anzubieten haben außer ihrer intakten Sexualität – ein ideales Tauschgeschäft.« Dass der – vier Wochen vor dem 11. September erschienene – Roman mit einem Attentat islamischer Terroristen endet, beweist, dass Houellebecq seinen Finger am Puls der Zeit hat.

Eine andere Ausnahme in der trüben Landschaft der europäischen Literatur ist der italienische Sprachwissenschaftler Umberto Eco. Sein Bestseller »Der Name der Rose«, mit Sean Connery verfilmt, macht aus der blutigen Geschichte der Ketzerverfolgung einen mittelalterlichen Kloster-Krimi. Er habe mit 1000 Lesern gerechnet, behauptete Eco kokett, und für seinen nächsten schwergewichtigen Roman, »Foucaults Pendel«, mit 500. Aber auch dieses hochgelehrte Kompendium okkulter Sekten, übergeschnappter Mystiker und korrupter Alchimisten erklomm sofort die obersten Sprossen der Bestseller-Leiter. Bei seinem letzten Roman »Baudolino«, der wieder im tiefsten Mittelalter spielt, wiederholte sich das inzwischen wohlbekannte Spektakel. Gerade die abschreckende Gelehrsamkeit erwies sich als Magnet – ebenso wie die Türhüter vor trendigen Nachtklubs, die die Spreu vom Weizen trennen. Eco hat begriffen, dass auch Bücher Statussymbole sind: Wenn man es richtig anstellt, hat der Käufer das Gefühl, bereits durch den Kauf zum Weizen zu gehören.

Die römische Kirche von heute ist schwach und muss den Spott der Schriftsteller mit zusammengebissenen Zähnen ertragen. Anders dagegen der Islam. Mit seinem Roman »Die satanischen Verse«, der das Leben des Propheten aus der Sicht eines Schizophrenen schildert, handelte sich Salman Rushdie ein Todesurteil des Ajatollahs Chomeini ein. Ausgerechnet in England, dessen Premierministerin er einst als »Mrs. Torture« verhöhnt hatte, musste der Inder den Schutz der Polizei in Anspruch nehmen. Fast zehn Jahre lang lebte er im Untergrund. Seine Ehe ging darüber zu Bruch, aber für den Absatz seiner Bücher hat die Fatwa mehr bewirkt, als es ein Nobelpreis hätte tun können.

Marktführer Amerika

Auch wenn es der europäische Hochmut ungern wahrhaben will – die spannendsten und amüsantesten Romane werden heute in Amerika geschrieben. Unter den Südamerikanern ist der »magische Realist« Gabriel García Márquez der erfolgreichste. Sein in viele Sprachen übersetzter Bestseller »Hundert Jahre Einsamkeit« beklagt am Beispiel des imaginären Dorfes Macondo die Tragödie Lateinamerikas. Auch García Márquez war Gast Fidel Castros, doch ist er ihm, anders als Enzensberger, treu geblieben.

Die meisten nordamerikanischen Autoren kümmern sich dagegen wenig um Politik. Sie sind die einzigen, die keinen Wert darauf legen, als Intellektuelle zu gelten. Ohne ideologische Scheuklappen erzählen sie von den Dingen, die den Leser am meisten interessieren – Geld und Sex. Am einfachsten ist es, sich die Geschichte der amerikanischen Literatur des 20. Jahrhunderts als Abfolge psychischer Störungen vorzustellen: Den schriftstellernden Trunkenbolden folgten die Frauenmörder, den Frauenmördern die Versteckspieler, den Versteckspielern die Spanner.

- Die größten Konsumenten von *hard liquor* waren William Faulkner, Scott Fitzgerald und Ernest Hemingway. Faulkner (»Schall und Wahn«) fiel nach einer durchzechten Nacht im New Yorker Algonquin Hotel gegen eine Heizung, schlief ein und zog sich schwere Verbrennungen zu, die ihm zeitlebens zu schaffen machten. Er starb nach einem Sturz vom Pferd. Während sich Faulkner in seiner Heimat Mississippi ein Phantasiereich schuf, das er »Yoknapatawpha County« nannte, flohen Fitzgerald und Hemingway aus dem Amerika der Prohibition nach Paris – eine *lost generation*, der die Bistro-Wirte noch heute nostalgisch nachtrauern. Fitzgerald (»Der große Gatsby«, zweimal verfilmt, das erste Mal mit Alan Ladd, das zweite Mal mit Robert Redford in der Titelrolle) starb mit 44 nach seinem dritten Herzinfarkt. Seine geisteskranke Frau Zelda verbrannte bei einem Feuer in der Nervenklinik, in der sie die letzten sechs Jahre ihres Lebens verbracht hatte. Hemingway (»Fiesta«, »Wem die Stunde schlägt«, »Der alte Mann und das Meer«, alle verfilmt) starb wie schon sein Vater beim »Gewehrreinigen«. Abgesehen von der Flasche Whisky, die er täglich vertilgte, trank er auch selbsterfundene Cocktails – im »Dôme« auf dem Montparnasse »Death in the Gulfstream« (Gin mit Limonensaft), später in Havanna »Papa Doubles«, eine Mixtur aus Rum, Grapefruitsaft und Maraschino.
- Hemingway behandelte seine vier Frauen schlecht, aber er brachte sie nicht um. Das tat hingegen William S. Burroughs, einer der Hauptvertreter der *beat generation*. Bei einer Party in Mexico City versuchte er, seiner Frau Joan ein Glas vom Kopf zu schießen. Der *William Tell act*, wie er ihn nannte, misslang: Joan war auf der Stelle tot. Burroughs war damals schon Morphinist. Seine Sucht beschrieb er in seinem Roman »Junkie«.

Norman Mailer ging es genau umgekehrt: Nach einer ausgedehnten Geburtstagsfeier auf der Upper West Side versuchte er seine Frau Adele zu ermorden. Sein Messer durchbohrte ihren Herzbeutel, aber sie wurde gerettet. Nachdem ihm der Arzt einen »akuten Anfall von Verfolgungswahn« bescheinigt hatte, landete der Dichter in der psychiatrischen Abteilung des Bellevue-Hospitals, wo sein Geisteszustand elf Tage lang beobachtet und schließlich für gesund befunden wurde. Da Adele ihm verzieh, kam er mit einer Bewährungsstrafe davon. Mailer ist das amerikanische Gegenstück zu Günter Grass: Sein erfolgreichstes Buch war sein Erstling, der Kriegsroman »Die Nackten und die Toten«. Was danach kam, wurde immer schwächer. Sein letzter Roman, »Das Jesus-Evangelium«, eine Nacherzählung der Evangelien in der ersten Person, lässt darauf schließen, dass die zutreffende Diagnose für Mailers Geisteszustand nicht Verfolgungs-, sondern Größenwahn ist.

- Mailer drängt es nach öffentlichen Ämtern und Ehren. Jerome D. Salinger und Thomas Pynchon halten sich dagegen versteckt. Nach dem Welterfolg des »Fängers im Roggen«, der Geschichte des 16-jährigen Holden Caulfield, der von seinem traumatischen Internatsleben und den Schmerzen des Erwachsenwerdens erzählt, ging Salinger auf Tauchstation. Gerüchte wollen zwar wissen, dass er unablässig weiterschreibt, doch hat er seit 37 Jahren keine Zeile mehr veröffentlicht. Fans, die ihm in Cornish (New Hampshire) ihre Aufwartung machen wollen, müssen damit rechnen, vom Meister eigenhändig mit Steinen beworfen oder mit einem Jagdgewehr bedroht zu werden. Wer dennoch Näheres aus seinem Privatleben wissen will, ist auf die Bücher seiner Tochter Margaret und seiner früheren Geliebten Jayce Maynard angewiesen. Den Büchern ist zu entnehmen, dass Salinger zum Frühstück gefrorene Erbsen verspeist, sich mit homöopathischen Mitteln traktiert, wozu auch das Trinken des eigenen Urins gehört, und im Bett ebenso grobschlächtig ist wie außerhalb desselben.

Das letzte Foto von Pynchon stammt aus seiner Studentenzeit. Man weiß, dass er 1937 in Glen Cove auf Long Island geboren wurde – in jener feinen Gegend, in der Scott Fitzgerald das Schloss seines »großen Gatsby« ansiedelte. Weiter ist bekannt, dass er bei der Flugzeugfabrik Boeing beschäftigt war. Das ist schon so ziemlich alles. Auch Pynchons Romane – sein letzter, »Mason und Dixon«, hat die beiden Landvermesser zum Gegenstand, die die Grenze zwischen Pennsylvania und Maryland markierten – sind dunkel und hermetisch. Ihrer Undurchdringlichkeit zum Trotz genießt Pynchon bei einer treuen Lesergemeinde kultische Verehrung. Da er literarische Gattungen und Stilebenen bedenkenlos mischt, gilt das Ragout aus Science Fiction, Kalauern, Schlagertexten, Schelmen- und Kriminalroman bei Kennern als Inbegriff des »postmodernen« Sprachkunstwerks. Diesem Urteil schließen wir uns an.

- Pynchons Bücher sind grelle Satiren auf den *American way of life*. Auch Saul Bellow, Philip Roth und John Updike belustigen sich über ihre Landsleute, doch in weit leserfreundlicherer Manier. Bellow und Roth ironisieren das jüdische Milieu, Updike die Spießbürger in den fotogenen Kleinstädten Neuenglands. Bellows Helden sind Intellektuelle, die Herzog, Humboldt oder Sammler heißen. Roth schlüpft gern in das Gewand eines Doppelgängers, den er Nathan Zuckerman nennt. Held von Updikes Romanen ist häufig der Handelsvertreter Harry »Rabbit« Angstrom – eine Anspielung auf den klassischen Durchschnittsamerikaner Babbitt im gleichnamigen Roman von Sinclair Lewis. Gemeinsam ist den dreien das außergewöhnliche Interesse am Sexualleben ihrer Charaktere. »Portnoys Beschwerden«, Roths Durchbruch, beschreibt mit unverhohlener Freude am Detail die Flucht eines jüdischen Jungen vor der liebevollen Zudringlichkeit seiner Mutter in die Einsamkeit der Onanie. »Ehepaare«, Updikes erster Welterfolg, schildert das geile Bäumchenwechsle-dich hinter den wohlanständigen Fassaden von Tarbox (Massachusetts), einem idyllischen Nest, das Updikes Wohnort Ipswich zum Verwechseln ähnlich sieht. Politisch korrekte Rezensenten tadeln Bellows Seitenhiebe gegen die mehr körperlichen als geistigen Vorzüge der Schwarzen. Updike wiederum muss sich seine gönnerhafte Haltung gegenüber Frauen vorhalten lassen. In der Tat nennt Rabbit sein eheliches Eigentum Janice mit Vorliebe *mutt* (Dummchen). Dass es auch im Hause Roth nicht ganz so zuging, wie es der hehre Grundsatz der Gleichberechtigung gebietet, macht die böse Abrechnung seiner Ex-Gattin Claire Bloom (»Leaving a Doll's House«) nur allzu deutlich.

So witzig die Romane von Bellow, Roth und Updike sind – sie verschaffen uns die Bekanntschaft von Leuten, auf die wir im täglichen Leben gern verzichten würden. Wer Millionäre und ihre verführerischen Zweitfrauen kennen lernen möchte, ist bei Tom Wolfe besser aufgehoben. Doch gelten seine schwergewichtigen Wälzer (»Fegefeuer der Eitelkeiten«) bei anspruchsvollen Lesern als plattfüßige Journalistenprosa. Kultivierter ist es, wenn die Rede auf den amerikanischen Nachwuchs kommt, die Namen Bret Easton Ellis, Jay McInerney und Jonathan Franzen ins Gespräch zu werfen. McInerney wurde nach seinem Erstling »Bright Light, Big City«, einem Streifzug durch die zynische, sex- und drogenfreudige New Yorker Yuppieszene (verfilmt mit Michael J. Fox), als »Salinger der achtziger Jahre« gefeiert. Ellis ist in derselben Welt des schnellen Geldes und der schönen Frauen zu Hause. Aber er vergisst auch die Gewalttätigkeit der amerikanischen Gesellschaft nicht: In »American Psycho« schildert er das Leben eines Goldjungen von der Wall Street, der nachts als Serienmörder Entspannung sucht. Der Roman sollte ursprünglich mit »Leo« DiCaprio verfilmt werden, doch machte schließlich »Chris« Bale das Rennen. Das Amerika, das Jonathan Franzen in »Die Korrekturen« beschreibt, ist nicht erfreulicher. Doch verrät der internationale Verkaufserfolg des Romans, dass die Nöte der Familie Lambert – Depressionen, Alterskrankheiten, kaputte Ehen, berufliche Katastrophen – nicht nur amerikanischen Lesern vertraut sind. Auch dieses Buch brauchen wir natürlich nicht zu lesen, sondern können in aller Ruhe abwarten, bis es in die Kinos kommt.

Um Bayreuth kommt keiner herum

Der schönste Teil der Oper ist die Pause

Wir leben in einem Zeitalter, in dem die Musik allgegenwärtig ist. Aber nicht jede Musik ist auch gesellschaftsfähig. Bei Pop-Konzerten und Techno-Paraden gesehen zu werden, ist keine Empfehlung. Rappen und raven Sie, soviel Sie wollen, aber reden Sie nicht darüber! Die einzige Musik, die in der gehobenen Sphäre zählt, ist die klassische Musik, auch E-Musik genannt (also ernste Musik, im Gegensatz zur bloß unterhaltenden U-Musik). Das ist die erste Regel, die wir zu beachten haben. Die zweite Regel lautet: Die Interpreten sind wichtiger als die Komponisten. Die Schöpfer der großen Werke sind seit langem tot, doch die Dirigenten, Solisten und Sänger – mit einem Wort: die Stars – sind lebendig, und ihre Auftritte sind es, die wir keinesfalls verpassen dürfen. Je höher die Eintrittspreise und je heftiger das Handgemenge um die Karten, umso größer ist die Befriedigung, die Minderbemittelten und Zukurzgekommenen nachträglich an der genossenen Sternstunde teilhaben zu lassen.

Kammerkonzerte scheiden damit automatisch aus. Sie sind einfach zu billig, und man trifft dort nicht die richtigen Leute. Außerdem bietet der Anblick von drei, vier oder fünf Musikern, die sich an Trios, Quartetten oder Quintetten abarbeiten, dem Auge zu wenig Abwechslung. Das Gleiche gilt für die einst so beliebten Klavierabende. Sie haben an gesellschaftlichem Glanz stark verloren.

Auf welchen Konzerten wir gesehen werden wollen

Anders steht es mit der so genannten »alten Musik«, also der Musik, die vor den Wiener Klassikern Haydn, Mozart und Beethoven entstand. Sie liegt angenehm im Ohr und wird gern in Schlössern und anderen reizvollen Örtlichkeiten gespielt. Doch klingt ein Stück wie das andere: Der boshafte Scherz, Antonio Vivaldi habe nicht vier, sondern vierhundert »Jahreszeiten« geschrieben, kommt nicht von ungefähr. Sollte ein Gespräch über alte Musik unvermeidlich sein, sprechen wir uns mit Nachdruck für die Verwendung von *Originalinstrumenten* aus – natürlich mit der Einschränkung, dass die Kastration von Sängern nicht mehr in Frage kommt. Die Rollen der Kastraten werden heute von Mezzosopranen oder Kontratenören gesungen. Im Film über den berühmtesten Kastraten des Barock-Zeitalters (»Farinelli«) wurde die Stimme am Mischpult elektronisch simuliert.

Noch lohnender sind Sinfoniekonzerte. Vorausgesetzt, ein Star steht am Pult, verdienen sie durchaus unsere Aufmerksamkeit. Leider sind die größten Stars – Herbert von Karajan, Sir Georg Solti, »Lenny« (Bernstein) und »Celi« (Sergiu Celibidache) – schon tot. Doch auch Claudio Abbado, Carlos Kleiber, Riccardo Muti, Sir Simon Rattle und einige andere sind würdige Vertreter ihrer Zunft – vor allem, wenn sie eins der acht Spitzenorchester der Welt dirigieren. Fünf dieser Orchester sind in Amerika zu finden (in New York, Philadelphia, Boston, Chicago und Cleveland), drei in Europa (die Berliner und Wiener Philharmoniker und das Concertgebouw in Amsterdam). Das Gesprächsthema, das den Insider vom Ignoranten unterscheidet, ist das Privatleben der Stars. Wer mitreden will, muss wissen, dass Claudio Abbado Berlin wegen seines Magenkrebses verließ, dass »Danny« (Barenboim) mit der Schwester seiner schwerkranken

Frau, der Cellistin Jacqueline du Pré, ein – inzwischen auch verfilmtes – Verhältnis hatte, und dass »Jimmy« (Levine) seinen Münchner Posten beinahe nicht bekommen hätte, weil ihm ausgerechnet die Grünen vorwarfen, er interessiere sich allzu heftig für junge Männer.

Wie wir uns die Themen einprägen

Natürlich ist nichts dagegen einzuwenden, wenn wir uns schon vor der Lektüre des Programmhefts sachverständig zu den angekündigten Werken äußern. Aber das ist leider nicht so einfach. Das Malheur bei den Sinfonien ist, dass man sie so schwer behalten kann. Den Finalsatz der Neunten von Beethoven erkennt jeder sofort, weil ein Chor (»Freude, schöner Götterfunken«) mitsingt. Doch solche Gedächtnisstützen sind selten. Dieses Manko hat den amerikanischen Musiklehrer Sigmund Spaeth nicht ruhen lassen. In seinem Buch »Great Symphonies – How to Recognize and Remember Them« unterlegte er die Themen der populärsten Sinfonien mit Texten, z. B. den Beginn der Fünften von Beethoven, den der Komponist mit dem Klopfen des Schicksals an die Pforte verglich:

I am your Fate! Come, let me in! –

Den ersten Satz seiner 6. Sinfonie, der »Pastorale«, überschrieb Beethoven mit den Worten: »Angenehme, heitere Empfindungen, welche bei der Ankunft auf dem Lande im Menschen erwachen«. Aus dem Kopfthema wird bei Spaeth:

It's nice to feel so gay And hear the shepherds play.

(*Gay* hatte damals noch nicht die Nebenbedeutung, die das Wort heute hat.) Mit Hilfe dieser Eselsbrücken ist es ein Kinderspiel, sich zumindest einige Zugnummern der sinfonischen Literatur einzuprägen. Ein bisschen Englisch muss man allerdings können. Wer kein Englisch kann, hält sich an die humoristischen Verse, die unter deutschen Musikern im Schwange sind – etwa zur Cello-Kantilene in Schuberts 8. Sinfonie, der »Unvollendeten«:

Frieda, wo kommste her? Wo gehste hin? Wann kommste wieda?

Der Anfang der Vierten von Brahms war seinen Gegnern, den Wagnerianern, ein willkommener Anlass, seine akademische Trockenheit zu verulken:

Mir fällt heut wieder mal nichts ein. Ich glaub, ich lass es diesmal sein.

Welche der beiden Methoden wir auch wählen, die amerikanische oder die deutsche – ein oder zwei Themen, bei der richtigen Gelegenheit gesummt, verschaffen uns bei unserem Tischnachbarn einen Nimbus, wie ihn sonst nur durchreisende Violinvirtuosen genießen.

Opern und Seifenopern

Noch mehr imponieren wir unserem Gesprächspartner allerdings mit dem extravagantesten, teuersten, aufregendsten Spektakel, das die Musik zu bieten hat – der Oper, genauer gesagt: den Opernfestspielen. Für Opernfestspiele gilt der gleiche Grundsatz wie für die Olympischen Spiele: Dabeisein ist alles. Aber Vorsicht! Ihre Zahl hat sich in den letzten Jahrzehnten kaninchenartig vermehrt, und nicht alles, was sich als Festival ausgibt, lohnt die Reise. Unsere Freunde beeindrucken wir nur mit den beiden obersten Kategorien. Zur ersten gehören Bayreuth, Salzburg und Glyndebourne: Wer nach jahrelangem Warten endlich einen Platz ergattert hat, legt instinktiv sein bestes Tuch an, um sich der Gnade würdig zu erweisen – sprich: Smoking und langes Abendkleid. Die Schauplätze der zweiten Kategorie sind Verona, Florenz (Maggio Musicale), Spoleto, Aix-en-Provence, Edinburgh und Drottningholm. Hier spielt sich der Vorverkauf in weniger drangvoller Enge ab, und auch mit der Kleidung nimmt man es lockerer. In der Arena von Verona geht es zu wie im Zirkus; sogar ein Schlips ist entbehrlich.

Die Handlungen der meisten Opern sind nicht schwer zu verstehen. In der Regel geht es um Liebe und Eifersucht, Rache und Tod – also das, was wir von »Dallas«, dem »Denver-Clan« und anderen Seifenopern kennen. Im Unterschied zum Fernsehen erscheinen jedoch auf der Bühne überwiegend Könige, Herzöge, Grafen und andere blaublütige Gestalten. Erst der so genannte »Verismo« (von *vero,* wahr) bereitete den Opernfreunden das zweifelhafte Vergnügen, auch mit sizilianischen Bauern, Pariser Proletariern und Clowns Bekanntschaft zu schließen.

Früher wurden die Opern in der jeweiligen Landessprache gespielt. Heute gehört es dagegen zum guten Ton, sie im Original zu singen – selbst dann, wenn weder Sänger noch Zuhörer das fremde Idiom verstehen. Auch im Orchestergraben wird Werktreue ganz groß geschrieben. Die instrumentalen Retuschen, die sich frühere Dirigenten erlaubten, sind heute ebenso tabu wie die Striche, mit denen sie weniger inspirierte Passagen unter den Tisch fallen ließen. Dafür können die Regisseure mit dem Libretto umspringen, wie sie wollen. »Don Giovanni« im schwarzen Harlem, »Rigoletto« im Mafia-Milieu oder eine »Fledermaus«, in der sich die Gäste des schwerreichen russischen Prinzen Orlofsky statt mit Champagner mit Kokain berauschen – Transformationen dieser Art sind heute gang und gäbe, besonders in Opernhäusern, die Grund haben, von den mittelmäßigen Leistungen ihrer Sänger abzulenken. Abfällige Bemerkungen sind dennoch nicht ratsam. Wer das »Regietheater« kritisiert oder gar mit dem Textbuch in der Hand auf die Wünsche des Autors verweist, gilt als hoffnungslos reaktionär, wenn nicht sogar als Faschist.

Das hohe C für Geniesser

Bei den Sängern gilt der Grundsatz: Je höher die Noten, desto höher die Gagen. Soprane und Tenöre sind auf der Bühne die Hauptpersonen. Sie singen die Liebespaare, die reizenden Verführerinnen, die sitzengelassenen Wahnsinnigen, die Herzensbrecher und die gestrauchelten Helden. Wenn sie ihr hohes C schmettern – das der Soprane liegt eine Oktave höher als das der Tenöre –, gerät das ganze Haus aus dem Häuschen. Kenner wissen, dass einige Bravour-Arien mit noch höheren Noten aufwarten – der Postillon von Longjumeau (in Adolphe Adams gleichnamiger Oper) mit einem D, die Königin der Nacht (in der »Zauberflöte«) sogar mit einem F. Intriganten, Nebenbuhler, aber auch treue Gefährten sind die Domäne des Baritons. Väter, Könige, Priester und andere Respektspersonen werden in der Regel den Bässen anvertraut. Die Mezzosoprane sind das weibliche Pendant zum Bariton. Doch singen sie auch Hosenrollen (Cherubino in »Figaros Hochzeit«, Octavian im »Rosenkavalier«) und besonders gefährliche *femmes fatales* (Carmen, Kundry in »Parsifal«). Der echte Alt ist dagegen ebenso ausgestorben wie der Heldentenor. Was uns heute unter diesem Etikett angeboten wird, ist nur ein schwacher Abklatsch der großen Zeit, in der Lauritz Melchior im Fell eines von ihm selbst geschossenen Bären Richard Wagners Kraftkerle sang und in der es von Dame Clara Butt hieß, wenn der Wind richtig stehe, dann höre man ihre Konzerte in der Royal Albert Hall auch auf dem Festland.

Ganz allgemein ist es ein Zeichen großer Kennerschaft, den niedrigen Stand der Gesangskunst zu beklagen und die Zwerge von heute gegen die Giganten von gestern und vorgestern auszuspielen. Besonders die Wiener haben es in der Nostalgie zu unübertroffener Meisterschaft gebracht. Und sie haben ja nicht einmal unrecht: Enrico Caruso, Beniamino Gigli, Titta Ruffo, Fjodor Schaljapin, Kirsten Flagstad und Maria Callas haben keine gleichwertigen Nachfolger gefunden. Gewiss, wir haben »die drei Tenöre«, Jessye Norman, Mirella Freni und Kiri te Kanawa. Aber sie sind alle nicht mehr die Jüngsten und werden Renata Tebaldi, Joan Sutherland und Montserrat Caballé demnächst aufs Altenteil folgen. Immerhin gibt es auch unter dem Nachwuchs vielbeschäftigte Stars, die kolossale Gagen einstreichen: Cecilia Bartoli, Renée Fleming, Bryn Terfel, Dmitri Hvorostovsky, Roberto Alagna und seine Frau Angela Gheorghiu. Die neue Tenorhoffnung, der Argentinier José Cura, der seine Konzerte sogar selber dirigiert, scheint dagegen auf dem besten Wege, sein mächtiges Organ durch ständiges Forcieren zugrunde zu richten. Den blinden Tenor Andrea Bocelli überlassen wir den Leuten, die sich auch für den psychisch gestörten Pianisten David Helfgott und dessen Schlachtross, Rachmaninoffs 3. Klavierkonzert (»Rach 3«), begeistern. Selbstverständlich nennt der Insider die Stars beim Vornamen. Nur wer über *Marias* einsame Jahre in der Avenue Georges Mandel zu plaudern weiß oder über *Lucianos* Steuer- und Eheprobleme, zeigt, dass er wirklich dazugehört.

Bravo oder brava?

Schon am Klatschen erkennt man den Connaisseur. Er dekliniert seinen Beifall, wie es die Italiener tun: Ein einzelner Sänger, der sich vor dem Vorhang zeigt, wird mit *bravo* begrüßt, eine Sängerin mit *brava*. Sind es mehrere, heißt es *bravi* oder – etwa am Ende von Puccinis »Schwester Angelika«, in der nur Frauen auftreten – *brave*. Dies gilt aber nur für italienische und französische Opern. In deutschen Opern, vor allem den »Musikdramen« Richard Wagners, ist lautes Geschrei ungehörig. Nach »Parsifal« wurde früher überhaupt nicht geklatscht, sondern man ging wie nach einem Gottesdienst still nach Hause. Doch ist man von dieser strengen Sitte sogar in Bayreuth abgekommen. Wagner-Opern durch Beifall zu unterbrechen, ist weiterhin verpönt. Dagegen kommen italienische und französische Opern durch Szenenapplaus erst richtig in Schwung. Allerdings muss man Acht geben, dass man mit dem Szenenapplaus nicht zu früh anfängt. Eine notorische Falle ist Desdemonas Gebet im Schlussakt von »Othello«: Nur allzu oft ertrinkt das duftige »Amen« im Lärm voreiliger Begeisterung. Missfallensbekundungen verkneift sich der Ästhet. Mit den in Italien grassierenden Buhern und Pfeifern macht er sich nicht gemein.

Für nicht wenige Opernfreunde ist der schönste Teil des Abends die Pause. Hier trifft man seine Freunde, hier zeigt man seine Urlaubsbräune und seine neue Abendgarderobe. Bevor wir uns in Schale werfen, tun wir allerdings gut daran, uns zu vergewissern, dass kein Einakter auf dem Programm steht, in dem die Pause wegfällt. Zu dieser Kategorie gehören »Das Rheingold«, »Salome« und »Elektra«. Auch vom »Fliegenden Holländer« gibt es eine einaktige Fassung. »Cavalleria rusticana« und »Der Bajazzo« (im Original: »I Pagliacci«) sind ebenfalls Einakter, aber so kurz, dass sie meist als Zwilling »Cav & Pag« am gleichen Abend gespielt werden – selbstverständlich mit Pause.

Wurde Mozart vergiftet?

Die Zahl der Opern ist unüberschaubar. Glücklicherweise gehört nur ein sehr kleiner Teil zum ständigen Repertoire. Um mitreden zu können, brauchen wir nicht einmal 50 Werke zu kennen. Die meisten stammen aus dem 19. Jahrhundert und den beiden Jahrzehnten, die ihm vorausgingen und nachfolgten. Die große Ausnahme ist Claudio Monteverdi, der in der ersten Hälfte des 17. Jahrhunderts Kapellmeister am Hof von Mantua und an der Markuskirche von Venedig war. Monteverdi ist zwar nicht der Erfinder der Oper – das war ein gewisser Jacopo Peri. Doch schrieb er die ersten *favole in musica* (musikalischen Fabeln), wie er sie nannte, die noch heute gespielt werden – »Orfeo«, die früheste von vielen Opernfassungen der Sage von Orpheus und Eurydike, und »Die Krönung der Poppäa«, die Geschichte des Kaisers Nero und seiner lasterhaften zweiten Frau. Monteverdi war auch der erste, der seine Personen durch Leitmotive charakterisierte – eine Technik, die Wagner später zu einer regelrechten Geheimwissenschaft erhob.

Seit Monteverdi blieb die Oper im Wesentlichen eine italienische Kunst. Auch Mozart vertonte, wie es die Mode des Tages gebot, italienische Texte. Aber nicht nur: »Die Entführung aus dem Serail« und »Die Zauberflöte« sind die ersten deutschen Opern, die der italienischen den Vorrang streitig machten. Mit diesen musikgeschichtlichen Kämpfen brauchen wir uns nicht abzugeben, hingegen müssen wir darauf gefasst sein, dass, wenn der Name Mozart fällt, der Film »Amadeus« aufs Tapet kommt. Der Film will uns einreden, Mozart sei ein kindischer Punk gewesen. Das war er nicht, obgleich er an »Sauereyen ordentlich freüde« hatte und seinem »Bäsle« Nannerl skatologische Briefe schrieb. Von Legenden umwoben ist auch Mozarts Tod. Der Film wärmt das alte Märchen wieder auf, er sei von dem neidischen Antonio Salieri vergiftet worden. Dabei hätte Mozart weit bessere Gründe gehabt, seinen erfolgreicheren Kollegen aus dem Wege zu räumen. Ebenso unbewiesen ist die Theorie, die Freimaurer hätten Mozart beseitigt, da er in der »Zauberflöte« ihre Geheimnisse ausgeplaudert habe. Es stimmt, dass Mozart Freimaurer war und dass die Rituale, denen sich Tamino unterwerfen muss, bevor er seine Pamina bekommt, mit denen der Freimaurer verdächtige Ähnlichkeit haben. Aber Mozarts »hitziges Frieselfieber«, wie es im Sterberegister heißt, war vermutlich eine akute Harnvergiftung. Es ist auch nicht ausgeschlossen, dass er an der Rosskur starb, die ihm die Ärzte verschrieben. In den letzten zwölf Tagen seines Lebens wurden ihm drei Liter Blut abgezapft.

Natürlich gaben sich die Italiener nach den ersten Attacken der Teutonen noch lange nicht geschlagen. Gioacchino Rossini, Vincenzo Bellini und Gaetano Donizetti wehrten sich, indem sie noch mehr Gold aus den Kehlen ihrer Landsleute strömen ließen. Der lyrische Schmelz, mit dem Bellinis Norma erwägt, ihre Kinder zu erstechen, und Donizettis Lucia nach vollbrachtem

Gattenmord den Verstand verliert, ist von naturgetreuer Verzweiflung so weit entfernt wie ein Mondstrahl von einem Kurzschluss. Ob Liebesschwüre oder Hassausbrüche – jedes Gefühl kommt auf der gleichen harmoniegesättigten Klangwolke dahergesegelt. Rossini und Donizetti glänzten aber nicht nur im *bel canto*, sondern auch in komischen Opern. »Der Barbier von Sevilla« und »Don Pasquale« – die Leidensgeschichten zweier Alter, die von der Jugend über den Tisch gezogen werden – sind die Perlen der *opera buffa*. Donizetti schrieb seine Oper in zehn Tagen. Als man ihm erzählte, Rossini habe für den »Barbier« 13 Tage gebraucht, sagte er: »Ja, ja, der gute Rossini! Er war schon immer etwas bedächtig.« Rossini war der älteste des Trios, aber er überlebte die beiden anderen Belkantisten um mehr als zwei Jahrzehnte. Bellini starb mit 33 Jahren; Donizetti wurde wie seine Lucia wahnsinnig, doch war der Grund keine verunglückte Brautnacht, sondern die Syphilis. Rossini schrieb mit 37 sein letztes Bühnenwerk und zog sich nach Paris zurück. In den 39 Jahren, die diesem überraschenden Rückzug folgten, verwöhnte er seine Gäste mit gastronomischen Kompositionen, unter denen das »Tournedo Rossini« bis heute auf den Speisezetteln überlebt hat.

Auch Giuseppe Verdi war ein erstklassiger Koch und ein ebenso guter Billardspieler. Er machte aus der femininen Belcanto-Oper einen muskelstrotzenden Macho. Seinen Durchbruch verschaffte ihm »Nabucco«, der babylonische König Nebukadnezar. Dass sich das Scala-Publikum mit den gefangenen Juden identifiziert und ihren Chor lauthals mitgesungen habe, ist allerdings eine fromme Legende. Es ist üblich, zwischen dem frühen (»Rigoletto«, »Der Troubadour«, »La Traviata«), dem reifen (»Ein Maskenball«, »Don Carlos«, »Aida«) und dem späten Verdi (»Othello«, »Falstaff«) zu unterscheiden. »Der Troubadour« gilt aus gutem Grund als die unverständlichste Oper überhaupt – was ihrem Welterfolg nicht im Wege stand. Mit »La Traviata« (Die Gestrauchelte), einer Glanzrolle von Maria, brachte Verdi zum ersten Mal eine der *grandes horizontales* auf die Bühne. Ihr Vorbild, die »Kameliendame« Alphonsine Plessis, liegt auf dem Montmartre-Friedhof begraben. Ihren Spitznamen hatte die Plessis von ihrer anzüglichen Art, Blumen sprechen zu lassen: 25 Tage im Monat trug sie weiße Kamelien, an den übrigen fünf Tagen rote. Im »Maskenball«, von Kennern kurz »Ballo« genannt, geht es um den Schwedenkönig Gustav III., einen Neffen Friedrichs des Großen, der 1792 bei einer Adelsverschwörung ermordet wurde – nicht wegen einer Liebesaffäre, sondern aus Gründen, die denen der Jakobiner, die ein Jahr später Ludwig XVI. guillotinierten, sehr nahe kamen. Ein so hochverräterisches Sujet war natürlich im 19. Jahrhundert tabu. Die Zensur nötigte Verdi, Gustavo in Riccardo zu verwandeln; in der römischen Uraufführung war Riccardo ein britischer Gouverneur in Boston, bei der Pariser Premiere ein spanischer Grande in Neapel. »Aida« wurde nicht, wie man oft lesen kann, zur Einweihung des Suez-Kanals komponiert; vielmehr spielte das neue Kairiner (!) Opernhaus bei dieser Gelegenheit »Rigoletto«. Der Triumphmarsch aus »Aida« ist vielleicht das populärste Stück, das Verdi geschrieben hat. Wer diskret zu verstehen geben will, dass er Noten lesen kann, lässt seine Umgebung wissen, dass die Trompeten dort 76mal hintereinander das hohe Es blasen.

In Pietro Mascagnis »Cavalleria rusticana« (Bauernehre, nicht zu verwechseln mit der Operette »Leichte Kavallerie«) und Ruggiero Leoncavallos »Pagliacci« weht zum ersten Mal der Mief der kleinen Leute über die Rampe. Auch Giacomo Puccini fühlte sich immer weder zu dichtenden Hungerleidern, tuberkulösen Nähmamsells, Bardamen und Kohlenschippern hingezogen. Er genierte sich nicht einmal, Henri Murgers Roman »Szenen aus dem Leben der Bohème« dem guten Leoncavallo, der ihn gerade vertonte, vor der Nase wegzuschnappen. Gegen Puccinis melodienseligen Hit hatte Leoncavallos »Bohème« keine Chance. Mimi, das hustende Mädchen mit den eiskalten Händchen, war übrigens alles andere als eine Unschuld vom Lande. Lucile Louvet, wie sie mit richtigem Namen hieß, war mit einem Flickschuster verheiratet, gewährte aber auch anderen Herren freigebig ihre Gunst. Zwei Jahre lebte sie mit Murger zusammen, dann warf er sie hinaus. Mimis Freundin Musetta (eigentlich Marie Christine Roux) war das erste Aktmodell in der Geschichte der Fotografie.

Verdis Opern haben meist männliche Titelhelden; bei Puccini sind es in der Regel Frauen. Das Vorbild für die arme, verlassene Butterfly und die opferbereite Sklavin Liù, die von der sadistischen Prinzessin Turandot zu Tode gefoltert wird, war Doria Manfredi, das Dienstmädchen der Puccinis, das von der eifersüchtigen Signora Puccini in den Selbstmord getrieben wurde. »Turandot« blieb unvollendet: Puccini starb an den Folgen einer Operation, der er sich unterziehen musste, nachdem ihm in Ingolstadt ein Gänseknochensplitter in die falsche Kehle geraten war. Das Finale wurde von Franco Alfano, einem Komponisten minderer Güte, ergänzt, und später noch einmal von Luciano Berio. Der Gipfel des Chics ist es, in den Palazzo Farnese eingeladen zu werden, wo Tosca den zudringlichen Polizeichef Scarpia erdolcht. Heute residiert hier der französische Botschafter.

Auch »Fidelio«, Beethovens einzige Oper, hat eine weibliche Hauptperson. Es ist überraschend, dass ausgerechnet ein schwerhöriger Junggeselle das Hohelied der ehelichen Treue anstimmt. Leicht fiel es ihm nicht. Drei Fassungen und vier Ouvertüren zeugen von der schweren Geburt. Die Premiere war ein Flop. Wien war von französischen Truppen besetzt, und Beethovens

Freunde hatten die Stadt verlassen. Erfolg hatte die Oper erst, nachdem Napoleon besiegt war. Die vom französischen Joch befreiten Deutschen stießen nun auch die italienischen Theater-Tyrannen vom Thron. Mit »Fidelio« und kurz darauf Carl Maria von Webers »Freischütz« war die deutsche Oper im Spielplan fest etabliert. Politisch standen die beiden Titelhelden allerdings in verschiedenen Lagern: Die als Mann verkleidete Leonore, die der Staatsgewalt trotzt, ist ein typisches Kind der französischen Revolution. Der Jägerbursche Max hingegen spielt nur kurz mit dem Gedanken, dem Volksverhetzer Kaspar zu folgen, und entscheidet sich dann für die sichere Anstellung im Dienst eines Fürsten. Neun Jahre nach der umjubelten Uraufführung des »Freischütz« löste eine andere Oper tatsächlich eine Revolution aus. Daniel Aubers »Stumme von Portici« verherrlicht den Aufstand der Neapolitaner gegen die spanische Besatzungsmacht. Das erregte Brüsseler Premierenpublikum stürzte auf die Straße und errichtete Barrikaden. Sechs Wochen später war Belgien unabhängig.

Grundkurs für zünftige Wagnerianer

Im stürmischen Revolutionsjahr 1848 ließ sich auch der sächsische Hofkapellmeister Richard Wagner vom Geist der Zeit mitreißen. Er büßte seinen Vorwitz mit einem zwölfjährigen Exil. Über keinen Komponisten ist so viel geschrieben worden wie über Wagner. Auch er selbst schrieb fleißig – nicht nur die Texte seiner Musikdramen, sondern auch Pamphlete gegen Juden, Franzosen, mit einem Wort: gegen die Konkurrenz. Dieser Tradition ist die Familie treu geblieben. Die Bücher, in denen Tanten und Onkel, Nichten und Neffen übereinander herziehen, sind kaum noch zu zählen. Nicht ohne Grund hat man die Wagner-Sippe mit den Atriden verglichen, dem sagenhaften griechischen Königsgeschlecht, das sich gegenseitig abschlachtete und aufaß. Wer den Durchblick behalten und über die Nachfolge von Wolfgang, dem derzeitigen Herrn auf dem »Grünen Hügel«, mitreden will, kommt nicht darum herum, sich den Stammbaum der Sippe einzuprägen:

Richard (1813–83) ∞ Cosima v. Bülow, geb. Liszt (1837–1930)

Siegfried (1869–1930) ∞ Winifred Williams (1897–1980)

Wieland (1917–66) ∞ Gertrud Reissinger (1916–98)
Friedelind (1918–91)
Wolfgang (1919) ∞ (1) Ellen Drexel (1919) (2) Gudrun Mack, geb. Armann (1944)
Verena (1920)

Kinder von Wieland: Iris (1942), Wolf Siegfried (1943), Nike (1945), Daphne (1946)
Kinder von Wolfgang und Ellen: Eva (1945), Gottfried (1947)
Kind von Wolfgang und Gudrun: Katharina (1978)

Wolfgang möchte Gudrun, seine zweite Frau, als Nachfolgerin einsetzen. Dagegen hat der Stiftungsrat der Festspiele die vom Vater verstoßene Eva ausersehen. Auch Nike, die in Bayreuth Hausverbot hat, bewirbt sich um die Nachfolge.

Dass Wagner sein Festspielhaus schließlich doch noch bekam, verdankte er dem bayerischen König Ludwig II., der hoffnungslos in ihn verliebt war. Auch Adolf Hitler war ein begeisterter Wagnerianer. Den entscheidenden Anstoß, sich der Politik zu widmen, erhielt er von einer Aufführung des »Rienzi« in Linz. Besonders beeindruckten ihn die unablässigen Heil-Rufe, mit denen das römische Volk seinem Führer huldigte. Hitlers Lieblingsheld war der Schwanenritter Lohengrin, der den Kampf gegen »des Ostens Horden« predigte. Die Meistersinger-Stadt Nürnberg machte er zum Schauplatz der Reichsparteitage. Seine Rassenpolitik war von »Parsifal« inspiriert: »Da leidet der König an dem unheilbaren Siechtum«, sagte er über den gestrauchelten Gralsritter Amfortas, »dem verdorbenen Blut. Wir alle leiden an dem Siechtum des gemischten, verdorbenen Blutes.« In Bayreuth war Hitler regelmäßiger Gast und nahm auch auf die Besetzungen Einfluss. Der Bekanntgabe seines Todes im Reichsrundfunk am 1. Mai 1945 folgte der Trauermarsch aus der »Götterdämmerung«. Die Familie Wagner erwiderte Hitlers Zuneigung schon zu einem Zeitpunkt, als er noch ein kleiner Münchner Lokalpolitiker war. Winifred versorgte ihn im Gefängnis von Landsberg, wo er nach dem Marsch auf die Feldherrnhalle einsaß, mit Briefpapier. Es war das Papier, auf dem er »Mein Kampf« schrieb.

Für den Musikfreund ist all dies natürlich kein Grund, Wagner zu meiden. Auch die Verherrlichung der brünstigen Liebe (in »Tannhäuser«), des Ehebruchs (in »Tristan und Isolde«), ja sogar des Inzests (in der »Walküre«) schreckt ihn nicht. Doch sollte er bedenken, dass zu Wagners vielen Talenten eines nicht gehörte – die Gabe, sich kurzzufassen. »Die Meistersinger« und »Parsifal« sind, die Pausen eingerechnet, erst nach sechs Stunden überstanden. Der »Ring des Nibelungen« dauert sogar 18 Stunden, doch hat der Meister den mythologischen Marathon gnädig auf vier Abende verteilt. Trotzdem: 18 Stunden lang Riesen und Zwerge, Rheintöchter und Nornen, Lindwürmer und Waldvögel, die sich in Stabreimen (»Winterstürme wichen dem Wonnemond«) dieselbe Geschichte wieder und wieder erzählen – das stellt auch robuste Gesäße auf eine harte Probe. Bei der »Tannhäuser«-Premiere in Paris kamen die Herren des Jockey-

Clubs wie üblich erst zum zweiten Akt und pfiffen entrüstet, als sie bemerkten, dass das, was sie am meisten interessierte, das Ballett, schon vorüber war. Das war ungezogen. Doch die Gewohnheit, nur einen Teil der Oper im Parkett und einen anderen beim Diner zu verbringen, hat gerade bei Wagner viel für sich.

Dass Wagner auch im Privatleben Inzest beging, ist nicht erwiesen, wohl jedoch, dass er häufig fremdging. Die Opfer seiner Ehebrüche waren in der Regel gute Freunde. Vor allem seinem Mäzen Otto Wesendonck und dem Dirigenten Hans von Bülow, der die Uraufführung von »Tristan und Isolde« leitete, setzte er Hörner auf. Vier Jahre danach verließ Cosima von Bülow ihren Mann und heiratete Wagner.

Richard Strauss und seine skandalösen Heroinen

Richard Strauss hingegen war ein kreuzbraver Gatte, der sich gern von seiner resoluten Frau Pauline bemuttern ließ. Doch das häusliche Idyll hinderte ihn nicht, zwei der perversesten Frauengestalten der Opernliteratur auf die Bühne zu stellen – Elektra (aus der soeben genannten Atriden-Dynastie), die an nichts anderes denkt als an die Ermordung ihrer Mutter, und Salome, die nackt vor ihrem Onkel tanzt und sich für diese Schweinerei mit dem Kopf Johannes des Täufers entlohnen lässt. In Wien durfte »Salome« bis 1918 nicht gespielt werden. An der Met wurde sie nach einer einzigen Aufführung wieder abgesetzt. Es bedurfte der persönlichen Intervention des englischen Premierministers Asquith, um den Hofmarschall zur Freigabe einer gereinigten Version für die Covent Garden Opera zu bewegen: Die Handlung wurde nach Griechenland verlegt, der Name des Propheten durfte nicht genannt werden, anstelle des Kopfes lag ein Stoffbündel auf dem Silberteller. Im Premierenfieber verfielen einige Sänger in den verbotenen deutschen Text, worauf der Dirigent, »Tommy« Beecham, das Orchester lauter spielen ließ.

Selbst der im hochadligen Milieu angesiedelte »Rosenkavalier« entging der Zensur nicht. In der Dresdner Premiere hatten die Marschallin und Octavian, als sich der Vorhang hob, das Bett schon verlassen. Dem Bericht des Barons Ochs über seine erotischen Abenteuer wurden sämtliche Zähne gezogen. »Muss halt ein Heu in der Nähe dabei sein« verwandelte sich in: »Darf halt kein Mensch in der Nähe dabei sein«. Der Intendant der Berliner Hofoper, Graf Hülsen, wollte nicht einmal das Wort »Bett« dulden. Das Buch, »wo die Stammbäume drin sind«, nahm Sophie nicht »immer abends mit ins Bett«, sondern »immer abends still zu mir«. An der Wiener Staatsoper hat es sich eingebürgert, dass im 3. Akt auf die Frage »Was woll'n die Maikäfer da?« nicht nur die Kellner des Beisls »Servier'n, Euer Gnaden!« antworten, sondern das ganze Orchester mitsingt. Die Walzer im 3. Akt skandalisierten das Premierenpublikum in der Scala: Diese Art von Musik kannten die Italiener nur aus Operetten. Der Kenner weiß, dass der berühmteste Rosenkavalier-Walzer mit dem Dynamiden-Walzer von Joseph Strauss eng verwandt ist – was für Richard und Joseph nicht zutrifft.

Tschaikowskis Ende – Selbstmord oder Cholera?

»Der Rosenkavalier« und »Turandot« sind die letzten beiden Opern, die das Publikum ins Herz geschlossen hat. Alles, was danach kam, sind bestenfalls Pflichtübungen, denen man sich, wenn es das Abonnement so will, ohne Begeisterung unterzieht. Über die Opern der Gegenwart darf man – anders als über die

Kunst der Gegenwart – ungestraft die Nase rümpfen. Doch gibt es neben den deutschen und italienischen auch eine Handvoll französischer und russischer Opern, die sich verdienter Popularität erfreuen. Allerdings brachte kaum eine ihrem Verfasser Glück. Georges Bizet nahm sich den Misserfolg von »Carmen« so zu Herzen, dass er, gerade 36 Jahre alt, drei Monate später starb. Der in Köln geborene Jacques Offenbach, der sich scherzhaft »O de Cologne« nannte, schrieb sein Meisterwerk »Hoffmanns Erzählungen« nicht einmal zu Ende, da er nach dem Bankrott des Théâtre Gaîté Lyrique daran zweifelte, ob es je die Bühne erreichen würde. Die Uraufführung erlebte er nicht mehr. Was uns heute vorgesetzt wird, sind ein halbes Dutzend verschiedene Fassungen, über die sich die Experten zanken. Über »Pelleas und Melisande« gerieten sich der Komponist, Claude Debussy, und der Autor des Librettos, Maurice Maeterlinck, in die Haare: Da Debussy die weibliche Titelrolle nicht, wie versprochen, Maeterlincks Geliebter Georgette Leblanc anvertraut hatte, sondern dem aufsteigenden schottischen Stern Mary Garden, wurde er von dem erbosten Dichter mit Stockschlägen traktiert. (Maeterlincks Villa in Nizza ist heute ein Top-Class-Hotel.)

Von den russischen Opern merken wir uns Modest Mussorgskis »Boris Godunow« und Pjotr – nur Anfänger sagen: Peter – Tschaikowskis »Eugen Onegin«. Das Moskauer Bolschoi-Theater spielt »Boris« bis heute in einer gefälligen Bearbeitung von Nikolai Rimski-Korssakow. Alle anderen Opernhäuser sind längst zur härteren Originalfassung zurückgekehrt, die nicht mit dem Tod des Zaren im Kreml endet, sondern mit dem Klagelied eines Narren im Wald. Mussorgski war ein epileptischer Trunkenbold, der mit 42 Jahren im Delirium tremens starb. Tschaikowski war ein homosexueller Melancholiker, der oft schon beim Frühstück von Weinkrämpfen geschüttelt wurde. Während er an »Eugen Onegin« arbeitete, erhielt er den Brief einer unbekannten Verehrerin, Antonina Miljukowa. Um nicht den gleichen Fehler zu begehen wie sein Titelheld, der die junge Tatjana zurückweist und es später bereut, ging er auf die Werbung der Unbekannten ein und heiratete sie. Die Ehe erwies sich rasch als Desaster und endete damit, dass Tschaikowski versuchte, sich das Leben zu nehmen, indem er in die eisige Moskwa watete. Ob er 16 Jahre später durch Selbstmord starb oder an der Cholera, ist eine Streitfrage, die schon so manche vom Einschlafen bedrohte Konversation belebt hat. Dass ihm ein Ehrengericht nach der Kompromittierung eines jungen Mannes den Freitod aufzwang, ist eine sehr romantische, aber leider wenig wahrscheinliche Theorie.

Jack the Dripper

Auch Pinkeln kann Kunst sein

Der Mann und die Frau von Welt sind selbstverständlich auch Kunstkenner. Aber welche Kunst müssen sie kennen? Der Begriff ist seit einem knappen Jahrhundert – genauer gesagt: seit 1913 – sehr unscharf geworden. Damals präsentierte der Witzbold Marcel Duchamp das Rad eines Fahrrads als Kunstwerk. Er nannte es *readymade* und definierte es als »vorgefertigten Gegenstand, der durch die Wahl des Künstlers zum Kunstwerk wird«. Während Duchamp einige Jahre später die Kunstproduktion aufgab und sich dem Schachspiel zuwandte, ergriffen andere entzückt die Gelegenheit, ohne große Anstrengung als Künstler zu gelten. Sie klebten Spielkarten, Zeitungsausschnitte und Busfahrscheine zu *Collagen* zusammen, bastelten aus Essensresten, Abfallprodukten und anderen Fundstücken, die sie *objets trouvés* nannten, *Assemblagen* oder zerquetschten Autokarosserien mit einer Metallpresse zu Skulpturen, die als *junk art* in den Handel kamen. Wieder andere boten ihren eigenen Körper als *body art* dar, ließen sich kreuzigen oder masturbierten hinter einer Rampe, während sie mit den Galeriebesuchern plauderten. Mit Englands höchstdotiertem Kunstpreis, dem Turner Prize, wurde unlängst ein leerer Raum ausgezeichnet, in dem das Licht abwechselnd an- und ausging. Joseph Beuys, der Guru vom Niederrhein, zog aus dem immer uferloser werdenden Kunstbegriff die einzig mögliche Konsequenz und erklärte: »Jeder Mensch ist ein Künstler.« Damit war die letzte Schranke gefallen. Der Unterschied zwischen Kunst und Leben war aufgehoben.*

Wie sollen wir uns auf diesem abschüssigen Gelände zurechtfinden? Ganz falsch wäre es, sich ängstlich an die Museumskunst der vergangenen Jahrhunderte zu klammern. Damit brocken wir uns nur den Ruf eines ewiggestrigen Fossils ein. Natürlich dürfen wir uns nicht die Blöße geben, eine dorische mit einer korinthischen Säule zu verwechseln oder einen romanischen Kreuzgang mit einem gotischen. Und natürlich müssen wir wissen, dass Bellini nicht nur der Name eines Cocktails ist, sondern auch einer venezianischen Malerfamilie. Doch um diese Grundkenntnisse zu erwerben, genügt die Lektüre einer beliebigen Kunstgeschichte. Wer wenig Zeit und Geduld hat, hält sich an den im DuMont-Verlag erschienenen »Schnellkurs Malerei« und »Schnellkurs Architektur«. Auf dieser Überholspur sind wir nach zwei Abenden so weit wie andere nach zwei Semestern – die gerade in diesen Fächern besonders günstigen Aussichten, einen Ehepartner aufzugabeln, allerdings ausgenommen. Leider eignen sich kunstgeschichtliche Kenntnisse nicht dazu, mit ihnen zu glänzen. Wer sich über Rembrandt-Porträts und Raffael-Madonnen verbreitet, ödet seine Tischgenossen nur an. Der Connaisseur verrät sich dadurch, dass er die Museen links liegen lässt, aber in Auktionshäusern und bei Antiquitätenhändlern ein und aus geht. Die alte Kunst, auf die es ankommt, ist das Kunsthandwerk. Die Mona Lisa überlassen wir den Reisegruppen. Wir interessieren uns für Möbel, Porzellan und Teppiche.

* So weit, wie Beuys behauptet, haben es die australischen Ureinwohner, die Aborigines, noch nicht gebracht. Nach einer im Juli 1999 veröffentlichten Umfrage gab nur jeder zweite als Beruf »Künstler« an.

Mobiliar für den erlesenen Geschmack

Natürlich nicht für alle Möbel. Die große Zeit der Möbeltischler – der *ébénistes*, wie sie am Hof von Versailles genannt wurden – war das 18. Jahrhundert, und die beiden Länder, in denen die schönsten Stücke entstanden, waren England und Frankreich. Das barocke Mobiliar des 17. Jahrhunderts ist für den modernen Geschmack zu wuchtig und zu theatralisch, während das 19. Jahrhundert durch industrielle Massenanfertigung sündigte. Das Zeitalter der Königin Victoria brachte Großbritannien den Aufstieg zur Weltmacht, aber einen Abstieg des Stilgefühls. Auch die mit Plüschmöbeln, Zimmerpalmen und bombastischen Kredenzen vollgestopften »guten Stuben«, die das Bürgertum auf dem europäischen Festland schätzte, erregen heute nur noch Abscheu. Schon damals begannen skrupellose Fabrikanten, die großen Meister des 18. Jahrhunderts zu kopieren. Vor diesen Kopien müssen wir uns hüten, ebenso vor den *Mariagen* – Möbeln, die aus verschiedenen, für sich genommen echten Teilen zusammengeschustert wurden.

Das erste Drittel des 18. Jahrhunderts wird nach dem sittenlosen, aber geistvollen Herzog von Orléans, der für den minderjährigen Ludwig XV. die Regentschaft führte, *Régence* genannt – nicht zu verwechseln mit einer anderen, stilgeschichtlich ebenfalls bedeutsamen Regentschaft in England, der *Regency*. In der Régence verfeinerte sich die offizielle Hofkunst, deren Hauptzweck es gewesen war, den Glanz des »Sonnenkönigs« widerzuspiegeln, zur intimen Kunst des Adels. Der führende Möbeltischler Frankreichs war damals Charles Cressent, ein Schüler von André-Charles Boulle, dem Hoftischler Ludwigs XIV. und Erfinder der Kommode. Auch Cressents bauchige, mit *Ormoulu* (feuervergoldeten Bronzebeschlägen) geschmückte Kommoden sind begehrte Sammlerstücke.

Die Regierungszeit Ludwigs XV. (1723–74) ist das Zeitalter des Rokoko. Wir erkennen es an seinen verspielten und verschlungenen Formen, seinen Ranken, Muscheln und Girlanden. Die schönsten Möbel, die heute als *Louis Quinze* gehandelt werden, stammen von den aus Deutschland eingewanderten Hoftischlern Jean-François Oeben und Jean-Henri Riesener. Die Wiederentdeckung Pompejis weckte dann den Geschmack an den Mustern der Antike – Vasen, Urnen, Mäander und Lorbeerkränze. Diese klassizistische Periode wird *Louis Seize* und, nach der Ermordung des Königs, *Directoire* genannt. Auch in ihr spielte ein deutscher Möbeltischler, David Roentgen, eine zentrale Rolle.

Der Ägypten-Feldzug des Generals Bonaparte endete mit einem Fiasko. Doch die Pariser *ébénistes* gingen aus dem militärischen Abenteuer als Sieger hervor, denn es bereicherte ihren Formenschatz um Lotosblüten, Skarabäen, geflügelte Löwen und andere Merkmale der Pharaonenkunst, die nun zu Merkmalen der neuen »Pharaonenherrschaft« wurden, des *Empire*. Wenn wir auf einem Möbelstück Bienen entdecken, dann dürfen wir daraus schließen, dass es für den Kaiser Napoleon selbst angefertigt wurde. Schwäne wiederum sind das Emblem seiner Gemahlin Josephine.

In England verlief die Entwicklung ähnlich. Etwa zur gleichen Zeit wie der Herzog von Orléans bestiegen in London die Welfen den Thron. Die Periode von 1715 bis 1760 wird als *Early Georgian*, die von 1760 bis 1790 als *Late Georgian* bezeichnet. Nach der mit Vorliebe verwendeten Holzart könnte man auch von einer Walnuss-Periode (bis 1735), einer anschließenden Mahagoni-Periode und einer Satinholz-Periode (ab 1780) sprechen. Die bekanntesten Möbeltischler der Zeit, Thomas Chippendale, George Hepplewhite und Thomas Sheraton, verdanken ihren Ruhm den Musterbüchern, die in ganz Europa als

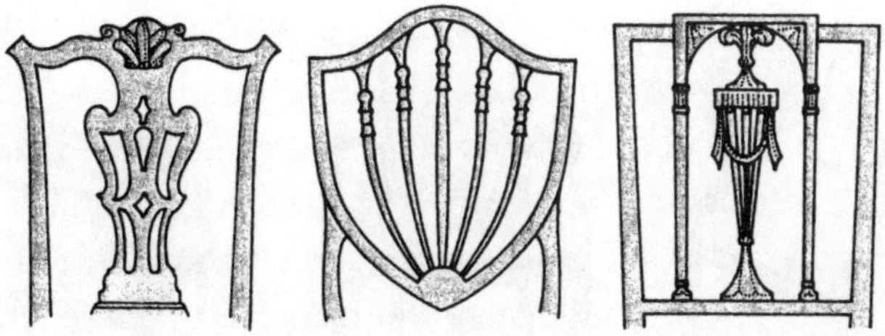

Drei Stuhllehnen nach den Musterbüchern von Chippendale (links), Hepplewhite (Mitte) und Sheraton (rechts)

Vorlagen verwendet wurden. Die Unterschiede sind am deutlichsten an den Stuhllehnen abzulesen: Chippendale bevorzugte ein dem Geiste des Rokoko entsprungenes Rankenwerk, Hepplewhite klassizistische Schilde und Urnen, Sheraton geradlinige Formen.

Aus dem Film »King George – Ein Königreich für mehr Verstand« kennen wir die Spannungen zwischen Georg III. und seinem Sohn, der für seinen geisteskranken Vater die Regentschaft übernahm und später als Georg IV. König wurde. Dieser Lebemann und Schuldenmacher war ein moralisch höchst anfechtbarer Charakter, aber zugleich ein Dandy von erlesenem Geschmack. Kennzeichen der *Regency*-Periode, die großzügig auf die Jahre 1790–1830 datiert wird, ist ihr strenger Klassizismus. Der maßgebende Möbeltischler der Zeit, Thomas Hope, entwarf nach dem Muster antiker Vasenbilder einen Stuhl mit zwei schlichten Brettern als Lehne und nach außen gestellten Säbelbeinen – ein bis heute immer wieder nachgebautes Modell. Als griechisch Gebildete nennen wir es *klismós*.

Alte Stühle haben den Nachteil, dass sie unter einem gutgenährten Gesäß des 21. Jahrhunderts zusammenbrechen. Sicherer ist es, sich an Sessel zu halten. Exemplare mit geradem Rücken heißen *fauteuil à la Reine*, mit gebogenem Rücken *fauteuil*

fauteuil à la Reine

fauteuil en cabriolet

bergère

en cabriolet. Sessel mit üppig gepolsterten Armlehnen und Sitzen werden *bergère* genannt. Ist die Rückenlehne so hoch, dass der Sitzende von hinten nicht gesehen werden kann, sprechen wir von einer *bergère en confessional* (Beichtsessel). Sehr breite Sessel, die auch zwei Personen Platz bieten, heißen *marquise* oder *confidante*.

Bei den kleinen Tischen unterscheiden wir die *chiffonnière* (Handarbeitstisch) – nicht zu verwechseln mit dem *chiffonnier*, einer hohen, schmalen, dem englischen *tallboy* vergleichbaren Kommode – und den runden *guéridon* oder, wenn er eine Schublade hat, Trommeltisch. Klapptische nennen wir *Pembroke tables*, wenn die Beine feststehen; *gateleg* oder *Sutherland tables*, wenn sich die Beine einschwenken lassen. Auch bei den Schreibtischen gibt es verschiedene Modelle:

- *bureau Mazarin* oder *kneehole desk:* mit Schubladen zu beiden Seiten und Platz für die Beine in der Mitte
- *escritoire* oder *secrétaire à abattant:* ein Sekretär mit senkrechter, nach vorn klappbarer Schreibplatte
- *secrétaire à cylindre:* der von Oeben erfundene Rollschreibtisch
- *dos d'âne* (Eselsrücken): ein schräges Schreibpult mit zierlichen Beinen

- *bonheur du jour:* ein Damenschreibtisch mit aufgesetzten Schubladen, in denen nicht nur Feder, Tintenfass und Papier, sondern auch die Ingredienzien für die Morgentoilette aufbewahrt wurden

Um Truhen und Schränke machen wir einen großen Bogen. Seit dem Beginn des 18. Jahrhunderts waren sie nur noch in Bürgerhäusern und in der Provinz zu finden, während in den Salons des hauptstädtischen Adels die Kommode an ihre Stelle trat. Zu den teuersten Stücken gehört die *commode en tombeau* mit geschweifter Marmorplatte und lächelnden *espagnolettes* (Bronzefiguren) an den Ecken.

Die *chaises longues*, die Tagesliegen, von ganz feinen Leuten *duchesses* genannt, verdienen jedoch unsere Aufmerksamkeit. Wir unterscheiden die *turquoise* (mit gleich hohen Seitenlehnen), die *méridienne* (mit Lehnen ungleicher Höhe) und die hinten offene *Récamier* – so genannt nach einer Dame gleichen Namens, die es sich auf einem berühmten Bild im Louvre bequem macht. Besteht die Liege aus einem Sesselpaar, das bei Bedarf zusammengeschoben wird, so sprechen wir von einer *duchesse brisée* (zerbrochenen Herzogin).

Im Reich des weissen Goldes

Nicht nur die deutschen Möbeltischler bezauberten das französische Königshaus. Deutschland glänzte auch auf einem anderen Gebiet des Kunsthandwerks, der Herstellung von Porzellan. Nach der Erfindung des »weißen Goldes« durch den sächsischen Alchimisten Johann Friedrich Böttger hatte die 1710 gegründete königliche Porzellanmanufaktur in Meißen für 40 Jahre faktisch ein Monopol – in Europa wohlgemerkt. Die Chinesen kannten das Porzellan schon seit dem 6. Jahrhundert. Doch hielten sie das Rezept geheim, und alle Versuche der Europäer, ihnen auf die Schliche zu kommen, schlugen fehl.

Unter den frühen Porzellanen wird das grünliche, an Jade erinnernde *Seladon* der Song-Dynastie (960–1279) von Sammlern besonders geschätzt. Während der Herrschaft der mongolischen Yuan-Dynastie (1279–1368) wurde die Unterglasurbemalung erfunden. Den ersten Gipfelpunkt brachte die Thronbesteigung der Ming-Kaiser (1368–1644). Das 15. Jahrhundert ist die klassische Periode des Blau-weiß-Dekors *(qinghua)*. Die höchsten Preise auf Auktionen erzielt das *Doucai-Porzellan*, dessen unterglasurblaue Vorzeichnung nach dem Brennen mit anderen Farben ausgemalt wurde: Millionenerlöse für winzige Trinkschälchen sind keine Seltenheit. Im 16. und 17. Jahrhundert produzierten die Chinesen massenhaft für den Export. Mit diesem, sich an den europäischen Geschmack anbiedernden *Kraak-Porzellan* – Tassen mit Henkeln! – will der Kenner natürlich nichts zu schaffen haben. Einen letzten Höhepunkt erreichte die Produktion in der Frühzeit der Mandschu- oder Qing-Dynastie (1644–1912), und so gilt das 18. Jahrhundert als das zweite goldene Zeitalter der chinesischen Porzellanmalerei. Gesucht sind vor allem Stücke mit grünen *(susancai, famille verte)* oder rosa Motiven *(fencai, famille rose)*.

Das bekannteste Motiv aus der Meißener Porzellanmanufaktur ist das von chinesischen Vorbildern inspirierte Zwiebelmuster. Im 19. Jahrhundert wurde es zum Statussymbol des gehobenen Bürgertums. Wegen seiner weiten Verbreitung hat das Geschirr allerdings keinen besonderen Sammlerwert. Wer sich dennoch dafür interessiert, sollte zumindest wissen, dass die Zwiebel in Wahrheit ein Granatapfel ist. Auch vor Nachahmungen mit irreführenden Namen wie »Stadt Meissen« oder »Bürgerlich Meissen« muss er sich in Acht nehmen: Das echte, handgemalte Geschirr aus der staatlichen Manufaktur hat seit 1888 sein Markenzeichen, die gekreuzten Schwerter, in das Zwiebelmuster integriert, und zwar deutlich sichtbar am Fuß des Bambusstamms.

Statt für das Zwiebelmuster erwärmt sich der Kenner für das Geschirr, von dem August der Starke und sein Nachfolger August III. tafelten (erkennbar an der Markierung *AR* – Augustus Rex), und das Schwanenservice, eine Sonderanfertigung für den sächsischen Minister Graf Brühl. Die meisten der über 2000 Teile des Schwanenservice wurden beim Bombenangriff auf Dresden vernichtet. Doch tauchen immer wieder einzelne Stücke im Kunsthandel auf und wechseln für einen sechsstelligen Preis den Eigentümer. Ebenso hohe Summen werden für die Schäfergruppen, Liebespaare, Harlekine und andere Meißener Figurinen bezahlt – vorausgesetzt, auch die Bemalung stammt »aus der Zeit«. Zunächst gab der Maler Johann Gregor Höroldt, der fernöstlichen Mustern folgte, in Meißen den Ton an. 1731, mit der Berufung des Bildhauers Johann Joachim Kändler zum Modellmeister, änderte sich der Stil: Barock und Rokoko hielten nun auch in der Porzellanmalerei Einzug. Unter Graf Camillo Marcolini, der 1774 Direktor wurde, öffnete sich die Manufaktur schließlich dem Klassizismus. Höroldt, Kändler und Marcolini sind die drei Namen, die wir uns merken müssen, dazu den einen oder anderen der *Hausmaler*, die das weiße Urprodukt in Heimarbeit bemalten: Eine leicht hingeworfene Frage wie »Finden Sie nicht auch, dass Bottengrubers Jagdszenen den Goldchinesen der Seuter-Brüder nicht das Wasser reichen können?« bringt selbst gewiefte Kustoden aus dem Gleichgewicht. In der zweiten Hälfte des 18. Jahrhunderts sah sich Meißen mehr und mehr von anderen deutschen Manufakturen bedrängt, und das 19. Jahrhundert brachte dann – wie bei den Möbeln – Massenproduktion und künstlerischen Niedergang.

Eine Vase mit dieser Markierung stammt, wie der Kenner sofort bemerkt, aus Sèvres und wurde 1760 produziert.

Der gefährlichste Konkurrent Meißens war Sèvres. Schon seit dem 17. Jahrhundert hatten die Franzosen Weich- oder Frittenporzellan hergestellt, das sich leichter färben lässt, aber weniger robust ist als das harte Porzellan. 1756 wurde die königliche Manufaktur auf Veranlassung der Marquise de Pompadour von Vincennes nach Sèvres verlegt und gleichzeitig verfügt, dass nur diese Manufaktur befugt war, ihre Produkte zu färben, zu vergolden und mit den Initialen des Königs – zwei ineinander geschlungenen L – zu schmücken. Die berühmtesten Farben aus der Frühzeit waren *gros bleu* oder *bleu du Roi* (Tiefblau), *bleu céleste* (Türkisblau), *jaune jonquille* (Gelb) und *rose Pompadour* (Rosa). Von 1768 an, nach der Entdeckung eines Kaolinlagers bei Limoges, fabrizierte auch Sèvres Hartporzellan (das mindestens zur Hälfte aus Kaolin besteht). Großen Eindruck machen wir, wenn wir die frühen Stücke datieren können: Ein A steht für 1753, ein B für 1754, ein AA für 1778, ein BB für 1779 usw. (Das französische Alphabet hatte damals nur 25 Buchstaben: Das W fehlte.) 1793, mit der Abschaffung der Monarchie, hört die alphabetische Datierung auf. Da es als unschicklich gilt, Teller umzudrehen, erkundet der neugierige, aber wohlerzogene Esser die Unterseite mit einem Silberlöffel, den er diskret unter den Teller schiebt.

Vom Porzellan zu unterscheiden ist das zinnglasierte Steingut, Majolika (nach Mallorca, dem vermeintlichen Ursprungsort) oder Fayence genannt (nach Faenza, einer Produktionsstätte in Italien). Weltbekannt wurden die blau-weißen Fayencen aus Delft. Die teuersten Exemplare stammen aus der Manufaktur *De Griekscbe A* (Das griechische A) der Familie van Eenhoorn, die das britische Königshaus belieferte. Im 19. Jahrhundert beherrschte England, wo der Porzellandruck erfunden worden war, den Markt für Gebrauchskeramik. Diese – vor allem in den Manufakturen von Staffordshire hergestellte – Massenware ist haltbar und praktisch, interessiert aber den anspruchsvollen Sammler nicht. Anders steht es mit den Fälschungen, die die Pariser Manufaktur Edmé Samson & Cie seit 1830 nach älteren Mustern produzierte. Ihre besten Stücke sind überaus dekorativ und sehr gesucht.

Besuch auf dem Teppichbasar

Auch Teppiche werden eifrig gefälscht, indem man sie abgewetzter und älter erscheinen lässt, als sie wirklich sind. Für Sammler ist die aufregendste Periode für Orientteppiche – und nur sie interessieren uns hier – das 19. Jahrhundert. Ältere Stücke kommen fast nie auf den Markt und sind nur noch in Museen zu finden – wie die seidenen, vom persischen Hof an europäische Würdenträger verschenkten *Polenteppiche,* die nicht etwa in Polen angefertigt wurden, sondern in Isfahan. Die Einführung chemischer Farben (um 1880) erleichterte die Produktion, verdarb jedoch die Qualität. Maschinell gefertigte Teppiche sind selbstverständlich ganz tabu. Wir halten uns an handgeknüpfte Stücke mit Naturfarben, wobei kleine farbliche Unregelmäßigkeiten, *abrasch* genannt, vom Connaisseur gern in Kauf genommen werden.

Man unterscheidet die Teppiche vor allem nach der Herkunft

Typisch für die Lotto-Teppiche sind die Arabesken im Mittelfeld (links). Holbein-Teppiche sind dagegen am Endlosband arabischer Schriftzeichen in der Bordüre (unten) leicht zu erkennen.

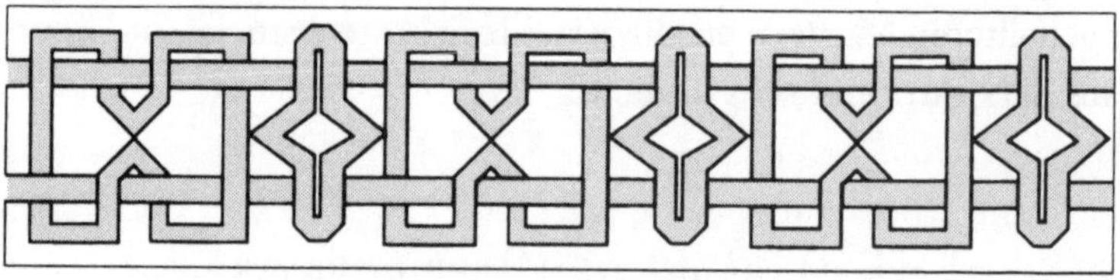

und der Knüpfart. Den symmetrischen *Ghordesknoten (turkbaff)* – nicht zu verwechseln mit dem gordischen Knoten, den Alexander der Große durchschlug – finden wir durchweg bei den türkischen oder anatolischen Teppichen, die geometrische Muster und lebhafte Farben bevorzugen. Die bedeutendsten Produktionsstätten sind Bergama (das antike Pergamon), Ghordes (heute: Gördes), Hereke (berühmt für seine erlesenen Seidenteppiche), Ladik, Milas und Uschak (heute: Usak). Eine Untergruppe der Uschaks sind die *Lotto-Teppiche* mit einem Mittelfeld aus Arabesken auf rotem Grund – so genannt nach dem venezianischen Maler Lorenzo Lotto, der sie gern abbildete. Dagegen kommen die *Holbein-Teppiche* – mit Medaillons im Mittelfeld und einem Endlos-Band stark stilisierter *kufi* (Schönschrift) in der Bordüre – nur auf einem einzigen Bild des Malers vor, dem Porträt des Kaufmanns Georg Gisze in Berlin. Gebetsteppiche sind leicht an ihrer Gebetsnische, dem *mihrab* (mit sanft aspiriertem H), zu erkennen. Teppiche mit mehreren Gebetsnischen nennen wir *saf.* Nach Machart und Stil den türkischen eng verwandt, wie diese farbenfroh und streng geometrisch, aber noch frischer und urtümlicher, sind die Teppiche aus dem Kaukasus, vor allem aus Kasachstan (Kasak) und Aserbaidschan (Schirwan). Typisch für die Kasaks sind ihre Adler-, Krebs- und Spinnenmuster.

Die zweite große Familie der Orientteppiche sind die *Perserteppiche*. Obwohl der *turkbaff* auch bei ihnen vorkommt, überwiegt der asymmetrische *farsbaff* oder *Sennehknoten*. Ihre Motive entnehmen die persischen Teppichknüpfer nicht der Geometrie, sondern der Botanik. Klassische Motive in der Bordüre sind *boteh* oder *mir-i-bota* (ein an der Spitze eingerolltes Palmblatt, das zoroastrische Symbol der Unsterblichkeit) und *herati* (eine von vier paarweise angeordneten Blättern umgebene Rosette). Bei den Bodenbelägen aus dem kurdischen Senneh (heute: Sanandaj) füllen diese Motive oft das ganze Mittelfeld. Am dichtesten geknüpft und daher besonders geschätzt sind die elfenbeingrundigen Teppiche aus Keschan (heute: Kaschan) und Kirman (heute:

Boteh (oben) und herati (unten), Palmwipfel und Lanzettblatt, die beiden klassischen Motive der Perserteppiche

Kerman). Auch unter den Teppichen aus Heris sind die mit hellem Grund die teuersten. Saruk-Teppiche sind dagegen rosa wie ein Lachs. Andere bekannte Produktionsorte sind Bidjar, Fereghan, Hamadan, Herat (heute in Afghanistan), Isfahan, Schiras und Täbris. Den Preisrekord für einen Orientteppich hält ein Täbris aus dem 16. Jahrhundert, den die Rothschilds 1999 bei Christie's versteigern ließen: Er brachte 2,5 Millionen Dollar.

Eine dritte Familie sind die Teppiche aus Turkestan. Selbst Neulinge erkennen sie auf den ersten Blick an ihrer roten Farbe und den Reihen gleichförmiger Medaillons im Mittelfeld. Nach dem Hauptumschlagplatz werden sie meist pauschal *Buchara* genannt.

Expressionistische Väter und Söhne

Natürlich ist nicht auszuschließen, dass die Konversation vom Kunsthandwerk abschweift und auf die »moderne Kunst« kommt. Auch für diesen Fall sind wir gewappnet. Um sich in dem schwer überschaubaren Durcheinander der Stile zurechtzufinden, müssen wir nur einige strategische Höhen erklimmen, von denen aus wir das tiefer liegende Gelände überblicken. Wenn wir über fünf Künstler mitreden können, ergibt sich der Rest von selbst. Die fünf Künstler sind Vincent van Gogh, Pablo Picasso, Salvador Dalí, Andy Warhol und Joseph Beuys.

Van Gogh ist der Übervater der ersten Aufbruchsbewegung, die die Kunst des 20. Jahrhunderts erfasste – des Expressionismus. In Dresden organisierten sich seine Geistessöhne als »Brücke« (Ernst Ludwig Kirchner, Karl Schmidt-Rottluff, Erich Heckel), in München als »Blauer Reiter« (Wassily Kandinsky, Franz Marc, August Macke). In Frankreich trugen sie mit Stolz den beleidigenden Namen, den ihnen ein entsetzter Kritiker angehängt hatte – *les fauves*, die wilden Tiere. Der Expressionismus hat sich bis heute gehalten. In Amerika verwandelte er sich in den abstrakten Expressionismus, auch *action painting* genannt: Es war der erste Stil, mit dem New York die Welthauptstadt der Kunst, Paris, entthronte. Sein Großmeister war Jackson (»Jack the Dripper«) Pollock, der riesige Leinwände auf dem Boden ausbreitete und sie, meist schwer berauscht, mit dünnflüssiger Farbe bespritzte. Psychoanalytiker deuten die *drip paintings* als Sublimierung seiner Impotenz. Pollock starb 44-jährig, wieder einmal volltrunken, bei einem Autounfall. Mark Rothko, dessen verschwimmende Rechtecke seine Bewunderer hypnotisieren, endete dagegen durch Selbstmord. Mit Willem de Koonings schreckenerregenden Frauenbildern kehrten die *action painters* zur Gegenständlichkeit zurück. 1989 erzielte eines dieser Bilder bei Sotheby's in New York den höchsten Preis für das Werk eines lebenden Künstlers – 21 Millionen Dollar. Als ihm ein Freund vorhielt, solche Megären gebe es doch gar nicht, fragte de Kooning zurück, ob er schon einmal bei Klein's, einem billigen Warenhaus am Union Square, einen Ausverkauf miterlebt habe.

Auch die europäischen Neo-Expressionisten sind nach einer Phase der Abstraktion, *Informel* oder *Tachismus* genannt (von *tache*, Klecks), zur Gegenständlichkeit zurückgekehrt – die inzwischen stark angegrauten *jungen Wilden* aus Deutschland (Georg Baselitz, Anselm Kiefer, Markus Lüpertz) ebenso wie die italienischen *Transavantgardisten* (Sandro Chia, Francesco Clemente, Enzo Cucchi) und der bedeutendste von allen, der Brite Francis Bacon. Seine schreienden Päpste, seine tierischen Ungetüme und gefolterten Leiber, die sich in Krämpfen winden, geben, wie wir unserem Tischnachbarn erläutern, der alltäglichen Verzweiflung eine epochale Dimension. Auch Bacons Privatleben, seine Spielleidenschaft, seine Saufgelage und homosexuellen Exzesse sind ein dankbares Thema, das vom Film längst entdeckt worden ist. Der Film (»Love is the Devil«) beginnt mit der Eröffnung einer Bacon-Retrospektive im Grand Palais. Während sich der Meister von der französischen Hautevolee feiern lässt, stirbt sein in guter Gesellschaft nicht vorzeigbarer Spielkamerad George Dyer in einem Pariser Hotel von eigener Hand. Bacon hatte ihn sieben Jahre zuvor bei einem Einbruch in seinem Atelier überrascht. Statt ihn der Polizei zu übergeben, ging er mit ihm ins Bett. Er hatte nicht nur ein erotisches Objekt gefunden, sondern auch sein wichtigstes Modell.

Ein verkanntes Genie

Vincent van Goghs kurzes, unglückliches Leben wurde sogar dreimal verfilmt – von Vincente Minnelli mit Kirk Douglas in der Hauptrolle (»Vincent van Gogh – Ein Leben in Leidenschaft«), von Paul Cox (»Vincent«) und Robert Altman (»Vincent & Theo«). Ein dramatischerer Gegensatz von verkanntem Genie und posthumem Triumph lässt sich in der Tat kaum denken: Während van Goghs Bilder zu Lebzeiten unverkäuflich blieben, brach eines seiner beiden Porträts des Dr. Gachet im Jahr 1990 – genau hundert Jahre nach seinem Tod – alle Rekorde: Der japanische Papierfabrikant Ryoei Saito ersteigerte es bei Christie's in New York für 82,5 Millionen Dollar. Später ging er Bankrott; der Verbleib des Bildes ist seitdem unbekannt. Gachet, van Goghs Arzt in den letzten zehn Wochen seines Lebens, war ein schillernder Charakter. Einige werfen ihm und seinem Sohn vor, Fälschungen in den Handel gebracht zu haben. Andere beschuldigen ihn, für den Tod des Malers verantwortlich zu sein, da er die Kugel, die sich van Gogh in den Leib schoss, nicht entfernt habe. Wollte sich van Gogh wirklich umbringen? Die Kugel steckte im Unterleib – nicht gerade eine Stelle, auf die Selbstmörder gewöhnlich zielen. Vielleicht wollte er sich selbst bestrafen – wie anderthalb Jahre zuvor in Arles, als er mit dem Rasiermesser auf seinen Freund Gauguin losging, das Messer dann gegen sich selbst richtete, sich das rechte Ohr abschnitt und es ins örtliche Freudenhaus trug, wo er es einem Mädchen namens Rachel mit den Worten überreichte: »Heb es sorgfältig auf!« Ebenso unklar ist, an welcher Geisteskrankheit van Gogh litt. Dr. Peyron, der Direktor der Anstalt in Saint-Rémy, in die sich van Gogh nach dem Zwischenfall mit dem Ohr selbst einlieferte, diagnostizierte Angstanfälle mit Selbstmordneigung, entließ seinen Patienten aber nach einem Jahr als »geheilt«. Andere Experten glauben an Schizophrenie, wieder andere an Säuferwahnsinn. Tatsächlich suchten nicht nur Proletarier, sondern auch brotlose Künstler Trost im Absinth, dem grünlichen Schnaps mit einem Alkoholgehalt von 55 Prozent. Zola hat die Wirkungen des gefährlichen Getränks in seinem Roman »L'Assommoir« (Der Totschläger) drastisch beschrieben.

Ein Macho und seine Musen

Dem Holländer van Gogh brachte Frankreich kein Glück. Der Spanier Picasso kam, sah und siegte. Von Anfang an, als er noch im Bateau-Lavoir lebte, einer höchst frugalen Künstlerkolonie auf dem Montmartre, rissen sich Händler und Sammler um seine Bilder. Im Mai 1907 schlug hier die Geburtsstunde des Kubismus. Als erstes Werk der neuen Richtung gelten Picassos »Demoiselles d'Avignon«, die heute im New Yorker Museum of Modern Art hängen. Mit der südfranzösischen Stadt haben die fünf Nackedeis nur indirekt zu tun: Sie sind Dirnen aus der Avignon-Straße (Carrer d'Avinyó) im Hafenviertel von Barcelona. Kunsthistoriker teilen die Jahre vor Picassos kubistischer Zeit in eine Blaue und Rosa Periode und die Jahre danach in eine klassizistische, surrealistische und expressionistische. Über den Wert seines Spätwerks sind die Ansichten geteilt. Die schiere Masse der Produktion lässt darauf schließen, dass sich Picasso nichts mehr übelnahm. Oder, wie es sein Zeitgenosse und Kon-Kubist Georges Braque diplomatisch formulierte: »Früher war er ein großer Künstler. Jetzt ist er bloß noch ein Genie.«

Weitaus ergiebiger ist die Periodisierung seines Lebens nach den sieben Hauptfrauen, die sein Bett teilten:

- Fernande Olivier (1904–12): Picasso hatte sie durch ihre Schwester kennen gelernt, die Geliebte des Malers Othon Friesz, dessen Enkelin Monique die reifen Jahre des unlängst gestorbenen Grafen von Paris versüßte, wobei allerdings das Vermögen der Orléans abhanden kam. Fernande ließ Picasso wegen eines italienischen Malers namens Ubaldo Oppi sitzen.
- Eva Gouel (1912–15) starb an der Tuberkulose.
- Olga Koklova (1917–27) war eine Tänzerin in Diaghilevs Ballet Russe. 1918 heirateten sie. Olgas – vermutlich nicht ganz unbegründete – Eifersuchtsszenen gingen ihm zunehmend auf die Nerven. Er revanchierte sich mit den »Drei Tänzerinnen« (Tate Modern, London) und anderen aggressiv verzerrten Frauengestalten. 1935 wurde die Ehe offiziell getrennt, aber nie geschieden. Olga ist die Mutter von Picassos älterem Sohn Paolo, einem Alkoholiker, der seinen Vater nur um zwei Jahre überlebte.
- Marie-Thérèse Walter (1927–36): Picasso sprach die 17-jährige vor dem Pariser Kaufhaus Lafayette an. Sechs Monate lang widerstand sie seinem Werben. An ihrem 18. Geburtstag gab sie ihren Widerstand auf. Es wurde die sinnlichste, tabuloseste Beziehung seines Lebens, sado-masochistische Experimente inbegriffen. Marie-Thérèse ist die Mutter von Picassos Tochter Maya. Seine Bilder und Skulp-

turen zeigen Marie-Thérèse als pausbäckiges, vollbusiges, friedliches Wesen.

- Dora Maar (1936–45) war selber Malerin und Fotografin. Auf Picassos Leinwänden, darunter dem berühmten Kriegsbild »Guernica« (früher in New York, heute in Madrid), erscheint sie meist weinend und zeternd, oft auch im Profil mit zwei Augen.
- Françoise Gilot (1945–53) war nach Fernande die einzige Frau, die sich von Picasso trennte und – schlimmer noch – ein Buch über ihn schrieb, was er mit allen Mitteln zu verhindern suchte. Sie ist die Mutter von Sohn Claude und Tochter Paloma, die den Namen Picasso heute am erfolgreichsten vermarktet.
- Jacqueline Roque (1954–73): Picasso heiratete sie heimlich, nachdem er Françoise überredet hatte, sich wieder mit ihm zu versöhnen und von ihrem Mann scheiden zu lassen.

Dieser Racheakt ist typisch für Picassos Verhältnis zu den Frauen. Er war ein spanischer Macho, wie er im Buche steht. Frauen, sagte er selbst, seien Göttinnen und Fußabtreter zugleich. Er sperrte Fernande ein, damit sie nicht ausgehen konnte. Er verprügelte Dora, bis sie bewusstlos am Boden lag. Auf Françoises Kinn drückte er eine glimmende Zigarette aus. Und dennoch kamen die von Picasso misshandelten Frauen, wenn er sie fallen ließ, über die Trennung kaum hinweg. Dora landete im Irrenhaus, wo sie mit Elektroschocks behandelt wurde, und starb als verarmte Einsiedlerin, weil sie sich weigerte, die Bilder, die ihr Picasso geschenkt hatte, zu verkaufen. Marie-Thérèse erhängte sich nach seinem Tod, Jacqueline erschoss sich. Seine Enkelin Marina, Paolos Tochter, nannte ihren Großvater einen monumentalen Egoisten: »Er hat uns alle ausgequetscht wie seine Farbtuben.«

Der Grosshändler des Unbewussten

Ein monumentaler Egoist war auch Picassos Landsmann Salvador Dalí. Für Picasso war der Surrealismus nur eine Episode gewesen. Für Dalí war er Lebensinhalt. Er selbst nannte seinen Stil »paranoisch-kritisch«, betonte aber: »Der einzige Unterschied zwischen mir und einem Verrückten ist, dass ich nicht verrückt bin.« Dies hinderte ihn nicht, einer Vernissage im Taucheranzug beizuwohnen, um, wie er sagte, »ins Unterbewusstsein abzutauchen«. Auch sonst liebte er es, seine Zeitgenossen zu provozieren – mit seinem extravaganten Schnurrbart, mit dem Porträt eines Mannes in kotbefleckter Unterhose, mit einem »aphrodisischen Frack«, an dem 81 Likörgläser hingen, oder mit Proklamationen wie: »Die Weichheit von Hitlers Fleisch erzeugt in mir eine milchige, wagnerische Ekstase, die mein Herz höher schlagen lässt.« Weiche, zerfließende Gegenstände sind in Dalís Bilderwelt allgegenwärtig. Man muss kein Freudianer sein, um einen Zusammenhang mit seiner Impotenz zu wittern, zu der er sich kokett bekannte. Wo er seine sexuelle Erfüllung fand, verrät das Bild »Der große Masturbator«. Erst die Begegnung mit Gala, der Frau des Dichters Paul Éluard, die er später heiratete, scheint ihn von seinen Hemmungen befreit zu haben. Gala war es auch, die sich mit solcher Energie um Dalís Finanzen kümmerte, dass André Breton, der Chefideologe der surrealistischen Bewegung, seinen Namen zu dem boshaften Anagramm »Avida Dollars« umkehrte.

Die abstrusen Einfälle und eitlen Selbstinszenierungen dürfen freilich nicht darüber hinwegtäuschen, dass Dalí ein virtuoser Techniker war. Seine Kritiker warfen ihm vor, dass es die Technik der Salonmaler des 19. Jahrhunderts war, die er so virtuos beherrschte, und verspotteten ihn als »Anton von Werner des Unbewussten«. Sein klassizistischer Spätstil, den er »nuklearen Mystizismus« nannte, führte ihn mehr als einmal an die Grenze zum Kitsch. Als er wegen der Parkinsonschen Krankheit den Pinsel nicht mehr halten konnte, verfiel er auf eine andere Methode des Gelderwerbs: Er signierte Werke, die noch gar nicht entstanden waren. Die Ausführung überließ er Fälschern, die – ebenso wie er selbst – an dem Unternehmen kräftig verdienten.

Kunst aus der Fabrik

Nicht durch einen überlangen Schnurrbart, sondern durch eine silberne Perücke verstand es Andy Warhol, die Aufmerksamkeit auf sich zu lenken. Warhol war der erfolgreichste Vertreter einer amerikanischen Kunstrichtung, die in den fünfziger und sechziger Jahren die Welt eroberte – die *Pop-art*. Sie sprach ein Publikum an, das die herkömmliche Kunst, vor allem den abstrakten Expressionismus, allzu schwer verdaulich fand. Was es danach vorgesetzt bekam, war auf Anhieb zu erkennen. Es waren triviale Gegenstände des Alltags, Poster oder Fotos von Politikern und Filmstars, die die Künstler verfremdeten und parodierten. Jasper Johns malte Flaggen und Schützenscheiben, Roy Lichtenstein überdimensionale Comic Strips. Robert Rauschenberg steckte einen ausgestopften Widder in einen Autoreifen und nannte das Kunstwerk »Monogramm« – nach Meinung mancher Kritiker eine Allegorie des Analverkehrs.

Warhol wurde berühmt durch seine naturgetreuen Wiedergaben von Suppendosen, Dollarnoten und Coca-Cola-Flaschen. Als Werbegrafiker hatte er, damals noch unter seinem richtigen Namen Warhola, den Siebdruck kennen gelernt, ein Verfahren, dem er sein Leben lang treu blieb. Dass dabei die heiligste Kuh des Kunstbetriebs, der Unterschied zwischen Original und Kopie, auf der Strecke blieb, störte ihn nicht. Er produzierte seine

Bilder serienweise, und siehe da: Es gelang ihm, auch Käufer und Kustoden davon zu überzeugen, dass es gleichgültig war, welchen der vielen Maos oder Elvis Presleys sie erwarben. Sein Atelier nannte er folgerichtig *Factory* (Fabrik) und schwärmte von der Überlegenheit der Maschine: »Maschinen haben weniger Probleme. Ich wäre gern eine Maschine.« In diesem Atelier wurde er von einem seiner *groupies*, Valerie Solanas, die eine *Society for Cutting-Up Men* (SCUM) gegründet hatte, angeschossen und schwer verletzt. Er überlebte, starb aber vorzeitig nach einer Routine-Operation in einem New Yorker Krankenhaus. Die Familie Warhola, die in seinem Geburtsort Pittsburgh einen Schrotthandel betreibt, ist fest davon überzeugt, dass er ermordet wurde.

Wie der gelähmte Dalí legte Warhol Wert darauf, den künstlerischen Eifer nicht zu übertreiben. Zu seinen letzten Werken gehören die *Oxidation Paintings*, die dadurch zustande kamen, dass der Meister und seine Gehilfen auf eine mit Kupferstaub präparierte Leinwand pinkelten. Warhols Arbeiten, schrieb der Kunstkritiker Robert Hughes, seien »nur ein Anhängsel zu seiner wichtigsten Schöpfung – seinem Ruhm«. Die Versteigerung seines Nachlasses schien diese ketzerische These zu bestätigen. Obwohl es sich überwiegend um belanglosen Krimskrams handelte, den Warhol auf seinen Streifzügen durch Flohmärkte zusammengekauft hatte, erbrachten die Reliquien 25 Millionen Dollar. Dass ihm die Fragwürdigkeit der modernen Kunst durchaus bewusst war, verrät eine Eintragung in seinem kiloschweren Tagebuch: »Wir hatten Frühstück bei Joseph Beuys, es war richtig nett. Er schenkte mir ein Kunstwerk – zwei Flaschen Sprudelwasser, die in meinem Koffer explodierten und alles, was ich bei mir hatte, beschädigten. Ich kann den Koffer nicht aufmachen, weil ich nicht weiß, ob es sich immer noch um ein Kunstwerk handelt oder bloß um kaputte Flaschen.«

Fluxus, Fett und Filz

Die gleiche Frage hatten sich die Putzfrauen gestellt, die in der Düsseldorfer Kunstakademie eine der Spezialitäten des zwangseremitierten Professors Joseph Beuys, eine »Fettecke«, entdeckten. Sie entschieden, dass es sich um Schmutz handelte, und beseitigten sie – was eine Schadenersatzklage des Künstlers zur Folge hatte. Beuys ist der Cagliostro, der Wunderdoktor und Goldmacher der modernen Kunst. Wer sich nicht dazu durchringen kann, ihn einen Scharlatan zu nennen, nennt ihn einen Schamanen. Sein kometenhafter Aufstieg begann in der *Fluxus*-Gruppe, die multimediale – theatralische, musikalische, choreografische – Aktionen veranstaltete, im Gegensatz zu den *Happenings* ohne Teilnahme des Publikums. Doch trennte er sich bald von der Gruppe und ging eigene Wege. Einige seiner bekanntesten *Installationen* entwarf er für das Mekka der Gegenwartskunst, die »documenta« in Kassel. Einmal war es eine »Honigpumpe am Arbeitsplatz«, ein andermal pflanzte er 7000 Eichen und erklärte dazu: »Das symbolische Zupflanzen der Erde soll in Kassel beginnen.« In New York stellte er sich drei Tage lang selbst aus – zusammen mit einem Kojoten, dem heiligen Tier der Indianer. Seine Aktionen verstand er nicht nur als Belege für den *erweiterten Kunstbegriff*, den er propagierte, sondern auch politisch – als *soziale Plastik*. Sein Ziel war, den rationalistischen Status quo, die *Kälteplastik*, aufzubrechen und die ganze Gesellschaft in eine *Wärmeplastik* zu verwandeln oder, wie es sein Mentor Rudolf Steiner ausdrückte, Geist und Natur zu versöhnen. Deutungen der Kunstkritik, die seine Besessenheit mit Kälte und Wärme, Fett und Filz auf den Abschuss seines Stukas im Russlandfeldzug zurückführten (Tataren pflegten den Schwerverwundeten angeblich gesund, indem sie ihn mit Fett salbten und in Filz wickelten), nährte und dementierte er zugleich.

Beuys trug keinen Schnurrbart und keine Perücke, wohl aber einen Stetson-Hut, den er auch bei Tisch aufbehielt – jedenfalls, solange Fremde dabei waren. Nach dem Grund befragt, sagte er: »Ich selbst bin in diesem Augenblick das Kunstwerk.« Bei anderer Gelegenheit verkündete er: »Meine Stellung zur Kunst ist gut. Meine Stellung zur Antikunst ebenfalls. Wir brauchen beide Methoden.« Marcel Duchamp, der hochbetagte Ahnherr des erweiterten Kunstbegriffs, hielt wenig von Beuys und den Fluxus-Leuten und nannte sie einfallslose Epigonen. Beuys rächte sich mit der Aktion »Das Schweigen von Marcel Duchamp wird überbewertet«, bei der er in einen Bretterwinkel Fett drückte.

Die hohe Kunst des art talk

Im Gegensatz zur zeitgenössischen Musik, die wir ohne weiteres ignorieren können, wird vom Connaisseur erwartet, dass er sich auf den gesellschaftlich relevanten Vernissagen blicken lässt. Welche das sind, hat er nach kurzer Zeit herausgefunden. Oft sind es die, bei denen der Champagner reichlich fließt und die Canapés auch einem verwöhnten Gaumen genügen. Auf die Kunstwerke kommt es am wenigsten an, eher schon auf den Künstler, aber am meisten auf die guten oder flüchtigen Bekannten, die man bei dieser Gelegenheit trifft und auf die Wange küsst. Wenn wir unsere Segel-, Jagd- und Golferlebnisse ausgetauscht haben, kann es vorkommen, dass sich das Gespräch der Gegenwartskunst zuwendet. Auf diesen Augenblick haben wir gewartet. Denn nun können wir beweisen, dass wir auch den *art talk* perfekt beherrschen. Natürlich fällt es uns nicht ein, vor den Kritzeleien eines Cy Twombly, den übereinander geschichteten Ziegelsteinen eines Carl Andre oder Hans Haackes mit Erde gefülltem Holztrog im Reichstag empört auszurufen: »Das kann meine vierjährige Clarissa auch!« Wir wissen, dass es längst nicht mehr auf das handwerkliche Können ankommt, sondern auf das künstlerische *Konzept*. Deshalb verkneifen wir uns jeden Hinweis auf den Psychologen Alfred Adler, der herausgefunden haben wollte, dass gerade Menschen mit schweren angeborenen Sehfehlern Maler und Zeichner werden. Selbst den bedeutenden Kunsthistoriker Hans Sedlmayr und seine elegische Klage über den »Verlust der Mitte« lassen wir unerwähnt. Auch wenn wir in unseren eigenen vier Wänden die Möbel des 18. Jahrhunderts und die Teppiche des 19. Jahrhunderts vorziehen, wollen wir auf keinen Fall in den Ruf geraten, der Kunst des 21. Jahrhunderts ohne Verständnis zu begegnen.

Wenn wir mit einem Kunstwerk absolut nichts anfangen können, sagen wir: *Offenbar hat der Künstler in Kauf genommen, den Preis der Nichtkommunizierbarkeit zu entrichten*. Oder: *Ich warte noch darauf, dass meine Bilderfahrung in Selbsterfahrung umschlägt*. Oder: *Ich bin noch dabei, die Starre des ersten Eindrucks sprachlich zu verflüssigen*. Natürlich ist es immer erlaubt, von der *Krise des Staffeleibildes* und vom *Ende des traditionellen Werkbegriffs* zu sprechen. Ein ganzes Arsenal des *art talk* finden wir in der »Trilogie des Wiedersehens« von Botho Strauß, in der es um die Vorbereitung einer Vernissage geht. Ein Satz wie dieser passt immer: *Oft sind uns ja jene Werke am liebsten, die nicht angestarrt werden wollen und uns erlauben, an etwas ganz anderes zu denken*. Nicht ungefährlich, aber reizvoll ist es, nach sexuellen Symbolen zu fahnden. Wenn man uns schief ansieht, verweisen wir darauf, dass selbst ein so radikaler Meister der Abstraktion wie Piet Mondrian mit seinen streng geometrischen Formen kosmische Bauchnabel und Brustwarzen darzustellen glaubte.

Sehr beliebt ist es, die *Moderne* (die man meist mit dem 20. Jahrhundert beginnen lässt) gegen die *Postmoderne* auszuspielen – ein schillernder Begriff, mit dem in der Architektur das Ende der Vorherrschaft des Bauhauses und die Rückkehr zu historischen Stilzitaten und in der Malerei die Rückkehr zur Gegenständlichkeit gemeint ist. Wer über dem Zeitgeist steht, wird diese Entwicklung beklagen und die Postmoderne als *kommerziell* und *gefällig* verurteilen, als *Ästhetisierung der Krise* und *Rückfall in eine vormoderne Haltung, die die Dinge der Außenwelt abbildet, von denen uns die abstrakte Kunst schon befreit hatte*. Die letzte »documenta« hat auf die postmoderne Verirrung die richtige Antwort gegeben: In ihrem Katalog gibt sie dem »autistischen Kunstwerk« und der »immanenten Selbstreferentialität der Kunst« den Laufpass und plädiert stattdessen für eine »kritisch-analytische Grundlagenforschung für die Gesellschaft« und die »Verortung im aktuellen Kontext«. Dieses Programm ist uns aus dem Herzen gesprochen.

Naturwissenschaften, nein danke

Wie man seine Vorurteile gegen Physiker, Biologen und Meteorologen verteidigt

Gehören die Naturwissenschaften zum Bildungskanon? Selbstverständlich, sagen die Naturwissenschaftler. Aber mit dieser Ansicht stehen sie ziemlich allein da. In den maßgebenden Kreisen gilt als ungebildet, wer Klopstock für eine Schlagwaffe hält, aber nicht, wer fröhlich gesteht, vom Zweiten Hauptsatz der Thermodynamik keine Ahnung zu haben. Sich zu seinem Horror vor der Mathematik zu bekennen, ist geradezu todschick – meist unter Berufung auf Nietzsche oder eine andere Geistesgröße, die im Abitur, anstatt sich mit Logarithmen und gleichschenkligen Dreiecken zu quälen, angeekelt ein leeres Blatt abgab. Einem Physiker oder Chemiker, der auf den abwegigen Gedanken käme, Laien mit seinem Fach zu behelligen, würde man ebenso fassungslos zuhören wie einem Autoschlosser, der sich zwischen Hauptgang und Nachspeise über die Vorzüge von Fallstrom- und Steigstrom-Vergasern verbreitet.

Andererseits bestreitet niemand, dass die Entdeckungen der Physiker und Chemiker, der Mathematiker und Biologen die Welt, in der wir leben, entscheidend geprägt haben. Wir wissen, dass der Zweite Weltkrieg – und vermutlich auch der Kalte Krieg – ohne die Atombombe einen anderen Verlauf genommen hätte. Aber was es mit dem Atom auf sich hat, ist der Gesellschaft, die wir mit unseren Kenntnissen beeindrucken wollen, vollkommen gleichgültig. Wie ist dieser Widerspruch zu erklären?

Einstein und die Frauen

Dafür gibt es zwei gute Gründe. Zum einen fehlt es den Naturwissenschaften an der unverwechselbaren, persönlichen Aura der musischen Disziplinen. Ohne Beethoven wäre die »Eroica«, ohne Tolstoi »Anna Karenina« nie geschrieben worden. Aber wenn James Watson und Francis Crick die Struktur des Erbmaterials, die berühmte Doppelhelix, nicht entdeckt hätten, dann hätte es eben ein anderer getan. Die Zeitgenossen Gregor Mendels, der in seinem Brünner Klostergarten den Gesetzen der Vererbung als erster auf die Spur kam, ignorierten den sensationellen Fund. Im Nachlass Darwins fand sich zwar Mendels Schrift, doch hatte es der große Evolutionstheoretiker nicht für nötig befunden, sie aufzuschneiden. Erst Jahrzehnte später entdeckten drei Forscher unabhängig voneinander Mendels Gesetze wieder.

Der zweite Grund für die stiefmütterliche Behandlung der Naturwissenschaftler ist ihr undurchdringlicher Jargon. Statt gewöhnlicher Wörter benutzen sie mit Vorliebe Zahlen, Kurven, Buchstaben und andere Symbole. Dass in dieser Taubstummensprache keine vernünftige Konversation zustande kommt, liegt auf der Hand. Selbst wenn sie Wörter verwenden, legen sie nur selten Wert darauf, sich einem breiteren Publikum verständlich zu machen. Als der in Princeton lehrende Brite Andrew Wiles 1998 das kniffligste Problem der Mathematik, die so genannte Fermatsche Vermutung, nach mehr als dreihundert Jahren löste, tat er dies in einer kryptischen Abhandlung, die, wie man uns glaubhaft versichert, nur von zwei Dutzend Eingeweihten begriffen wurde.* Auch die von der Relativitätstheorie be-

* Der französische Mathematiker Pierre de Fermat hatte 1621 am Rand eines Mathematik-Buches die Vermutung notiert, dass die Gleichung $x^n + y^n = z^n$ nur dann gilt, wenn n=2 ist. Demjenigen, der die Vermutung bewies, hinter-

hauptete Krümmung des – zugleich endlichen und unbegrenzten – Weltraums, dem sich als vierte Dimension die Zeit zugesellt, übersteigt unser Vorstellungsvermögen. Als Gesprächsstoff ist sie daher ungeeignet. Sollte jemand ihren Vater, Albert Einstein, dennoch aufs Tapet bringen, halten wir uns an Anekdoten aus seinem Leben, etwa sein Plädoyer für den Bau der Atombombe, sein dürftiges Geigenspiel oder seine schäbige Behandlung der Frauen.

Mit Quantensprüngen zur Chaostheorie

Damit ist keineswegs gesagt, dass die Naturwissenschaften in anständiger Gesellschaft tabu wären. Im Gegenteil: Ihre Schlagworte lassen sich mit großem Gewinn auf andere Gebiete übertragen. Vor allem die französischen Intellektuellen haben es in dieser Kunst zu beträchtlicher Virtuosität gebracht. Der Psychoanalytiker Jacques Lacan fasste die Sexualität in mathematische Formeln, seine Kollegin Luce Irigaray erfand eine feministische Hydraulik, und der Philosoph Jean Baudrillard konstatierte während des zweiten Golfkriegs, der Kriegsschauplatz sei »definitiv nicht-euklidisch« geworden. Die Physiker Alan Sokal und Jean Bricmont wehrten sich gegen diese Anleihen und beschuldigten die »intellektuellen Hochstapler«, die von ihnen missbrauchten Begriffe entweder nicht verstanden oder bewusst verdreht zu haben.

Von dieser Polemik lassen wir uns nicht abschrecken. Ein besonders ergiebiger Steinbruch ist zum Beispiel die von Max

ließ der schwerreiche Industrielle Paul Wolfskehl 1907 den Großteil seines Vermögens – ein Vermächtnis, das Wiles neun Jahrzehnte später antrat.

Planck, Niels Bohr und Werner Heisenberg entwickelte Quantentheorie, die sich mit der so genannten Mikrophysik – Molekülen, Atomen und den noch kleineren Elementarteilchen – beschäftigt. Wer sie wirklich verstehen will, kommt um ein mehrsemestriges Studium nicht herum. Aber muss, wer sich eine Nelke ins Knopfloch steckt, vorher ihre Wurzeln ausgraben? Eben, und deshalb zögern wir nicht, dramatische Steigerungen – etwa bei Grundstückspreisen, bei der Geburtenrate oder beim Verkauf von Staubsaugern – als *Quantensprünge* zu bezeichnen. Zwar meint der Physiker damit das genaue Gegenteil, nämlich banale, extrem winzige Vorgänge, die sich innerhalb einer Sekunde millionenfach wiederholen. Aber glücklicherweise ist das nur Spezialisten bekannt.

Ebenso vielseitig verwendbar ist der von Bohr eingeführte Begriff der *Komplementarität*. Bohr umschrieb damit den überraschenden Befund, dass in der Mikrophysik andere Gesetze gelten als in der uns aus dem Alltag bekannten Makrophysik. So haben Objekte der Mikrophysik *komplementäre* Eigenschaften, die sich in der Makrophysik gegenseitig ausschließen. Elektronen, zum Beispiel, sind zugleich materielle Teilchen und immaterielle Wellen. Was das eigentlich bedeutet, braucht uns nicht zu kümmern. Wir verwenden den Begriff ja nur im übertragenen Sinn. Wir sprechen von der Komplementarität der Natur als Biotop und Rohstoffquelle, der Kirche als Kultstätte und Kunstwerk, der Universität als Lehranstalt und Parkplatz für Arbeitslose. Dazu zitieren wir den russischen Dichter Dostojewski: »Anders philosophiert der Kutscher über die Peitsche, anders das Pferd.«

Eng damit verwandt ist die von Bohrs Schüler Werner Heisenberg formulierte *Unschärferelation*. Sie besagt, dass die in der Mikrophysik beobachteten Größen *(Observablen)* nicht mit beliebiger Genauigkeit messbar sind. Von Elektronen kann entweder der Ort oder die Geschwindigkeit genau bestimmt werden, aber nicht beide zugleich. Auch dieses Prinzip lässt sich zwanglos auf andere Gebiete übertragen, etwa die Geheimdienste oder die Regenbogenpresse: Ihre Enthüllungen sind entweder zutreffend oder spektakulär, selten beides zugleich. Wenn unsere verblüfften Zuhörer diese Parallele verdaut haben, servieren wir ihnen als Zugabe noch ein Mysterium – Heisenbergs geheimnisvollen Besuch bei Bohr im besetzten Kopenhagen, der mit einer schweren Verstimmung endete. Worum ging es bei diesem Besuch? Wollte Heisenberg seinen Lehrer über die Fortschritte der amerikanischen Atombombe aushorchen? Wollte er ihn um Rat fragen, ob sich der Bau einer deutschen Atombombe moralisch rechtfertigen lasse? Wollte er ihn gar als Mitarbeiter gewinnen? Der englische Dramatiker Michael Frayn hat in seinem Theaterstück »Kopenhagen« mehrere Varianten durchgespielt. Eine eindeutige Antwort kann auch er nicht geben. Die Unschärfe bleibt.

Begriffe, mit denen sich die Naturwissenschaftler zu den Grenzen ihres Fachs bekennen, sind uns besonders sympathisch. Wer gibt schon gern zu, wie schwer es ihm fällt, sich in der Welt zurechtzufinden? Viel eleganter ist es, sich als Anhänger der *Chaostheorie* zu outen. Sie besagt, dass die Welt zwar im Prinzip determiniert ist, aber wegen der Vielzahl der zu berücksichtigenden Faktoren nicht vorhersehbar. Kleine Ursachen können große Wirkungen nach sich ziehen – ein Mord im fernen Balkan einen Weltkrieg, der Flügelschlag eines Schmetterlings einen Orkan. Fachleute sprechen deshalb vom *butterfly effect*. Wie unberechenbar selbst die allernächste Zukunft ist, zeigen uns täglich die Börse und die Wettervorhersage. Bismarck verbot daher dem Meteorologischen Institut in Berlin, seine Vorhersagen zu veröffentlichen: Es sei nicht angängig, schrieb er in seinem Erlass, dass sich eine Reichsbehörde ständig irre. Wir Halbgebildeten sprechen natürlich nicht vom Wetter, sondern von *dissipativen Strukturen*, und den Nebenmann oder die Nebenfrau am Strand, die unseren Blutdruck in angenehme Wallung versetzen, nennen wir *chaotische Attraktoren*.

Der Thermodynamik entstammt auch die vielseitig verwendbare *Entropie*. Im engeren Sinne ist sie das Maß für die Unumkehrbarkeit physikalischer Prozesse, im weiteren für die Unordnung in der Physik, mit der der Physiker nie ganz fertig wird. »Die Entropie ist mir einfach zu groß«, sagen wir, wenn wir vor einer Entscheidung zurückschrecken, weil uns der Durchblick fehlt. Steht wenigstens die Mathematik auf festen Füßen? Der *Unvollständigkeitssatz* des österreichischen Logikers Kurt Gödel hat auch diese Illusion zerstört. Er wies nach, dass ein mathematisches System, das in sich widerspruchsfrei ist, seine Grundlagen nicht vollständig beweisen kann. Douglas Hofstadters Bestseller »Gödel, Escher, Bach« machte aus dem hochneurotischen »Einsiedler von Princeton«, der schließlich an Unterernährung starb, eine Kultfigur. Die Berufung auf Gödel ist ein probates Mittel, unserem Gegner das Wort abzuschneiden, wenn er uns in die Verlegenheit bringt, unsere Meinungen zu begründen.

Schon vor Einsteins Relativitätstheorie hatte der französische Mathematiker Henri Poincaré, ein Vetter des Politikers Raymond Poincaré, den schwankenden Boden der Naturwissenschaften auf den Punkt gebracht: *Tout est relatif, voilà le seul principe absolu.* (Alles ist relativ, das ist das einzige, was absolut feststeht.) Viele der großen Naturforscher waren bescheiden genug, ihre Wissenschaft nicht zu überschätzen. In Isaac Newtons Nachlass fanden sich Zehntausende von beschriebenen Blättern, aus denen hervorgeht, dass die Physik für ihn nur eine Nebenbeschäftigung war; seine lebenslange Leidenschaft galt der Entschlüsselung der biblischen Prophezeiungen. Auch Carl von Linné, der schwedische Botaniker, der die Pflanzen klassifizierte und die »Arten« erfand, sammelte mit der gleichen wissenschaftlichen Akribie Belege für das Wirken Gottes auf der Erde.

Diese Bescheidenheit steht den Gelehrten gut an. Unerträglich werden sie dagegen, wenn sie sich erdreisten, in den Wein der öffentlichen Meinung das Wasser der Wissenschaft zu gießen. Kernenergie, Gentechnik, Treibhauseffekt, Wald- und Artensterben – diese Fragen sind zu wichtig, als dass man sie mit dem leidenschaftslosen Auge der Objektivität betrachten könnte. Wo die Moral gesprochen hat, haben die Experten zu schweigen. Die nachfolgenden Handreichungen sollen uns für den Fall wappnen, dass es ein Unvorsichtiger wagen sollte, unsere sorgfältig gepflegten Vorurteile in Zweifel zu ziehen. Damit wird er bei uns auf Granit beißen.

Moral contra Wissenschaft

Nehmen wir zum Beispiel den Beschluss der rot-grünen Bundesregierung, die deutschen Kernkraftwerke in den nächsten Jahrzehnten abzuschalten. Für die große Mehrheit des deutschen Volkes – uns selbstverständlich eingeschlossen – ist er ein Markstein weitschauender, verantwortlicher Politik. Denn die Kernkraft ist eine ökologische Zeitbombe, die nicht früh genug entschärft werden kann. Dies belegen die sich häufenden Leukämie-Fälle im Umkreis von Kernkraftwerken, die gesundheitsschädlichen Nebeneffekte der Atommüll-Transporte, vor allem aber der GAU von Tschernobyl, bei dem 125 000 Menschen ums Leben kamen.

Unser rechter Tischnachbar, der Atomphysiker, will von alledem nichts gelten lassen. Ein Zusammenhang zwischen Kernkraftwerken und erhöhtem Krebsrisiko in der Umgebung, sagt er, sei in mehreren Studien geprüft worden – stets mit negativem

Ergebnis. Nach den Messungen des Bundesamts für Strahlenschutz entspreche die Dosis, die das Begleitpersonal der Atommüll- oder Castor-Transporte abbekomme, etwa der kosmischen Strahlung bei einem Hin- und Rückflug nach New York. Bei der Reaktorkatastrophe von Tschernobyl, räumt er ein, habe es tatsächlich Tote gegeben, aber nicht 125 000, sondern höchstens 50, hauptsächlich unter den völlig unzureichend ausgerüsteten Rettungsmannschaften. Außerdem sei bei 1800 Kindern Schilddrüsenkrebs diagnostiziert worden, eine seltene, aber heilbare Krankheit. Die immer wieder genannte Zahl 125 000 stamme vom ukrainischen Gesundheitsminister, der damit sämtliche zwischen 1986 und 1996 in der Ukraine gestorbenen Menschen gemeint habe – eine im statistischen Vergleich keineswegs auffällige Menge. Die wahre Katastrophe von Tschernobyl sei die überstürzte Umsiedlung ganzer Gemeinden gewesen, was zur Auflösung von Familien, Arbeitslosigkeit und anderen sozialen Verwerfungen geführt habe.

Da Zahlen unter unserer Würde sind, wenden wir uns an unseren Nachbarn zur Linken, den Meteorologen, und fragen ihn, ob er Sonne und Wind nicht der Kernkraft vorziehe. Er habe nichts gegen die erneuerbaren Energien, versichert er. Andererseits könne er nicht daran vorbeisehen, dass Kernkraftwerke vom Wetter unabhängig seien, ungleich leistungsstärker und unauffälliger als ein Wald von Windmühlen. Derzeit liege der Anteil der erneuerbaren Energien an der deutschen Stromversorgung bei drei Prozent. Mit massiven staatlichen Subventionen könne er in absehbarer Zukunft vielleicht verdoppelt werden. Dann blieben aber immer noch 94 Prozent, die, wenn man auf die Kernkraft verzichte, aus fossilen Quellen – Kohle, Erdöl oder Erdgas – erzeugt werden müssten. Seien die fossilen Brennstoffe aber nicht, setzt er mit treuherziger Miene hinzu, die Hauptschuldigen an der Luftverschmutzung, dem Treibhauseffekt und der zunehmenden Erwärmung der Erde mit ihren verheerenden Nebenwirkungen wie dem Abschmelzen der Gletscher und dem Verschwinden ganzer Landstriche unter dem Meeresspiegel?

Selbstverständlich bejahen wir seine Frage, worauf er in fröhliches Lachen ausbricht, als hätte er uns gerade einen Aprilscherz erzählt. Die Verschmutzung der Luft durch die klassischen Schadstoffe Kohlenmonoxid (CO) und Schwefeldioxid (SO_2), sagt er, habe sich in den letzten Jahrzehnten mehr als halbiert. Wir hätten zwar heute den Smogalarm, aber den Smog von früher, den wir aus alten englischen Kriminalfilmen kennen und an dem jedes Jahr Tausende von Londonern starben, gebe es längst nicht mehr. Mit dem Treibhauseffekt hätten diese Schadstoffe ohnehin nichts zu tun. An ihm seien hauptsächlich Wasserdampf (H_2O) und Kohlendioxid (CO_2) beteiligt. Der Treibhauseffekt sei auch per se nichts Schädliches, sondern im Gegenteil lebensnotwendig: Ohne die atmosphärische Hülle, die die Erde wie die Scheiben eines Gewächshauses umgebe, hätten wir eine Durchschnittstemperatur von minus 18 Grad. Der menschliche Energieverbrauch trage zu dieser Hülle nur wenig bei – genauer gesagt: drei Prozent. Die übrigen 97 Prozent seien die Folge natürlicher Emissionen von Ozeanen, Böden und Pflanzen. Ob der in den letzten Jahrzehnten beobachtete Anstieg des Kohlendioxids in der Atmosphäre auf das Konto des Minderheitsaktionärs gehe, sei keineswegs ausgemacht und schon gar nicht, ob es dem Menschen gelinge, dem kosmischen Großunternehmen mit Kyoto-Protokollen und anderen Beschwörungsformeln seinen Willen aufzuzwingen.

Und das Ozonloch, werfen wir ein, und die zunehmenden Fälle von Hautkrebs? Die werde er doch hoffentlich nicht abstreiten. Nein, unser Meteorologe leugnet nicht, dass der Ozon in etwa 15 Kilometer Höhe eine Schutzschicht bildet, die das

Leben auf der Erde vor schädlichen ultravioletten Strahlen (UVB) abschirmt. Er räumt auch gerne ein, dass 1986 erstmals nicht gerade ein Loch, aber doch eine auffällige Verdünnung der Ozonschicht über der Antarktis beobachtet wurde. Ob man diese Verdünnung für Krebsfälle in Europa verantwortlich machen könne, sei allerdings höchst fraglich. Als Hauptschuldigen vermute er den Leichtsinn, mit dem eine sprunghaft wachsende Zahl von Touristen ihre bleichen Körper ungeschützt in der Tropensonne braten ließen. In Äquatornähe sei die UVB-Strahlung 20 Prozent höher als in unseren Breiten, aber die Anfälligkeit der Einheimischen für Hautkrebs deutlich geringer als die der Europäer. Im Übrigen sei man auf dem besten Wege, den Ozonabbau zu stoppen. Das 1987 unterzeichnete Montrealer Protokoll, das den Ausstieg aus der Herstellung von Fluorchlorkohlenwasserstoffen (FCKW), wie sie sich zum Beispiel in Spraydosen und Kühlmitteln finden, bis spätestens 2010 vorsieht, zeige bereits Wirkung. Nach den neuesten Berechnungen werde sich das »Ozonloch« in den nächsten 15 Jahren nicht mehr vergrößern und bis 2040 ganz verschwinden.

Völlig ungeklärt, fährt unser Meteorologe gutgelaunt fort, während wir unsere Empörung nur mühsam beherrschen, sei der Zusammenhang zwischen Treibhauseffekt und Erwärmung der Erde. Dass es auf der Erde wärmer werde, sei noch nicht sehr lange herrschende Meinung. Bis Ende der siebziger Jahre habe die Mehrheit seiner Kollegen, gestützt auf die Temperaturen seit 1940, eine neue Eiszeit befürchtet. 1977, nach einem besonders strengen Winter, hielt der amerikanische Kongress sogar Hearings zur drohenden Erkaltung der Erde ab. Schwankungen der Durchschnittstemperatur seien im Übrigen nichts Neues. Vor der »kleinen Eiszeit« (1250–1850), als die Wikinger Grönland – sprich: Grünland – besiedelten und das Polarmeer durchquerten, müsse es wärmer gewesen sein. Auch die Mumie des »Ötzi« beweise, dass die Ötztaler Alpen nicht immer vereist waren.

Ob wir also die Hände in den Schoß legen und die kommende Klimakatastrophe tatenlos auf uns zukommen lassen sollten, fragen wir den arroganten Kerl mit der gebührenden Schärfe und verweisen ihn auf das Intergovernmental Panel on Climate Change (IPCC) der Vereinten Nationen, das die Erwärmung der Erde um acht Grad und den Anstieg des Meeresspiegels um fünf bis acht Meter voraussagt. Auch damit können wir ihn nicht beeindrucken. Das IPCC sei ein stark politisiertes Gremium, das aus pädagogischen – um nicht zu sagen: ideologischen – Gründen zur Übertreibung neige. Inzwischen habe es seine hochdramatischen Voraussagen selbst nach unten korrigiert, nämlich auf zwei Grad und einen halben Meter – wohlgemerkt innerhalb der nächsten hundert Jahre. Die Prognosen des IPCC seien nicht zuverlässiger als die des Club of Rome, der für das Jahr 2000 das Ende der Erdölreserven prophezeite. Aber natürlich bleibe es uns unbenommen, an das *worst-case scenario* zu glauben. Die logische Konsequenz wäre dann allerdings der sofortige Verzicht auf fossile Brennstoffe und die Umstellung der Energieversorgung auf die saubere Kernkraft.

Das Gespräch mit einem Biologen über Fragen der Bioethik erweist sich als ebenso unerquicklich. Als wir unseren Abscheu vor dem genmanipulierten »Frankenstein-Fraß« bekunden, belehrt er uns, schon die Griechen und Römer hätten ihre Nahrungsmittel manipuliert. Brot und Käse, Bier und Wein seien keineswegs Natur-, sondern hochgezüchtete Kunstprodukte. Auch Blumen-, Rot- und Rosenkohl kämen in der Natur nicht vor. Zwischen diesen guten alten Bekannten und neueren Errungenschaften wie haltbaren Sauerkirschen, kernlosen Trauben oder Himbeeren, die im Herbst reifen, gebe es keinen grundsätzlichen Unterschied. Eine Gesundheitsschädigung durch gentechnisch bearbeitete Nahrungsmittel sei in keinem einzigen Fall nachgewiesen worden, wohl dagegen größere Widerstandsfähigkeit der Produkte gegen Fäulniserreger, Würmer und Insekten. Auch der Geschmack könne gentechnisch verbessert werden – was nur Leute störe, die der Meinung seien, was gut schmecke, sei ungesund. Hinter dem Widerstand gegen die Gentechnik stecke der gleiche irrationale Affekt, der im letzten Drittel des 19. Jahrhunderts, als die Industrialisierung Deutschlands ihren Höhepunkt erreichte, desorientierte Menschen scharenweise in die Waschküche des Pfarrers Kneipp, in Nudistenlager und vegetarische Landkommunen trieb. Damals seien die Feindbilder einer naturbelassenen Lebensweise die Großstädte, die Juden und die Sozialdemokraten gewesen. Heute seien es die Globalisierung, die Kernkraft und die Gentechnik.

Als der Biologe daran erinnert, unter den führenden Nazis seien auffallend viele Vegetarier gewesen, schlagen wir mit der Faust auf den Tisch. Wenn man schon die Nazis ins Spiel bringe, weisen wir ihn zurecht, dann doch wohl eher als Ahnherren der Experimente mit embryonalen Stammzellen, des therapeutischen Klonens und anderer Menschenversuche. Er wehrt müde ab. Ob ein Embryo schon als Mensch anzusehen sei, darüber könne man lange streiten. Wie die Legalisierung der Abtreibung zeige, habe sich in den aufgeklärten Ländern die Ansicht durchgesetzt, dass dies nicht der Fall sei. Ethikkommissionen seien schön und gut, aber ob sich für einen bestimmten Versuch embryonale oder adulte Stammzellen am besten eignen oder nicht doch die bewährten Kaninchen, Hamster und Mäuse, sei keine moralische, sondern eine wissenschaftliche Frage, und obendrein eine, die oft erst nachträglich beantwortet werden könne. Noch weniger mit der Realität zu tun habe der Streit über das therapeutische Klonen: Die Gefahr von Fehlentwicklungen, wie die Arthritis und der frühe Tod des Klonschafs »Dolly« gezeigt habe, sei so groß, dass es vermutlich nie praktikabel werde. Überhaupt greife die Unruhe über denkbare Entgleisungen der Humangenetik unseren Möglichkeiten weit vor: Nur ein winziger Bruchteil der etwa 100 000 menschlichen Gene sei uns in seiner Funktion einigermaßen bekannt. Der schrille Ruf nach dem Gesetzgeber komme ihm daher vor wie der Ruf nach einer Straßenverkehrsordnung für den Mond.

Nadel- und Haarausfall

Bei einem Umtrunk in unserer örtlichen Universität treffen wir zwei sympathische Damen, eine Zoologin und eine Forstwissenschaftlerin. Als wir ihnen unser Beileid zum Wald- und Artensterben aussprechen, erweisen sie sich leider als ebenso zynisch wie ihre männlichen Kollegen. Ob wir denn überhaupt wüssten, wie viele Arten es gebe? Die Zahl, verrät die Zoologin, sei auch unter den Experten umstritten. Bekannt seien etwa anderthalb Millionen Tier- und Pflanzenarten. Die Schätzungen der tatsächlichen Zahl gingen bis hundert Millionen, davon dreißig Millionen Insekten. Dementsprechend groß seien auch die Unterschiede zwischen den Schätzungen der ausgestorbenen und bedrohten Arten. Im Lauf der Erdgeschichte seien die meisten Arten verschwunden und neue aufgetaucht – dies gehöre nun einmal zur Evolution. Nicht jeder Tierart müsse man nachweinen. Oder breche es uns etwa das Herz, dass die Hausratte *(rattus rattus)* – im Gegensatz zur allgegenwärtigen Wanderratte *(rattus norvegicus)* – in Deutschland nahezu ausgerottet sei? Wir verbitten uns diese platten Unterstellungen und verweisen auf Seehunde, Raubkatzen, Elefanten und Zwergwale. Die Dame versichert, keine dieser Arten sei vom Aussterben bedroht. In Afrika nehme die Zahl der Elefanten sogar wieder zu. In den

Zoos werde die Vermehrung von Löwen und Tigern längst mit empfängnisverhütenden Mitteln begrenzt. Selbstverständlich sei auch sie für eine sinnvolle Abwägung von Artenschutz und Jagdgewohnheiten. Apokalyptische Schlagzeilen (»Der letzte Elefant ist schon geboren!«) und sentimentale Spendenkampagnen mit großäugigen, flauschigen Tieren seien dabei jedoch keine Hilfe. Sentimentalität sei überhaupt ein schlechter Ratgeber: Die selbsternannten Tierschützer, die nach Havarien das ölverschmierte Gefieder von Seevögeln schrubbten, verlängerten nur deren Todesqualen.

Die Forstwissenschaftlerin stößt in das gleiche Horn. Von einem »ökologischen Hiroshima«, das eine hysterische Presse an die Wand male, könne keine Rede sein. Der deutsche Wald sterbe nicht, er wachse schneller als je zuvor, und es gehe ihm gut. Zwar hießen die jährlichen »Waldschadensberichte« neuerdings »Waldzustandsberichte«, aber die alte Schwarzmalerei betrieben sie weiter. Warum? Weil eine mächtige Öko-Lobby und die 700 000 »Waldbauern«, wie sich die Privateigentümer bescheiden nennen, um ihre Subventionen bangen müssten, wenn die erfreuliche Wahrheit ans Licht käme. 1986 habe das Umweltbundesamt bis 1995 einen Rückgang des deutschen Waldes um dreißig Prozent vorausgesagt. Als das Europäische Forstinstitut 1995 nachmaß, stellte sich heraus, dass der deutsche Wald um eben diesen Prozentsatz gewachsen war. Natürlich gebe es regionale Waldschäden – in der Nähe von Kohlekraftwerken, nach Orkanen oder durch Wildverbiss. Aber das sei nichts Neues und kein Anlass zur Panik. Die Entlaubung von Kronen und die Vergilbung von Blättern und Nadeln, die beiden Hauptkriterien der Waldzustandsberichte, könnten genauso gut mit dem Wetter zu tun haben. Selbst wenn wir den Befund des letzten Berichts, 22 Prozent der Bäume in Deutschland seien sichtbar geschädigt, zum Nennwert nähmen, spiegele dies nur den Normalzustand in der organischen Welt wieder. Ein »Menschenzustandsbericht« oder ein Vergleich zwischen Nadel- und Haarausfall ergäbe weit beunruhigendere Resultate.

Kein Wunder, dass in der Literatur und im Film Naturwissenschaftler immer wieder als Wahnsinnige oder Verbrecher porträtiert werden, als Dr. Frankenstein, Dr. Mabuse und Dr. Strangelove. Unseren gefühlskalten Gesprächspartnern schleudern wir Rousseaus Warnung entgegen: »Lasst euch endlich gesagt sein, ihr Völker, dass euch die Natur vor der Wissenschaft bewahren wollte, wie eine Mutter eine gefährliche Waffe aus den Händen ihres Kindes reißt.« Und damit behalten wir das letzte Wort.

Adel verpflichtet

Im Gotha muss sich auch auskennen, wer nicht drinsteht

»Nur fünf Königshäuser«, prophezeite der ägyptische König Faruk, nachdem ihn eine Offiziersverschwörung 1952 vom Thron gestoßen hatte, »werden das kommende Jahrhundert erleben – Karo, Herz, Pik, Kreuz und das Haus Windsor.« Wie sich zeigte, war Faruk ein schlechter Prophet. Die Zahl der europäischen Monarchen – sieben Könige, ein Großherzog und zwei Fürsten – ist die gleiche geblieben. Zwar ist Griechenland seit 1973 eine Republik, aber dafür haben die Spanier seit 1975 wieder einen gekrönten Landesvater. Natürlich hat Juan Carlos nicht mehr so viel zu sagen wie seine Vorgänger. Auch die Zeiten, in denen ein preußischer König den Landtag in die Ferien schickte, um seinen Staatsgast, den Zaren Nikolaus I., nicht zu verärgern, sind seit langem vorbei. Nikolaus war so autoritär, dass sein Leibarzt nicht einmal wagte, von der »Konstitution« seines Patienten zu sprechen. Doch trotz ihres Machtverlustes sind die gekrönten Häupter populärer denn je. Auch ihre familiären Krisen, an denen es in den letzten Jahrzehnten weißgott nicht gefehlt hat, taten ihrer Beliebtheit keinen Abbruch. Im Gegenteil: Mit nimmermüder Neugier verfolgt die Presse ihr Privatleben bis in die intimsten Winkel. Diese Neugier kostete die Prinzessin von Wales schließlich das Leben. So weit wollen wir es gewiss nicht treiben. Der Mann und die Frau von Welt sind keine Paparazzi. Doch wird von ihnen erwartet, dass sie über die dynastischen Verbindungen und die Liebesaffären der Könige und Thronfolger im Bilde sind. Sie müssen wissen, dass der Name »Windsor«, den das britische Königshaus 1917 annahm, eine Konzession an die antideutsche Hysterie während des Ersten Weltkriegs war. In Wahrheit sitzen in London die Welfen auf dem Thron, in Kopenhagen und Oslo die Holsteiner, in Stockholm die Bernadotte, in Den Haag das Haus Nassau-Oranien, in Brüssel das Haus Sachsen-Coburg-Gotha und in Madrid die Bourbonen.

Dynastische Verbindungen

Mit den dynastischen Verbindungen ist es allerdings nicht mehr weit her. Die von den Habsburgern mit eiserner Disziplin verfolgte Politik, durch kluge Eheschließungen das Staatsgebiet systematisch zu vergrößern, hat ausgedient. Versunken ist auch die Epoche, in der sich ein Kronprinz aus Verzweiflung über die Aussichtslosigkeit, seine große Liebe zu heiraten, das Leben nahm – wie es Rudolf, der einzige Sohn des Kaisers Franz Joseph, tat. Heute wollen Prinzen und Prinzessinnen ebenso glücklich sein wie die *roture*. Auch Scheidungen, früher undenkbar, sind keine Seltenheit mehr.

Unter den sieben Königen und Königinnen sind nur Elisabeth und Juan Carlos wirklich standesgemäß verheiratet – mit Philip und Sofia, Abkömmlingen des ehemaligen griechischen Herrscherhauses, das gleichfalls zur Großfamilie der Holsteiner gehört. Die Ehe Alberts II. von Belgien mit der italienischen Fürstentochter Paola Ruffo di Calabria mag, wenn man ein Auge zudrückt, zur Not hingehen. Dagegen heirateten die dänische und die niederländische Königin deutlich unter ihrem Stand – Margrethe II. den französischen Grafen Henri de Laborde de

Montpezat, Beatrix Claus von Amsberg, einen deutschen Diplomaten aus gewöhnlichem Etagenadel.* Noch weiter abgesunken sind Carl XVI. Gustaf von Schweden und Harald V. von Norwegen: Beide fanden nichts dabei, Bürgerliche zu ihrer Königin zu machen – Carl Gustaf die deutsch-brasilianische Dolmetscherin Silvia Sommerlath, die er bei den Olympischen Spielen in München kennen gelernt hatte, Harald die Kaufmannstochter Sonja Haraldsen. Dass Harald neun Jahre lang auf die Einwilligung seines Vaters warten musste, ist für die Freunde der Tradition nur ein schwacher Trost.

Unter den Thronfolgern sind die Sitten weiter verwildert. Nur ein Machtwort seiner Mutter hinderte den niederländischen Kronprinzen Willem Alexander daran, die Zahnarzttochter Emily Bremers zum Altar zu führen. Auch die Frau, die er schließlich heiraten durfte, die Argentinierin Máxima Zorreguieta, ist schwerlich erste Wahl: Sie ist nicht nur bürgerlich, sondern obendrein katholisch. Außerdem war ihr Vater Minister unter der Militärdiktatur. Das niederländische Parlament stimmte der Ehe daher nur unter der Bedingung zu, dass das schwarze Schaf der Trauungszeremonie fernblieb. Auch der dänische Kronprinz Frederik wurde von seiner Mutter genötigt, der von ihm erwählten Pop-Sängerin Maria Montell den Laufpass zu geben. Er ist immer noch ledig – ebenso wie Felipe, sein spanisches Gegenstück, und Victoria, die schwedische Thronerbin, die sich von ihrem ständigen Begleiter, dem Millionärssohn Daniel Collert, nach acht Jahren getrennt hat. Auch Felipe, der sich verdächtig oft mit der Norwegerin Eva Sannum zeigte, hat inzwischen ein-

* Immerhin durfte der im letzten Herbst dahingegangene Amsberg, da seine Familie wirklich adlig ist, sein von zu v. verkürzen. Der so genannte Gemüseadel darf das nicht.

gesehen, dass ein ehemaliges Unterwäsche-Model im Palacio Real nichts zu suchen hat. Charles würde lieber heute als morgen seine Geliebte Camilla Parker Bowles zur Prinzessin von Wales erheben, beißt jedoch bei seiner Mutter und der Church of England auf Granit. Noch ist in London nicht vergessen, dass 1936 ein König abdanken musste, weil er darauf bestand, eine geschiedene Frau zu heiraten. In Norwegen hat man solche Bedenken nicht: Mette-Marit Tjessem Hoiby, die Gemahlin von Kronprinz Haakon, blickt nicht nur auf eine überaus bewegte Vergangenheit zurück; sie brachte auch einen vierjährigen Sohn mit in die Ehe. Der einzige unter den Thronfolgern, dem noch ein Rest von Standesbewusstsein geblieben scheint, ist der belgische Kronprinz Philippe: Seine Frau Mathilde d'Udekem d'Acoz ist zumindest adlig.

Noch pittoresker als die vorehelichen Erfahrungen von Mette-Marit ist der Lebenswandel der monegassischen Fürstenfamilie. Monaco hat nur 30 000 Einwohner (davon 25 000 Ausländer) und ist gerade halb so groß wie der New Yorker Central Park. Doch die Aufmerksamkeit, die die Illustrierten dem Zwergstaat schenken, übersteigt bei weitem ihr Interesse an Asien. Den Grund dazu legte, wie es sich gehört, der Landesherr in höchsteigener Person. Die Traumhochzeit Rainiers III. mit Grace Kelly, die er bei den Dreharbeiten für Hitchcocks »Über den Dächern von Nizza« kennen gelernt hatte, begeisterte nicht nur die Filmfans, sie lockte auch andere Hollywood-Stars an die Côte d'Azur. Der tragische Unfalltod der Fürstin Gracia Patricia steigerte die Anteilnahme zum Delirium. Ihren drei Kindern gelang es mühelos, sie wach zu halten. Kronprinz Albert, obwohl jenseits der Vierzig, ist immer noch Junggeselle – was, für sich genommen, schon ausreicht, um die Spekulationen kräftig anzuheizen: Die Zahl der ihm angedichteten Bräute dürfte inzwischen bei 200 liegen. Dagegen ist Caroline, seine ältere Schwester, schon zum dritten Mal verheiratet. Ihre erste Ehe mit dem Versicherungskaufmann Philippe Junot hielt nur zwei Jahre. Ihr zweiter Mann und Vater ihrer Kinder Andrea, Charlotte und Pierre, war der Italiener Stefano Casiraghi, der 1990 mit seinem Rennboot tödlich verunglückte. Am 23. Januar 1999 heiratete Caroline den »Prügel-« oder »Pullerprinzen« Ernst August von Hannover – so genannt, weil er missliebige Journalisten tätlich angriff und sich vor dem türkischen Pavillon der Weltausstellung in seiner Heimatstadt erleichterte. Stéphanie, Rainiers jüngste Tochter, zieht es nicht zu Prinzen, sondern zu Männern des Volkes. Daniel Ducruet, der Vater ihrer Kinder Louis und Pauline, war ursprünglich Fischhändler und später ihr Leibwächter. Rainier erlaubte die Heirat erst, als die Kinder schon auf der Welt waren. Das Eheglück dauerte dann allerdings nur 14 Monate. Scheidungsgrund waren Fotos, die Ducruet in verfänglicher Umschlingung mit einer Nackttänzerin zeigten – eine hinterhältige Falle, wie er behauptete. Aber diese Ausrede half ihm nicht. Auch ihrem nächsten Leibwächter, Jean-Raymond Gottlieb, schenkte Stéphanie eine uneheliche Tochter, Camille. Ihr jüngster, jedoch keineswegs junger Schwarm war der Tierbändiger Franco Knie aus der alten Schweizer Zirkusfamilie, die keinen Geringeren als Carl Zuckmayer zu einem Theaterstück (»Katharina Knie«) inspirierte. Doch auch diese Liaison ist inzwischen vorbei.

Affären, Liebeleien, Ehekrisen

Natürlich gab es in den europäischen Königshäusern auch früher Seitensprünge und Bastarde – nicht nur am vergnügungssüchtigen Hof von Versailles. Selbst bei den im Ruf monogamer Bravheit stehenden Belgiern und Holländern fehlte es nicht an Affären, die sie freilich ungern an die große Glocke hängten. Im Oktober 1999, als Brüssel der bevorstehenden Hochzeit des Thronfolgers entgegenfieberte, kam heraus, dass er eine bis dahin unbekannte Halbschwester hat und dass sein jüngerer Bruder Laurent in Wahrheit nur sein Halbbruder ist: Die Bildhauerin Delphine Boel, die in London lebt, entsprang einer Liaison seines Vaters mit der Baronin Sybille de Selys Longchamps; seine Mutter Paola wiederum musste zugeben, dass Laurent nicht von Albert stammt. Auch die depressiven Zustände, wegen der Prinzgemahl Claus wiederholt ärztliche Hilfe in Anspruch nahm, waren möglicherweise nicht nur seiner abhängigen Stellung und seinem öden Tagesablauf zuzuschreiben, sondern hatten wohl auch etwas mit der Intimität zwischen Königin Beatrix und ihrem Jugendfreund, dem ehemaligen Landwirtschaftsminister Brinkhorst, zu tun. Die Intimität hat sich auf die nächste Generation vererbt: Im Mai 2001 heiratete Constantijn, der jüngste Sohn der Königin, Brinkhorsts Tochter Laurentien. Der Unterschied zwischen gestern und heute ist, dass die Jungen auf das Dekorum kaum noch Wert legen, sondern ihre Passionen ebenso öffentlich ausleben wollen wie Hinz und Kunz. Ob das ein Fortschritt ist, lässt sich bestreiten. Als Eduard VIII. auf seinen Thron verzichtete, um Wallis Simpson heiraten zu können, meinte die damals schon betagte Geliebte Eduards VII., Alice Keppel: »Das haben wir damals gescheiter angestellt.«

Einige der hochadligen Sippen, die ihre Throne verloren haben, sind dagegen bemüht, die alten Spielregeln in Ehren zu halten. Otto, der Chef des Hauses Habsburg, der die deutsche Staatsangehörigkeit angenommen hat und im bayrischen Pöcking (»Pöckingham Palace«) residiert, hat eine Prinzessin von Sachsen-Meiningen zur Frau. Mit Ausnahme einer Tochter sind seine sieben Kinder alle mit Aristokraten verheiratet – der ältere Sohn Karl mit einer Baroness von Thyssen-Bornemisza, Paul

Georg, der jüngere, mit einer Prinzessin von Oldenburg. Nicht ganz so glücklich war Louis Ferdinand, der 1994 verstorbene Chef des Hauses Hohenzollern, in dem die Regeln allerdings besonders streng sind: Der Hohenzollernsche Kronprinz muss sich seine Frau unter den regierenden oder ehemals regierenden Familien suchen. Da seine ältesten Söhne Friedrich Wilhelm und Michael, obwohl beide zweimal verheiratet, diesem Anspruch nicht genügten, wurden sie vom Vater enterbt. Stattdessen setzte er seinen Lieblingsenkel Georg Friedrich – aus der Ehe seines dritten Sohnes Louis Ferdinand mit Donata Gräfin zu Castell-Rüdenhausen – zum Nachfolger ein. Da diese Entscheidung nicht nur einen eher theoretischen Thronanspruch einschloss, sondern auch wertvolle Liegenschaften, versuchte Friedrich Wilhelm, sein Erbe einzuklagen. Die beiden ersten Instanzen gaben ihm recht, aber der Bundesgerichtshof wies seine Klage ab: Das Hohenzollernsche Hausrecht, befanden die Richter in Karlsruhe, habe Vorrang vor dem Erbrecht der Plebejer. Allerdings muss Georg Friedrich selbst der strengen Auflage genügen: Wenn er keine standesgemäße Gattin ehelicht, geht auch er des Erbes verlustig. Da er gerade erst 26 ist, kann er sich unter den in Betracht kommenden Kandidatinnen – Experten schätzen ihre Zahl auf 500 – in Ruhe umsehen.

Auch unter den französischen Bourbonen gab es Streit. Henri VI *, Thronprätendent mit dem Titel »Graf von Paris«, war entzückt, als sein ältester Sohn eine württembergische Prinzessin heiratete. Doch als sich Henri junior von seiner hochadligen Gemahlin trennte und sie durch die halbadlige, obendrein geschiedene Micaela Cousiño Quinones de Leon ersetzte, wurde

* Französische Herrschernamen werden mit Grundzahlen nummeriert. Nur der jeweils erste seines Namens erhält eine Ordnungszahl. Also: Ludwig der Vierzehnte (XIV.), aber: Louis Quatorze (XIV).

er enterbt. Später versöhnte man sich wieder, und der Vater erhob seine Schwiegertochter zur Prinzessin von Joinville. Als er 1999 starb, stellte sich heraus, dass von seinem riesigen Grundbesitz, einst dem größten in Frankreich, kaum etwas übrig geblieben war. Auch die Bankauszüge boten einen trostlosen Anblick. Da Henri senior von seinen elf Sprösslingen nie viel gehalten hatte, drängte sich der Verdacht auf, dass Monique Friesz, die Gefährtin seiner letzten Jahrzehnte, in den Genuss des Vermögens gekommen war. Ein von den Kindern angestrengter Prozess soll Licht in das peinliche Dunkel bringen. Henri VII, der neue Graf von Paris, ist dringend auf Einkünfte angewiesen. Er bewohnt kein Schloss, sondern ein bescheidenes Appartement in einem der weniger attraktiven Viertel von Paris. Seine Versuche, mit einem Kochbuch, einem Champagner (»Le cru des Princes«) und einem Parfüm (»Royalissime«) aus seinem Namen Kapital zu schlagen, schlugen sämtlich fehl.

Nicht alle Royalisten erkennen Henri VII als legitimen Vertreter der Bourbonen an. Als die ältere Linie 1883 ausstarb, besetzte die jüngere (Orléans), die mit dem »Bürgerkönig« Louis Philippe immerhin achtzehn Jahre lang auf dem französischen Thron gesessen hatte, die vakante Stelle. Aber auch die spanischen Bourbonen beanspruchten die Nachfolge. 1987 führte Henri VI einen Prozess gegen Alfonso, einen Vetter von König Juan Carlos, der sich unter dem Titel »Herzog von Anjou« in Pariser Salons herumreichen ließ. Das Gericht entschied, nur wer den gleichen Titel trage, sei befugt, ihn einem anderen zu verbieten. Da ihn der letzte Träger, der jüngere Bruder des Sonnenkönigs, 1662 aufgegeben und gegen »Orléans« eingetauscht hatte, wurde die Klage abgewiesen. Wenige Wochen nach seinem Triumph brach sich Alfonso auf den Skihängen von Colorado das Genick. Heute ist es sein Sohn Luis Alfonso, den die Legitimisten als Louis XX verehren.

Ein anderer Zweig der gleichen Familie, Bourbon-Parma, hält die Fahne der Karlisten hoch, der Anhänger des 1833 bei der Erbfolge übergangenen Prinzen Carlos, die im 19. Jahrhundert mehrere Bürgerkriege anzettelten, und reklamiert den spanischen Thron für sich. Bei den Romanows war es das Oberhaupt des Zarenhauses selbst, das Zwietracht säte. Ohne jemanden zu fragen, ernannte der 1992 verstorbene Großfürst Wladimir Kirillowitsch seine Tochter Maria zur Nachfolgerin. Der Rest der Familie sah darin einen Verstoß gegen das Hausgesetz, das die weibliche Thronfolge ausschließt, und erhob stattdessen Wladimirs Vetter Nikolaus auf den Schild. Bei der ersten Machtprobe, der feierlichen Einsargung der letzten Zarenfamilie in der Peter-Pauls-Festung, zog Maria den Kürzeren: Nachdem die Gegenpartei mit Boykott gedroht hatte, falls Maria vom Protokoll bevorzugt werde, entschloss sie sich, der Zeremonie fernzubleiben.

Bei den Wittelsbachern herrscht dagegen Frieden. Wer von der Münchner Society ernst genommen werden will, muss allerdings Acht geben, dass er die Herzöge *von* Bayern nicht mit den Herzögen *in* Bayern verwechselt. Jene gehören der alten königlichen, diese der herzoglichen Linie an. Franz von Bayern, der Boss der königlichen Linie, bewohnt immer noch einen Flügel des Schlosses Nymphenburg. Da die herzogliche Linie sonst ausgestorben wäre, wurde sein jüngerer Bruder vom letzten Stammhalter adoptiert und nennt sich nun Max Emanuel in Bayern. Auch bei den Lippes ist zwischen dem in Detmold residierenden Hauptzweig und dem Nebenzweig Schaumburg-Lippe im Schloss Bückeburg zu unterscheiden. Gegenwärtig machen die Bückeburger mehr von sich reden. Die Aufmerksamkeit gilt hauptsächlich der Ex-Ehefrau des Erbprinzen Alexander, Marie-Louise (»Lilly«), geb. Sayn-Wittgenstein-Berleburg, die, nachdem sie sich als Modeschöpferin versucht und frenetisch auf allen Hochzeiten getanzt hatte, in tiefe Depressionen versank, nicht mehr essen wollte und in einer Klinik in Bad Pyrmont behandelt werden musste. Im Februar 2002 geschah, was die Bückeburger Hofgesellschaft seit langem erwartet hatte: Die Ehe ging in die Brüche.

Echter und falscher Adel

Wer über die verwandtschaftlichen Beziehungen des Hochadels mehr wissen will, konsultiert den »Almanach de Gotha«, den Hofkalender, der nach einer Pause von mehr als einem halben Jahrhundert wieder erschienen ist – nicht mehr an seinem angestammten Ort, sondern in London. Sein Studium kann dem Mann und der Frau von Welt nicht dringend genug ans Herz gelegt werden. Wer sich in diesem Standardwerk auskennt, wird rasch bemerken, dass ihm die Aufmerksamkeit gerade der Kreise, auf die es ihm ankommt, sicher ist.

In der zweiten Abteilung des Gotha finden wir den Hochadel, dessen Herrschaft schon 1806 mit dem Alten Reich endete. Drei Frauen sind es vor allem, denen es diese »mediatisierten« Familien zu danken haben, dass sie noch immer in aller Munde sind. Die Regenbogenpresse hat es Ira von Fürstenberg bis heute nicht verziehen, dass sie nach dem Tode von Gracia Patricia nicht den Witwer Rainier heiratete. Sie war damals zum zweiten Mal geschieden – von Prinz Alfonso zu Hohenlohe und dem brasilianischen Playboy Francisco (»Baby«) Pignatari – und nach einhelliger Auffassung der Gesellschaftskolumnisten reif für ein würdiges Matronat. Stattdessen entschied sie sich für ein schrilles Leben als »Prinzessin und Rebell«, wie sie ihr erstes Buch betitelte. Fürstin Gloria von Thurn und Taxis, geb. Gräfin von Schönburg-Glauchau, ist den umgekehrten Weg gegangen.

Nach dem Tode ihres 34 Jahre älteren Mannes verwandelte sich das Enfant terrible, das seine Standesgenossen mit Turmfrisuren und schrägen Hüten erschreckt hatte, in eine streng katholische, scharf rechnende Hausfrau. Sie sanierte den überschuldeten Familiensitz St. Emmeram in Regensburg, indem sie den Hofstaat auf ein Minimum reduzierte und einen großen Teil des Hausrats versteigern ließ. Mit ihrer Busenfreundin, der italienischen Prinzessin Alessandra Borghese, verfasste sie ein Anstandsbuch, das Herren über dreißig Socken, Drogen und Jeans verbietet, aber Handküsse unter freiem Himmel zulässt. Die Boulevardblätter waren drauf und dran, die fromme Helene abzuschreiben, als sie sich in einer Talkshow die Bemerkung entschlüpfen ließ: »In Afrika sterben die Leute an Aids, weil sie zuviel schnackseln. Der Schwarze schnackselt gern.« Die Presse ging auf die Barrikaden, und Gloria hatte ihr Publikum wieder. Die dritte Frau aus den mediatisierten Fürstenhäusern, die wir kennen müssen, ist die Schmuckdesignerin Bea von Auersperg, geb. Kyd von Rebenburg. Zusammen mit Gunilla von Bismarck gebietet sie über die High Society von Marbella. Bea ist die Witwe des Fürsten Alfred (»Alfi«) von Auersperg, der nach einem Autounfall in ein Koma fiel und erst neun Jahre später starb. Ein sonderbarer Zufall wollte es, dass auch Alfreds erste Frau Martha (»Sunny«) in ein Koma fiel, das bis heute andauert. Oder war es kein Zufall? Da sie 14 Millionen Dollar zu hinterlassen hat, wurde ihr zweiter Mann, Claus von Bülow, wegen versuchten Mordes angeklagt. Der erste Prozess endete mit seiner Verurteilung, der zweite mit seinem Freispruch. Im Film »Die Affäre der Sunny von B.« spielen Glenn Close und Jeremy Irons das interessante Ehepaar.

Gunillas Vater Ferdinand trägt als Oberhaupt des Hauses den Fürstentitel. Da die Bismarcks jedoch nie regierende Standesherren waren, erscheinen sie in der dritten Abteilung des Gotha, der »uneleganten«, wie sie unter Eingeweihten heißt.

Dort waren auch die Bülows zu finden, bevor sie in der fürstlichen Linie ausstarben – nicht zu verwechseln mit der kleinadligen Linie, zu der Vicco von Bülow alias Loriot gehört. Claus von Bülow hieß eigentlich Borberg und hat seinen Adel nur durch Adoption erworben – ebenso wie der Kunstsammler Heinrich Thyssen, der sich von seinem Schwiegervater, einem ungarischen Baron Bornemisza, adoptieren ließ. Auch die Gräfin Pilati, die einem deutschen Verteidigungsminister den Kopf verdrehte, ist nicht mit diesem Namen auf die Welt gekommen: Bevor sie heiratete, hieß sie bürgerlich Paul. Vom Grafen ließ sie sich scheiden, nicht jedoch von seinem feudalen Titel. Feinfühlige, die solche Manöver missbilligen, halten sich an die Ritter des bayerischen Sankt-Georg-Ordens und Sternkreuzordensdamen: Erstere müssen 32 adlige Ahnen aufweisen, letztere 24 – väterlicherseits sechzehn, mütterlicherseits acht.

Der halbechte Adel ist ein Problem, das besonders die Franzosen verwirrt. Experten schätzen, dass es in Frankreich 3500 adlige Familien gibt und mindestens ebenso viele, mit deren *particule* etwas nicht stimmt. Manche verschaffen sich durch einen schöpferischen Akt, was ihnen die Geburt versagte – wie jener Monsieur Blanc, der sich Prince de Mainville Bianchi de Médicis nennt, oder der falsche Habsburger Alain Michel de Habsbourg-Lorraine, der uneingeladen auf Parties des europäischen Hochadels erscheint. Auch Balzac verlieh sich das *de* selbst. Seine ersten Romane veröffentlichte er unter den Pseudonymen Horace de Saint-Aubin und Lord R'Hoone (ein Anagramm von Honoré). Heute passen die Behörden allerdings besser auf: Frankreichs bekanntester Nachrichtensprecher, Patrick Poivre, legte sich – durchaus legal – den Künstlernamen Poivre d'Arvor zu. Aber als er unter dem gleichen Namen einen Pass für seine Tochter beantragte, lehnte die Präfektur ab. Die meisten gehen deshalb nicht so plump vor, sondern bitten um die amtliche Genehmigung, ihren Namen um den eines adligen Ahnen erweitern zu dürfen. Das bekannteste Beispiel ist die Familie Giscard, die zunächst versuchte, den Namen de La Tour-Fondue wieder zu beleben, und sich, als sie damit scheiterte, mit einem nichtadligen Vorfahren, dem auf dem Schafott dahingerafften Admiral d'Estaing, begnügte. Spötter nennen den früheren Staatspräsidenten deshalb Giscard *presque* (fast) d'Estaing.

Die Namen des falschen Adels können wir aussprechen, wie wir wollen. Aber mit denen des echten dürfen wir uns nicht blamieren – besonders dann, wenn die Aussprache (rechte Spalte) von der üblichen abweicht. Hier einige Beispiele:

Broglie	Breuil
Castries	Castres
Croy	Crouy
Enghien	Enghin
Praslin	Pralin

Beim britischen Adel ist die Aussprache der Namen noch unorthodoxer. Wir nennen hier nur die gefährlichsten Fallen:

Althorp	Awltrup
Argyll	Ar*gyll*
Beauchamp	Beecham
Beaufort	*Bow*fert
Beaulieu	*Bew*lee
Berkeley	Barklee
Bethune	*Bee*ton
Bolingbroke	Bollinbrook
Brougham	Broom
Buccleuch	Buck*loo*
Cadogan	Ca*dug*gan
Harewood	Harwood
Home	Hume
Iveagh	Yva
Leicester	Lester
Llewellyn	Loo*ell*in
Malmesbury	Mahmsbri
Marlborough	Mawlbra
Ruthven	Rivven
Salisbury	Sawlsberri
Shrewsbury	Shroesberri
Villiers	Villers

Cholmondeley - Chumlee	Warwick —— Warrick
Derby —— Darby	Wellesley —— Wesli
Gloucester —— Gloster	Worcester —— Wooster
Grosvenor —— Grovenor	Wriothesley — Roxli

Durchblick im Titel-Dickicht

Dass bei den *peers*, wie die Angehörigen des britischen Hochadels genannt werden, Mitglieder derselben Familie oft verschiedene Namen tragen, macht den Durchblick nicht leichter. Den höchsten Titel trägt nur der Chef der Familie – wie der Marquess of Queensberry, der Vater von Oscar Wildes großer Liebe, Lord Alfred (»Bosie«) Douglas. Alfreds älterer Bruder Francis, der Selbstmord beging, als seine Beziehung zu Premierminister Rosebery ans Licht zu kommen drohte, nannte sich Viscount of Drumlanrig. Wer sich in diesem Labyrinth zurechtfinden will, kommt um die Anschaffung von »Burke's Peerage and Baronetage« nicht herum. Die neueste Ausgabe dieses zweibändigen Nachschlagewerks listet erstmals auch die unehelichen Kinder auf.

Bisher nahmen die Familienoberhäupter des britischen Hochadels automatisch einen Sitz im Oberhaus ein. Das Reformgesetz von 1999 begrenzt die Zahl der Erblords jedoch auf 92. Die übrigen 540 Sitze sollen auf Lebenszeit ernannten *life peers* überlassen bleiben. Denn im Gegensatz zu den kontinentalen Republiken wird in Großbritannien noch immer fleißig geadelt. Der in Wien geborene Verleger Georg Weidenfeld und der Hamburger Ralf Dahrendorf, lange Jahre Direktor der London School of Economics, dürfen sich heute Lord Weidenfeld und Lord Dahrendorf nennen. Nicht immer treffen die Standeserhöhungen den Richtigen: Der Tory-Politiker und Bestseller-Autor

Lord Archer, der von einer Zeitung wegen übler Nachrede eine halbe Million Pfund erstritten hatte, musste, als sich die Nachrede – die Zeitung hatte behauptet, Archer habe einer Prostituierten Schweigegeld gezahlt – als zutreffend erwies, wegen Anstiftung zum Meineid ins Gefängnis. Die weitaus größte Zahl der Standeserhöhungen befördert allerdings nur in den niederen Adel, die *gentry* – zum (nichterblichen) *knight* oder zum (erblichen) *baronet*. Der also Geehrte wird mit *Sir* und seinem Vornamen angesprochen, seine Frau mit *Lady* und dem Nachnamen. Wird eine Edna Smith geadelt, so nennen wir sie *Dame* Edna; ihr Mann bleibt ein gewöhnlicher Mr. Smith. Wer in Ascot oder bei einer anderen Gelegenheit der Königin vorgestellt wird, nennt sie *Your Majesty* und danach *Ma'am*. Der Duke of Edinburgh und die Prinzen aus königlichem Geblüt werden mit *Your Royal Highness* angesprochen, andere Herzöge und Herzoginnen *Your Grace*. Auch für den Erzbischof von Canterbury ist die korrekte Anrede *Your Grace*, für die übrigen Angehörigen des Hochadels *My Lord* und *My Lady*.

In Frankreich wird der Graf von Paris *Monseigneur* genannt, Herzöge und Herzoginnen *Monsieur le Duc* und *Madame la Duchesse*, alle anderen Adligen einfach *Monsieur* und *Madame*. *Madame la Marquise* und *Herr Graf* sagt nur das Personal. Den Hohenzollern-Prinzen Georg Friedrich nennen wir *Kaiserliche Hoheit*, die Chefs der deutschen Königshäuser *Königliche Hoheit*, die übrigen Mitglieder dieser Familien *Prinz* und *Prinzessin*. Die Anreden *Durchlaucht* (für Fürsten) und *Erlaucht* (für ehemals reichsfreie Grafen) klingen heute leicht verstaubt: *Fürst Metternich* und *Graf Pappenheim* reichen aus. Auch den Altgrafen Salm-Reifferscheidt nennen wir schlicht und einfach *Graf Salm*. Österreich hat den Adel abgeschafft und den Gebrauch der Titel verboten. Dennoch sollte es sich bei Strafe des sofortigen Ausschlusses aus der guten Gesellschaft niemand einfallen lassen, das ehemalige Kaiserhaus mit der Wiener Großwäscherei Habsburg in einen Topf zu werfen.

In Großbritannien hat der Hochadel nicht nur an politischem Einfluss verloren. Auch wirtschaftlich ist er nicht mehr, was er einmal war. Zwar ist der Duke of Westminster immer noch der reichste Mann des Landes. Doch der Duke of Bedford musste – wie viele seiner Standesgenossen – seinen Landsitz Woburn Abbey für Besucher öffnen, weil er die Einnahmen zur Erhaltung des riesigen Besitzes dringend braucht. Wer Glück hat, wird vom Herzog selbst oder seinem ältesten Sohn, dem Marquess of Tavistock, durch die Räume geführt. Sogar Nudistentreffen im Park hat der Ärmste schon über sich ergehen lassen. Andere haben ihre *country houses* an den National Trust abgetreten und sind selbst in eine Etagenwohnung gezogen: Der Duke of Newcastle war der erste Herzog, dessen Hauptwohnsitz eine Hausnummer trug. Längst vorbei sind auch die Zeiten, in denen das Geldverdienen als unfein galt. Wer es schafft, kommt in der City oder im Foreign Office unter. Wer es nicht schafft, muss sich anderweitig umsehen: Der Earl of Pembroke hat einen Pornofilm produziert, Lord Normanton ist Model bei Burberry, Lord Teviot Busfahrer, Lord Nelson, ein Nachfahre des Seehelden, Polizeiwachtmeister.

Der Hochadel war immer klug genug, seinen Standesstolz über Bord zu werfen, wenn es darum ging, wie die Marquise de Sévigné in ihrer direkten Art schrieb, »die Felder zu düngen«. Eine lukrative Heirat gestattete es der nächsten Generation, üppig zu leben, ohne arbeiten oder Land verkaufen zu müssen. Doch dies galt nur für die Söhne. Töchter, die unter ihrem Stande heirateten, mussten in der guten alten Zeit mit scharfen Sanktionen rechnen. Louise, die älteste Tochter Leopolds II. von Belgien, ließ sich von ihrem Vetter Philippe scheiden, um mit einem einfachen kroatischen Adligen zusammenzuleben.

Die zweite, Stéphanie, Witwe des Erzherzogs Rudolf, heiratete einen ungarischen Grafen, der einige Jahre später in den Fürstenstand erhoben wurde. Bis zu seinem Tode weigerte sich der Vater, die beiden Töchter wiederzusehen. Auch der Herzog von Doudeauville – aus einer Nebenlinie der La Rochefoucauld – duzte nur seine Neffen, seine Nichten siezte er. »Man weiß nie, wen sie heiraten werden«, sagte er als Begründung. Es war der gleiche Doudeauville, der die Aufnahme des damals sehr berühmten Schriftstellers Paul Bourget in den feudalen Jockey-Club verhinderte: »Gott sei Dank gibt es immer noch Institutionen, wo Verdienste nicht zählen.«

Handkuss unter freiem Himmel?

Ein Schnellkurs für Leute, die in der Kinderstube nicht aufgepasst haben

Wer sich auf dem Terrain, das wir in den vergangenen Kapiteln abgeschritten haben, sicher bewegt, ist für alle Lebenslagen bestens gerüstet. Nur eine Kleinigkeit fehlt noch: Der vollendete Gentleman und die perfekte Lady wissen auch, wie sie sich in guter Gesellschaft zu benehmen haben. Wenn vom Benehmen die Rede ist, fällt früher oder später der Name des Freiherrn von Knigge. Den wenigsten, die ihn zitieren, ist dabei klar, dass sein legendäres Buch »Über den Umgang mit Menschen« eine durchaus politische Schrift war: Der aufrechte Demokrat, den die Hannoveraner wegen seiner Begeisterung für die Französische Revolution ins Gefängnis steckten, wollte zur Emanzipation des Bürgertums beitragen, indem er es mit den Sitten und Gebräuchen des Adels vertraut machte. Das Ideal, das ihm vorschwebte, war nun aber gerade nicht die »Höflichkeit« der Höflinge, sondern die Treuherzigkeit des »ehrlichen Landedelmanns«.

Ob man zu Knigges Zeiten mit ländlicher Treuherzigkeit sehr weit kam, darf bezweifelt werden. Heute jedenfalls ist sie ein unfehlbares Mittel, um sich lächerlich zu machen. Herzenstakt, Aufrichtigkeit, Güte sind gewiss ansprechende Eigenschaften, aber in der Society, die wir beeindrucken wollen, bedeutungslos. Dort kommt es allein auf die Konventionen an. Guter Ton ist wichtiger als guter Charakter. Wer von seiner »Gattin« spricht, bei der Vorstellung »Angenehm!« sagt, nur auf dem vorderen Teil des Stuhls Platz nimmt und beim Teetrinken den kleinen Finger abspreizt, mag ein Heiliger sein oder ein Genie, aber er ist ein Spießer und damit gesellschaftlich *out*. Wer dagegen die nachfolgenden Regeln beherzigt, wird auch auf dem glattesten Parkett nicht straucheln.

Eintritt in die feine Gesellschaft

Die Vorstellung ist die erste Bewährungsprobe, die wir zu bestehen haben. Grundsätzlich ist es Sache des Gastgebers, seine Gäste miteinander bekannt zu machen. Dabei wird der Herr der Dame vorgestellt und der Rangniedrigere dem Ranghöheren. Ist die Dame jung und der Herr ein Bischof oder ein weltlicher Würdenträger, nennt man den Namen der Dame zuerst. Bei größeren Empfängen kann sich der Gastgeber nicht um jeden einzelnen Gast kümmern. Hier übernehmen es die Gäste selbst, sich untereinander bekannt zu machen. Auch Frauen dürfen heute die Initiative ergreifen und sich einem Unbekannten vorstellen.

In Deutschland ist es üblich, sich bei der Vorstellung die Hand zu geben. In Frankreich und den angelsächsischen Ländern genügt eine leichte Verbeugung. Der Handschlag ist dort guten Bekannten vorbehalten. In Österreich und in Südeuropa begrüßt man Damen gern mit einem Handkuss – eine charmante Geste, die freilich beherrscht sein will. Der Kuss wird nicht als feuchter Schmatz auf den Handrücken gedrückt, sondern nur angedeutet. Früher war er unter freiem Himmel verpönt, heute lassen ihn einige Autoritäten zu. Auf dem Friedhof oder am Strand ist er dagegen immer noch deplaciert, ebenso wenn die Dame Handschuhe trägt. Auch jungen, unverheirateten Damen küsst man nicht die Hand. Sehr in Mode gekommen ist der Wangenkuss, die Akkolade. Auch er wird nur angedeutet, und zwar, mit der rechten beginnend, einmal auf jede Wange. In südlichen Ländern küssen sich auch Männer, was im Norden Europas eher befremdlich wirkt. Nicht minder befremdlich wirken einige altdeutsche Sitten: Keinem Weltmann würde es in den Sinn kommen, bei der Vorstellung einen Diener zu machen oder die Hacken zusammenzuknallen.

Die korrekte Anrede

Die richtige Titulierung des Hochadels haben wir schon im vorigen Kapitel behandelt. Auch der Etagenadel hat ein Anrecht darauf, korrekt angesprochen zu werden – das heißt: mit vollem Namen. Wer glaubt, »Herr Weizsäcker« oder »Frau Karajan« sei ein Ausdruck strammer demokratischer Gesinnung, ist nur schlecht erzogen. Mit akademischen Titeln darf man hingegen sparsamer umgehen. Die Deutschen stehen im Ruf, sich unablässig »Herr Doktor« zu nennen. Im Ausland ist diese Anrede Ärzten vorbehalten. In Italien wiederum nennen Taxichauffeure und Hausmeister jeden, von dem sie ein Trinkgeld erwarten, *Dottore*. Auch in Deutschland wirkt die allzu angelegentliche Betonung akademischer Titel leicht servil. Auf keinen Fall erstrecken sich die Titel des Gatten auf die Gattin: »Frau Fürstin Feldmarschall« mag auf der Opernbühne durchgehen, im Alltag ist »Frau Oberamtsrat« fehl am Platze.

Die Franzosen folgen derselben Regel, machen aber zwei Ausnahmen. Die Frau eines Botschafters wird *Madame l'Ambassadrice* tituliert, die eines Generals *Madame la Générale*. Der General selbst wird *Mon Général* angesprochen, aber nur von Männern; Frauen lassen das besitzanzeigende Fürwort weg. Das gleiche gilt für den Oberst *(Mon Colonel)* und den Major *(Mon Commandant)*. Niedrigere Offiziersgrade und Mannschaften werden einfach *Monsieur* genannt. Die übliche Anrede für Anwälte, Notare, Versteigerer und bedeutende Künstler ist *Maître*. Während das »Fräulein« in Deutschland praktisch ausgestorben ist, haben junge Französinnen nichts dagegen, *Mademoiselle* genannt zu werden. Die geschlechtsübergreifende Anrede *Messieursdames* ist dagegen nur aus dem Munde von Kellnern und Gewürzkrämern zu vernehmen.

Amerikaner und Engländer nennen sich rasch beim Vornamen. Da sie den Unterschied zwischen *Du* und *Sie* nicht kennen, sondern nur das einheitliche *you*, ist ihre Konversation ungezwungener als die unsere. Dafür fehlt ihr aber auch eine sprachliche Nuance, mit der wir die Nähe zu unseren Mitmenschen differenzieren können. Auf diese Nuance sollten wir nicht ohne Not verzichten. Glücklicherweise ist der Verbrüderungsdusel der sechziger und siebziger Jahre abgeklungen, und selbst die Jugend legt heute Wert darauf, nicht von jedermann geduzt zu werden. Der Übergang vom förmlichen *Sie* zum vertraulichen *Du* wird stets vom Älteren, Würdigeren vorgeschlagen und von der Frau dem Mann, nicht umgekehrt. Peinliche Situationen entstehen manchmal bei Hochzeiten, wenn zwei Familien, die sich noch nie begegnet sind und vermutlich nicht so bald wieder begegnen werden, einer vermeintlichen Duzpflicht genügen. Eine solche Pflicht besteht nicht. Gelassene Distanz ist allemal besser als verkrampfte Vertraulichkeit. Der General de Gaulle siezte sogar seine Frau – eine Sitte, die in Frankreich immer noch nicht ganz ausgestorben ist. Auch in Hamburg gilt es unter Berufskollegen als fein, sich zu siezen und beim Vornamen zu nennen. Wir nehmen uns daran ein Beispiel.

Lernen wir jemanden kennen, mit dem wir weiter Kontakt pflegen wollen, so überreichen wir ihm unsere Visitenkarte. Die

Karte ist nicht einfach gedruckt, sondern geprägt. Nachdem sich der Empfänger mit einem diskreten Reiben des Daumens davon überzeugt hat, dass die Buchstaben fühlbar sind, signalisiert er uns durch ein Lächeln, dass auch er die Bekanntschaft für fortsetzungswürdig hält. Frauen lassen auf Privatkarten ihre Adresse weg. Beim privaten Gebrauch von Geschäftskarten streichen wir unsere akademischen Titel durch. Sehr elegant und obendrein praktisch ist es, mündliche Einladungen auf einer Visitenkarte zu bestätigen, nur mit dem Datum und dem Zusatz *p. m.* (*pour mémoire*, zur Erinnerung). Andere Mitteilungen auf Visitenkarten werden in der dritten Person abgefasst und nicht unterschrieben. Die Verabschiedung mit Visitenkarte und dem Zusatz *p. p. c.* (*pour prendre congé*, um Abschied zu nehmen) ist heute selten geworden.

Anleitung für perfekte Tischmanieren

Gesellschaftliche Veranstaltungen finden mittags, nachmittags oder abends statt, bei besonderen Anlässen – Taufen, Hochzeiten, Ordensverleihungen – auch am späten Vormittag. Das so genannte *Arbeitsfrühstück* um acht oder neun Uhr gehört nicht dazu. Es ist eine Missgeburt neueren Datums, eine *déformation professionelle* gehetzter Manager mit überfülltem Terminkalender, die sich eine Mahlzeit ohne *shop talk* gar nicht mehr vorstellen können. Ein Gentleman, der zu einem Arbeitsfrühstück geladen wird, sagt höflich ab und lässt durchblicken, zu dieser Zeit sei er noch mit seiner Morgentoilette beschäftigt.

Als *Frühstück* wird im protokollarischen Sprachgebrauch das Mittagessen bezeichnet. Wenn man zu zweit oder zu dritt ins Restaurant geht, genügt eine mündliche Einladung. Bei offiziellen Frühstücken für einen größeren Kreis empfehlen sich Einladungskarten, wie sie jedes Schreibwarengeschäft druckt, mit dem Zusatz *U. A. w. g.* (Um Antwort wird gebeten). Lädt ein Herr eine Dame ins Restaurant ein, so betritt er in Deutschland und Frankreich als erster das Lokal; in angelsächsischen Ländern ist es umgekehrt. Getrennte Rechnungen sind nur statthaft bei zwanglosen Mahlzeiten unter Freunden oder Kollegen. In allen anderen Fällen zahlt derjenige, der das Essen angeregt und den Tisch reserviert hat. Früher war es einem Herrn streng verboten, sich von einer Dame einladen zu lassen, in unserem emanzipierten Zeitalter gilt dieses Tabu jedoch nicht mehr. In Restaurants auf dem europäischen Festland ist das Trinkgeld in der Regel inbegriffen. Wir brauchen den Rechnungsbetrag daher nur um etwa fünf Prozent aufzurunden. Anders in amerikanischen und den meisten britischen Restaurants. Dort kann der Kellner einen *tip* von fünfzehn Prozent erwarten.

Bei einem größeren geladenen Kreis ist eine Tischordnung unerlässlich. Die beiden würdigsten Damen sitzen rechts und links vom Hausherrn, die beiden würdigsten Herren links und rechts (im Ausland: rechts und links) von der Dame des Hauses. Ehefrauen teilen den Rang ihrer Männer. Geistliche werden besser gesetzt, als es ihrem Rang eigentlich zukäme, Verwandte und nahe Freunde schlechter. Kommt der Bundespräsident oder ein anderes Staatsoberhaupt zu Besuch, so überlässt ihm der Hausherr seinen Platz. Erfahrene Gastgeber setzen sich an die beiden Enden der Tafel: In der Mitte kommen sich die rangniedrigsten Gäste nicht so abgeschoben vor. Am unverfänglichsten sind runde Tische. In Rangfragen reagieren viele Menschen empfindlich; unseren Chef gemeinsam mit hochgestellten Persönlichkeiten einzuladen, hinter denen er zurücktreten muss, ist deshalb keine gute Idee. Früher quittierte ein Botschafter, der sich unter seinem Rang platziert fand, die Beleidigung seines Landes dadurch, dass er seinen Teller umdrehte – bevor serviert wurde, versteht sich. Heute hält er sich an Bismarcks Diktum »Wo ich sitze, ist immer oben.« Der Kenner weiß ohnehin, dass die jüngsten und hübschesten Gäste auf den schlechtesten Plätzen sitzen.

Geschiedene werden nicht zusammen eingeladen, Ehepaare und Geschwister werden nicht nebeneinander gesetzt. Im Idealfall (siehe untenstehendes Beispiel nach der internationalen Sitzordnung) wird jeder Mann von zwei Frauen eingerahmt und jede Frau von zwei Männern. Dies klappt natürlich nur, wenn beide Geschlechter gleich stark vertreten sind. Wollen sich der Hausherr und seine Frau überdies nach der klassischen Formel gegenübersitzen, so muss die Zahl der Teilnehmer gerade sein, ohne sich durch vier teilen zu lassen. Ist das nicht der Fall, etwa bei einem Zwölfertisch, so behilft sich der Gastgeber dadurch, dass er den männlichen Ehrengast auf den Platz seiner Frau setzt. Zwölf Gäste einzuladen, ist riskant, da bei einer Absage dreizehn Personen am Tisch säßen, was ein schwerer Verstoß gegen die Etikette wäre. Bei mehr als sechzehn Personen empfiehlt es sich, die Gesellschaft auf zwei, jeweils vom Hausherrn und seiner Frau präsidierte Tische zu verteilen.

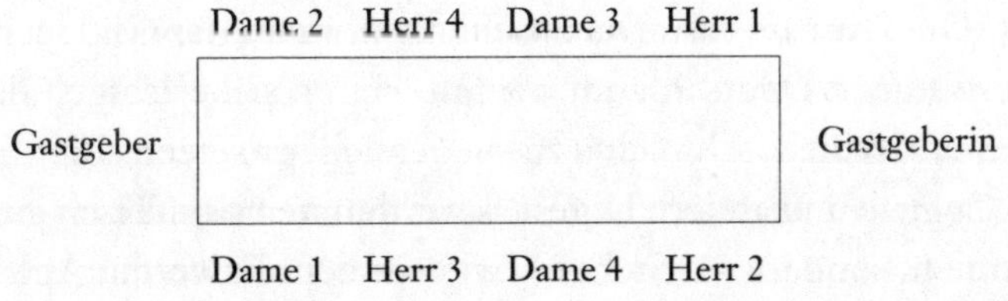

Der Tisch wird so gedeckt, wie es die Abfolge des Essens erfordert. Die Besteckteile, die für die Vorspeise benutzt werden, liegen außen. Von dort arbeiten wir uns nach innen vor. Das Besteck für Käse und Dessert liegt oberhalb des Tellers. Fisch wird in England mit dem gewöhnlichen Messer gegessen; Fischmesser gelten dort als spießig. In Frankreich werden Gabeln mit den Zinken nach unten gedeckt, Löffel mit der Vertiefung nach oben. Kartoffeln, Nudeln, Salat und Kuchen werden nicht mit dem Messer geschnitten, und selbstverständlich führen wir das Messer auch niemals zum Mund. Das Besteck, das wir in die Hand genommen haben, berührt nicht wieder den Tisch, sondern bleibt auf dem Teller liegen – in der Position »zwanzig vor vier«, wenn wir uns noch einmal bedienen wollen (was aber nur beim Hauptgang möglich ist), in der Position »zwanzig nach vier«, wenn wir fertig sind. Jeder Gang wird von links angereicht. Zunächst werden die Damen nach ihrer protokollarischen Rangfolge bedient, danach die Herren und zuletzt die Gastgeber. Bei zwanglosen Essen ist es auch gestattet, mit den beiden weiblichen Ehrengästen zu beginnen und danach im Uhrzeigersinn fortzufahren. Benutzte Teller werden von rechts weggeräumt, nach dem Hauptgericht auch der untere, der so genannte Platzteller.

Die Gläser bleiben während des ganzen Essens stehen. In der Regel sind es vier – für jeden Gang eines und dazu ein Wasserglas. Eingeschenkt wird von rechts. Damit sich die Blume des Weins entfalten kann, werden Gläser nur zu zwei Dritteln gefüllt. Die Unsitte, erst nachzuschenken, wenn das Glas leer ist, gibt es nur in Deutschland; wir ignorieren sie. Farbige Gläser haben auf dem Tisch nichts zu suchen, ebenso wenig Bier. Kaffee, Cognac und andere Digestifs werden nicht am Tisch eingenommen, sondern im Stehen – wie vor dem Essen der Apéritif.

Hände, die nicht zum Essen gebraucht werden, liegen auf dem Tisch. Nur Briten und Amerikaner legen sie in den Schoß. Eine weitere englische Besonderheit ist die strenge Pflicht, sich abwechselnd mit seinen beiden Nachbarn zu unterhalten. Die Gastgeberin wendet den Kopf, und wie in einer Erdbebenwelle folgt ein Gast nach dem anderen ihrem Beispiel.

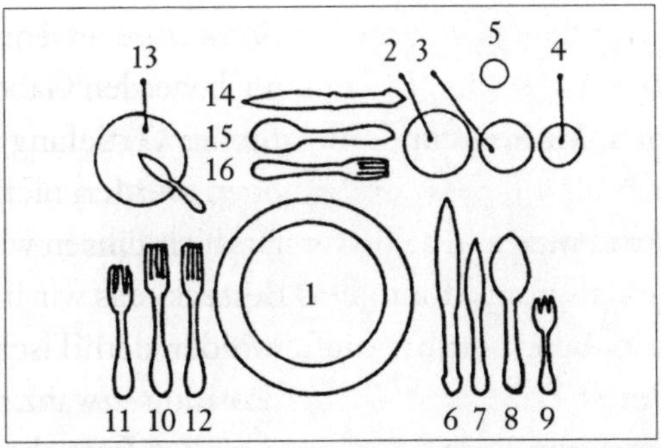

1 Platzteller, 2 Wasserglas, 3 Rotweinglas, 4 Weißweinglas, 5 Champagnerflöte, 6 Messer, 7 Fischmesser, 8 Löffel, 9 Austerngabel, 10 Gabel, 11 Fischgabel, 12 Salatgabel, 13 Teller für Butter und Brot, 14 Käsemesser, 15–16 Dessertbesteck

Aber worüber sollen wir reden? Die beliebtesten Gäste, die immer wieder eingeladen werden, sind weder die Besserwisser noch die zwanghaften Witze-Erzähler, sondern die Plauderer, die, ohne sich an einem Gegenstand festzubeißen, zu jedem Thema etwas Unterhaltsames beizutragen haben – mit anderen Worten: die den *small talk* beherrschen. Dies ist die Gelegenheit, mit unseren Reisen, unseren Festspiel-Erlebnissen, unserem erlesenen Geschmack für Antiquitäten und unserer intimen Kenntnis der europäischen Fürstenhäuser zu glänzen. Fachsimpelei ist bei Tisch nicht gefragt. Auch Geld, Religion und abstoßende Krankheiten (Würmer, Ekzeme) eignen sich nicht für die Konversation. Politische Tagesfragen sind manchmal nicht zu umgehen, doch besteht bei ihnen die Gefahr, dass die Diskussion in einen hässlichen Zank ausartet.

Auf jeden Fall müssen wir die Gesetze der *political correctness* beachten, die uns gewisse Ausdrücke verbieten. Hier eine kleine Auswahl (links das traditionelle, rechts das politisch korrekte Wort):

Neger	Schwarzer, in den USA: afrikanischer Amerikaner
Negerkuss, Mohrenkopf	Schokoladenkuss
Zigeuner	Sinti und Roma
Zigeunerschnitzel	Paprikaschnitzel
türken	faken
Jude	jüdischer Mitbürger
Ausländer	ausländischer Mitbürger
alter Mann, alte Frau	Senior, Seniorin
Altersheim	Seniorenresidenz
Dummheit	emotionale Intelligenz
Quatsch	Sinndefizit
quatschen	andenken
Wichtigtuer	Querdenker
marxistisches Geschichtsbild	kritisches Geschichtsbild
konservativ	populistisch
liberal	scheißliberal, in Frankreich: ultraliberal
Ladendiebstahl	Alternativshopping
Vertragsbruch	Nachverhandlung
Dilettantismus	Stadtteilkultur

Der Gastgeber begrüßt seine Gäste zwischen Vorspeise und Hauptgang mit einem Toast. Gilt der Toast einem Ehrengast, so antwortet dieser zwischen Hauptgang und Dessert. Für Tischreden gilt die gleiche Maxime wie für Damenröcke: Sie müssen lang genug sein, um ihren Gegenstand abzudecken, und kurz genug, um die Aufmerksamkeit wach zu halten.

Die übliche Zeit für das Frühstück ist werktags um 13 Uhr. Die Gäste erscheinen keinesfalls zu früh und höchstens zehn Minuten zu spät. Geschenke werden nicht erwartet. Da die Gäste aus ihrem Berufsalltag kommen, in den sie nach dem Essen wieder zurückkehren, sind Straßenanzug und Bürokostüm die passende Kleidung.

Die festlichere Version des gemeinsamen Mahls ist das Abendessen, auch *Dinner* oder *Dîner* genannt. Es beginnt gewöhnlich um 20 Uhr; um Mitternacht sollte der letzte Gast das Feld geräumt haben. Für die Tischordnung, das Besteck, die Konversation und die Pünktlichkeit des Erscheinens gelten die gleichen Regeln wie für das Frühstück. Nur zwei Unterschiede müssen wir uns merken. Der erste betrifft die Kleidung. Herren tragen einen dunkelgrauen oder dunkelblauen Anzug, Damen das »kleine Schwarze« oder ein anderes elegantes Kleid. Wird auf der Einladung ausdrücklich »Smoking« *(black tie)* gewünscht, dann trägt die Dame ein langes Abendkleid. Auf dem europäischen Festland sind Smoking-Dinners selten geworden. In England und Amerika sind sie dagegen weiterhin sehr verbreitet.

Der zweite Unterschied betrifft die Geschenke. Bei offiziellen Essen, etwa aus Anlass eines Staatsbesuchs, oder Herrenessen *(stag dinners)* sind sie nicht üblich. Bei anderen Essen gehören sie dagegen zum guten Ton. Meist bringt man der Dame des Hauses Blumen mit, was allerdings nicht besonders praktisch ist. Da Blumen nach einer kuriosen, nur in Deutschland geltenden Sitte nicht im Einwickelpapier überreicht werden dürfen, steht sich Abend für Abend auf unzähligen deutschen Fluren ein verzweifeltes Paar gegenüber – ein Gast, der nicht weiß, wie er sich diskret eines Papierknäuels entledigen soll, und eine Gastgeberin, die, während schon der nächste Gast klingelt, nach einer Vase fahndet. Der Weltmann macht es daher anders: Er schickt seine Blumen mit Visitenkarte schon vor dem Essen oder, mit einigen Worten des Dankes, am Tag danach. Wer unbedingt miterleben will, wie sich die Empfängerin über seine Blumen freut, lässt sie in Zellophan einwickeln: So dürfen sie auch in Deutschland überreicht werden. Einige Regeln muss der Schenkende dabei freilich beachten: Sind es weniger als ein Dutzend Blumen, so schenkt man immer eine ungerade Zahl. Rote Rosen werden von vielen Damen als Liebeserklärung aufgefasst, weiße Blumen von vielen alten Leuten – pardon: Senioren – als taktlose Anspielung auf den drohenden Friedhof.

Origineller als Blumen sind Geschenke, die auf die Vorlieben der Gastgeber eingehen – eine Schallplatte, ein Buch, eine edle Flasche Wein. Auch Mitbringsel aus fernen Ländern kommen immer gut an. Tabu sind dagegen Geschenke, die dem Beschenkten Arbeit machen (Haustiere, Topfpflanzen), die Abergläubische erschrecken (Taschentücher) oder als Wink mit dem Zaunpfahl missverstanden werden könnten (Seife). Auch mit Scherzartikeln sollten wir vorsichtig sein: Nichts ist peinlicher als ein Scherz, den der Schenkende zum Brüllen komisch findet, der Beschenkte aber geschmacklos.

Wer den Aufwand scheut, der mit einem Dinner nun einmal verbunden ist, aber gesellschaftlichen Verpflichtungen genügen muss, lädt zum *Cocktail* ein, einem Stehempfang, auf dem sich die Gäste am Büfett selbst bedienen oder von Kellnern, die mit Tabletts durch die Menge zirkulieren, bedienen lassen. Angeboten werden keine vollen Mahlzeiten, sondern – kalte oder warme – Häppchen und Drinks. Besonders begehrt sind Champagner und Kaviar: Den erfahrenen Cocktailgast erkennt man daran, dass er das Büffet auf einen Blick erfasst und seinen Standort wie zufällig dort wählt, wo die teuersten Delikatessen stehen. Cocktails finden zwischen 18 Uhr und 20 Uhr 30 statt. Anders als zu Frühstück und Dinner kommen wir nicht pünktlich, sondern eine Stunde nach Beginn und bleiben auch nicht länger als eine Stunde. Bei offiziellen Empfängen genügt ein kurzer *acte de présence*. Die korrekte Kleidung ist der Straßenanzug. Nur Ahnungslose halten den Cocktail für eine verkappte Einladung zum Abendessen; sie können nach 21 Uhr ohne weitere Umstände hinauskomplimentiert werden. Wer beengt wohnt, kann natürlich auch zum *buffet dinner* einladen, bei dem sich die Gäste selbst bedienen und dann irgendwo Platz nehmen. Doch erfordert das Balancieren des Tellers auf den Knien eine gewisse Geschicklichkeit. Man kann es nur guten Freunden zumuten.

Auch Familienfeiern haben Regeln

Für die großen Familienfeiern – Taufe, Verlobung, Hochzeit, Beerdigung – gelten besondere Regeln. Die angemessene Kleidung für alle vier sind der dunkle Anzug und ein festliches, bei Beerdigungen schwarzes Kostüm. Smoking und langes Abendkleid werden nur beim abendlichen Hochzeitsschmaus getragen und auch dann nur, wenn dies auf der Einladungskarte ausdrücklich vorgesehen ist.

Taufen finden meist vormittags statt. Der stilvolle Abschluss ist ein Frühstück oder, wenn die Gäste sehr zahlreich sind, ein Stehempfang zwischen 11 und 13 Uhr. Die Paten schenken dem Täufling etwas Silbernes. Die übrigen Gäste brauchen nichts zu schenken, doch sind ein Spielzeug, ein Strampelhöschen – hellblau für Jungen, rosa für Mädchen – oder ein Wuscheltier immer willkommen.

Auch Verlobungen können entweder durch ein Frühstück oder einen Vormittagsempfang gekrönt werden – möglichst an einem Wochenende, damit auch Ortsfremde teilnehmen können. Der Tisch wird weiß gedeckt, und weiß ist, soweit vorhanden, auch das Porzellan. Das junge Paar, flankiert von den Eltern, hat den Ehrenplatz in der Mitte der Tafel. Rechts neben der Braut sitzt ihr künftiger Schwiegervater, links neben dem Bräutigam die Brautmutter. Nach dem Hauptgang erhebt sich der Brautvater zu einem kurzen Toast und heißt den Bräutigam und dessen Eltern in der Familie willkommen. Danach dankt der Bräutigam und steckt der Braut den Ring an den linken Ringfinger. Weitere Reden können folgen, doch sollten sich die Redner, um Wiederholungen zu vermeiden, vorher untereinander absprechen. Geschenke sollten nicht zu üppig ausfallen, denn eine Verlobung ist keine Hochzeit, und es ist schon öfter vorgekommen, dass sie vor der Eheschließung auseinander ging.

Vor der kirchlichen Trauung lädt das junge Paar Freunde, Verwandte, Nachbarn und Berufskollegen zum Polterabend ein – nach der Tradition in die Wohnung der Braut. Der praktische Wert dieser vorchristlichen Sitte liegt vor allem darin, Gästen, die an der Hochzeitstafel keinen Platz mehr finden, Gelegenheit zu einem Geschenk zu geben. Obwohl ein zwangloses Beisammensein, sind auch beim Polterabend einige Regeln zu beachten: Nur Porzellan und Steingut dürfen zu Bruch gehen, keinesfalls Glas – das bringt Unglück. Und: Die weiblichen Gäste dürfen kein Weiß tragen.

Sind die Brautleute noch jung, so zeigen nicht nur sie, sondern auch die Eltern der Braut die bevorstehende Hochzeit an, meist gemeinsam auf einer Karte. An der standesamtlichen Trauung nehmen nur die nächsten Angehörigen und die Trauzeugen teil; in der Kirche ist dagegen, wenn Ort und Zeit der Hochzeit angegeben sind, jeder Empfänger der Anzeige willkommen – was das Essen nicht einschließt: Hierzu bedarf es einer gesonderten, schriftlichen Einladung. Die meisten kirchlichen Hochzeiten finden samstags statt, sonntags nie. Der Brautzug wird vom Vater des Bräutigams und der Brautmutter angeführt, ihnen folgen das zweite Elternpaar, die Blumen streuenden Kinder, die Brautjungfern am Arm ihrer Herren, das Brautpaar, die Trauzeugen und schließlich die übrigen Gäste. In protestantischen Kirchen schreitet der Bräutigam links von der Braut, in katholischen rechts, so dass er sich beim Auszug nur umzudrehen braucht, ohne seine Stellung zu wechseln. Der Auszug vollzieht sich in der gleichen Reihenfolge. Nur die Braut trägt Weiß. Handküsse in der Kirche wirken frivol; erst beim Hochzeitsschmaus sind sie wieder zugelassen. Die Tischordnung ist dieselbe wie beim Verlobungsessen – mit der Nuance, dass der Geistliche dem Paar, das er soeben getraut hat, gegenüber sitzt. Er hält auch die erste Rede, noch vor dem Brautvater. Der junge Ehemann, dem noch andere Anstrengungen bevorstehen, ist nicht verpflichtet zu antworten. Besonders elegant ist es, wenn die Trauung durch einen Geistlichen vollzogen wird, der zur Familie gehört. Die Trauung durch einen Bischof wirkt dagegen protzig. Andererseits macht es sich immer gut, wenn ein Bischof der Zeremonie als Zuschauer beiwohnt.

Die Beerdigung ist die einzige gesellschaftliche Veranstaltung, an der man teilnehmen kann, ohne eingeladen zu sein. Bei Staatsbegräbnissen tragen die offiziellen Teilnehmer Cut mit Zylinder. Bei anderen Begräbnissen genügen der dunkle Anzug und ein dunkles Kleid. Der einzige erlaubte Schmuck sind schwarze Perlen. Beim Tod des Papstes wird keine Trauer getragen, bei Hofe nur, wenn Staatstrauer angeordnet ist. Beileidsbriefe sind stets mit der Hand zu schreiben. Bei Trauerkondukten kommt es vor allem darauf an, dass man nicht im ersten Wagen liegt.

Der passende Look für den Gentleman

Der Cut, der Nachfolger des alten Gehrocks, wird in Deutschland nur noch selten getragen, ebenso dessen vereinfachte Version, der Stresemann. Anders in England. Bei der jährlichen Gardenparty der Königin und den Pferderennen in Ascot und Epsom gehört der *morning dress*, wie der Cut dort genannt wird, zur Pflichtausstattung. Auch der Frack ist auf dem europäischen Festland nur noch als Berufskleidung von Dirigenten oder – mit schwarzer Fliege – bei Oberkellnern zu finden, was Ordensträger bedauern, denn ihren vollen Schmuck können sie nur auf der Frackbrust zur Schau stellen. Die kleine Ausführung, die Rosette, darf dagegen auf jedem einigermaßen würdigen Jackett prangen, was voraussetzt, dass das Knopfloch nicht falsch, sondern durchgenäht ist – für den Gentleman eine Selbstverständlichkeit. Dass auch die Knopflöcher an seinen Ärmeln echt sind, deutet er diskret an, indem er die beiden untersten offen lässt.

Der Smoking – wir sagten es schon – wird nur abends getragen, dazu ein lässig zerknülltes, weißes Taschentuch. Der präfabrizierte Dreizack in der Brusttasche ist ebenso unmöglich wie das Einstecktuch, das zur Krawatte passt. Auch Krawattennadeln wirken spießig. Kurzärmlige Hemden haben unter dem Jackett nichts zu suchen. Wenn alles mit rechten Dingen zugeht, lugen ein bis zwei Zentimeter Hemd unter dem Jackenärmel hervor. Ganz tabu sind einige Bekleidungssünden, die im Ausland als typisch deutsch gelten – die Sandalen, die allzu kurzen Socken und die Unart, im Badeanzug spazieren zu gehen. Nach Einbruch der Dunkelheit trägt der Gentleman keine braunen Schuhe. Weiße trägt er nur beim Tennis, Golf, Segeln und in der Sommerfrische – wohlgemerkt nicht mit kurzer, sondern mit langer Hose.

Goethe ist kein Vorbild

Die größte Sünde, die ein Deutscher im Ausland begehen kann, ist, sich im Restaurant zu wildfremden Leuten an den Tisch zu setzen. Wenn es sich nicht gerade um einen Schnellimbiss handelt, warten wir geduldig am Eingang, bis uns ein freier Tisch zugewiesen wird. Die zweitgrößte Sünde ist die Beantwortung von Routinefragen wie »How are you?« oder »Comment allez-vous?« mit einem weitschweifigen Gesundheitsbulletin. Unser Befinden ist das allerletzte, was den Frager interessiert. Die richtige Antwort ist daher stets »Fine« oder »Ça va« – selbst wenn uns der Arzt soeben eröffnet hat, dass wir die nächsten vier Wochen nicht überleben werden. Anders als Goethe glaubte, lügt man eben nicht nur in Deutschland, wenn man höflich ist. Aber woher hätte er es besser wissen sollen? Der Ärmste war ja kaum herumgekommen, kannte weder Paris noch London, war nie in Amerika gewesen, nicht einmal auf Mallorca. Als Vorbild für den Weltmann von heute ist er gänzlich ungeeignet.

Literaturtipps zur Weiterbildung

Wer dieses Buch gelesen hat, braucht eigentlich kein weiteres mehr zu lesen. Seine Halbbildung ist abgeschlossen. Wer sich dennoch fortbilden will, sollte zunächst zu den folgenden Titeln greifen:

Boris von Brauchitsch, Schnellkurs Renaissance, Köln 2000
Eine der nahrhaftesten Epochen der europäischen Kulturgeschichte, als Schnellgericht serviert.

Gordon A. Craig, Geschichte Europas 1815–1980, München 1995
Zwei stürmische Jahrhunderte, von dem bekannten schottischen Historiker leserfreundlich zusammengefasst.

Karen Cure/Melissa Clurman/Matthew Lombardi, How to Tip, New York–London 2002
Wieviel Trinkgeld gebe ich dem Taxifahrer in New York? Dem Masseur in Manila? Dem Croupier in Baden-Baden? Dieser Führer gibt endlich Antwort auf immer wieder gestellte, quälende Fragen.

Rolf Fath, Reclams Opern- und Operettenführer, Stuttgart 2002
Dieses bewährte Nachschlagewerk, jetzt in 32. Auflage greifbar, hat schon mehreren Generationen geholfen, sich auf ihre Opernbesuche vorzubereiten.

Ernst Peter Fischer, Die andere Bildung, München 2001
Wer die unorthodoxe Ansicht vertritt, auch die Naturwissenschaften gehörten zum Bildungskanon, wird mit leichter Hand in eine schwierige Materie eingeführt.

Charles Florman, The Florman Guide to Europe's Best Restaurants, London 2001
Über die Auswahl kann man immer streiten, doch die Zahl der Treffer ist hoch. Mit einem Anhang über drei mehrtägige Schlemmerreisen durch den Kontinent.

George MacDonald Fraser, The Hollywood History of the World, New York 1988
Liz Taylor als Kleopatra, Marlon Brando als Napoleon – Weltgeschichte, wie wir sie von der Leinwand kennen und lieben.

Walter Frevert, Das jagdliche Brauchtum, Stuttgart 2001
Man muss kein Jäger sein, um das Jägerlatein zu beherrschen.

Egon Friedell, Kulturgeschichte der Neuzeit, München 1996
Ein Klassiker und doch nicht langweilig – bildungssatt, geistreich und voller gewagter Urteile.

Rolf Giesen, Kino wie es keiner mag, Frankfurt a. M.–Berlin–Wien 1984
Wenn das Gespräch wieder einmal auf die Schicksalsfrage kommt, warum Ausländer keine deutschen Filme sehen wollen ...

Loyd Grossman, Courvoisier's Book of the Best, London 1996
Alle guten Adressen dieser Welt. Hier fühlen sich selbst der verwöhnteste Gentleman und die anspruchsvollste Lady zu Hause.

Geoffrey Hindley, The Royal Families of Europe, London 2000
Für die Bewunderer gekrönter Häupter, die den Tratsch der Illustrierten in einen historischen Zusammenhang einbetten wollen.

Christoph Höcker, Schnellkurs Griechische Antike, Köln 2000
Noch ein Geschwindmarsch durch eine kulturhistorisch überreiche Landschaft.

Dieter Kerner, Krankheiten großer Musiker, Stuttgart 1986
Über Musik zu reden, ist schwierig, aber nicht über Schumanns Wahnsinn oder die Frage, ob Mozart und Tschaikowski eines natürlichen Todes starben.

Knaurs großer Schauspielführer, München 1994
Wer wissen will, was sich der Autor bei seinem Stück gedacht hat, kommt im Zeitalter des Regietheaters nur selten auf seine Kosten. Mit diesem Handbuch in der Bibliothek können wir auf unseren Stammplatz im Stadttheater getrost verzichten.

Manfred Koch-Hillebrecht, Die moderne Kunst, Köln 1983
Kunst aus der Sicht eines Psychologen – Munition für Streitgespräche.

Wilhelm Lange-Eichbaum/Wolfram Kurth, Genie, Irrsinn und Ruhm, Köln 2000
Die Weltgeschichte aus der Perspektive des Psychiaters mit materialreichen »Pathografien« all der Größen, die wir für geistig gesund hielten.

Cornelius und Fabian Lange, Keine Angst vor Wein, Bern 2000
Eine süffig formulierte Einführung in die Önologie, die den schüchternen Gast davor bewahren will, sich von hochnäsigen Weinkellnern düpieren zu lassen.

The Leading Hotels of the World
Jährlich neu erscheinende Werbebroschüre über die besten Hotels der Welt. Kommerziell, aber zuverlässig.

Sebastian Loskant, Das neue Trendwörter-Lexikon, München 1998
Mit diesem Vokabular klingt selbst der muffigste Provinzler hip.

Frank Rainer Max/Christine Ruhrberg, Reclams Romanlexikon, Stuttgart 2000
»Der Mann ohne Eigenschaften« und »Der Zauberberg« jeweils auf zwei Seiten zusammengefasst – kürzer kann man es nicht ha-

ben. Über mehr als 2000 deutsche Romane können wir mitreden, und keinen einzigen brauchen wir zu lesen!

Dirk Maxeiner/Michael Miersch, Lexikon der Öko-Irrtümer, München 2002

Ein erfrischend ketzerisches Buch, das von den Heilsgewissheiten der Grünen und ihrer Glaubensgenossen so gut wie nichts übrig lässt. Nur Lesern zu empfehlen, die bereit sind, die Erkenntnisse der Wissenschaften auch dann zu akzeptieren, wenn sie ihren Urängsten und Schuldgefühlen zuwiderlaufen.

Willy Meyer, Fremdwort gesucht?, Frankfurt a. M. 1988

Warum von Fruchtfleisch und Milchprodukten sprechen, wenn wir mit Mesokarp und Laktizinien weit größeren Eindruck machen? Mit diesem Lexikon der besonderen Art erklimmt unser Vokabular eine Sprachebene hoch über dem Tiefland der Alltagskonversation.

Judith Miller, Battenberg Antiquitäten Enzyklopädie, München 2000

Üppig aufgemachter Bildband mit allen nötigen Informationen über Möbel, Silber, Porzellan, Teppiche und andere Sammelgebiete.

Celestria Noel, Debrett's Guide to the Season, London 2000

Ein zuverlässiger Lotse durch den immerwährenden Kalender der britischen Society.

Ernst von Pidde, Richard Wagners »Ring des Nibelungen« im Lichte des deutschen Strafrechts, München 2003

Auch wenn der Verfasser möglicherweise geistesgestört war, sein wieder aufgelegter Beitrag zur Wagner-Exegese ist für Bayreuth-Pilger ein Muss.

Gerhard Prause, Niemand hat Kolumbus ausgelacht, München 1997

Luthers Thesenanschlag, Galileis Verurteilung, Potemkins Dörfer – es war alles anders, als es die Legende darstellt. Ein Steinbruch für Geschichtsrevisionisten.

Johann Prossliner, Lexikon der Nietzsche-Zitate, München 2001

Mit diesem wohlorganisierten (170 Seiten Sachregister!) Hort unkonventioneller bis anstößiger Aphorismen beherrschen wir jede Talkshow.

Johannes Rademacher, Schnellkurs Musik, Köln 2002

Notenlesen? Überflüssig. Klassisch, Jazz, Pop – nach drei, höchstens vier Stunden wissen wir alles, was sich zu wissen lohnt.

Gregor von Rezzori, Idiotenführer durch die deutsche Gesellschaft, München 1992

Die Turmschädel und Lidlähmungen beim Hochadel, der Snobismus als Sublimierung des Herdentriebs, die Schickeria als Abführmittel des »stets zu Konstipationen neigenden Sozialkörpers« – kein Soziologe vom Fach kann dem Lebenskünstler, Grandseigneur und Erfolgsautor der »Maghrebinischen Geschichten« das Wasser reichen.

Bernhard Roetzel, Der Gentleman, Köln 1999

Wer darf an Bord einer Yacht rote Hosen tragen? Diese und andere Fragen der Herrenbekleidung werden in Roetzels schönem Bildband autoritativ beantwortet.

Mario Scheuermann, Die großen Weine des Jahrhunderts, Niedernhausen 2002

Ein Bildband für Leute, denen das Teuerste gerade gut genug ist.

Sibyl Gräfin Schönfeldt, 1 x 1 des guten Tons, Hamburg 2001

Die bürgerliche Österreicherin, eine geborene Schleppegrell, hat mit ihren Benimmbüchern viel Erfolg gehabt. Zu Recht: Sie verbindet Sinn für Tradition mit einem wachen Auge für die Veränderungen in unserer Gesellschaft.

Ludwig Schubert/Rolf Seelmann-Eggebrecht, Europas Königshäuser, Luzern 1997

Ein Bildband über die zehn europäischen Monarchen – sieben Kö-

nige, ein Großherzog und zwei Fürsten – einschließlich Stammtafeln und Fotos ihrer Familien und Schlösser.

Joachim Schult, Seglerlexikon, Bielefeld 2001

Was ist der Unterschied zwischen Slup, Kutter, Schoner, Ketsch und Yawl? Zwischen einem Gaffel- und einem Bermudasegel? Auch wer selber keine Yacht besitzt, tut gut daran, sich mit der Seglersprache vertraut zu machen.

Rolf Seelmann-Eggebrecht/Leontine Gräfin von Schmettow, Deutsche Fürstenhäuser, München 1998

Ihren Thron haben sie verloren, aber dekorativ sind sie immer noch.

T. L. Shanson, International Guide to Forms of Address, London 1997

Wie spreche ich den iranischen Staatspräsidenten an? Welche Nachsilben muss ich an koreanische Familiennamen hängen, um nicht als Barbar zu gelten? Von Mr. Shansons fester Hand geleitet, weichen wir jedem Fettnäpfchen elegant aus.

Arianna Stassinopoulos Huffington, Picasso, New York 1988

Von Kunsthistorikern wird diese Biografie geschmäht. Aber wer über Picassos Frauengeschichten Bescheid wissen will, kommt an ihr nicht vorbei.

Harald Szeemann, Beuysnobiscum, Dresden 1997

Ein Lexikon der wichtigsten Begriffe, die im Leben des »Sozialplastikers« Joseph Beuys eine Rolle spielten, und eine unentbehrliche Hilfe für die Beherrschung des »art talk«.

Franco Volpi/Julian Nida-Rümelin, Lexikon der philosophischen Werke, Stuttgart 1988

Man hatte sich immer schon gefragt, was der ehemalige Kulturstaatsminister vorher trieb. Die Antwort: Er reduzierte 1147 Werke von 538 Denkern auf ihre wichtigsten Gedanken und versetzte uns dadurch in die Lage, über sie reden zu können, ohne sie lesen zu müssen.

Roy Weaver/Catherine Young, World Shopping Guide, London 1997
250 britische Diplomatenfrauen haben sich in der Welt umgesehen und die besten Einkaufsquellen ausfindig gemacht. Eine Fundgrube.

Personen- und Sachregister

Ullstein Verlag
Ullstein ist ein Verlag des Verlagshauses
Ullstein Heyne List GmbH & Co. KG
ISBN 3-550-07567-7

Printed in Germany
Lektorat: Kai Gathemann
Satz: LVD GmbH, Berlin
Druck und Bindung: GGP Media, Pößneck